404
NOT
FOUND

404 낫 파운드

vol. 2

404 NOT
FOUND vol. 2

초판 1쇄 인쇄일 | 2020년 03월 06일
초판 1쇄 발행일 | 2020년 03월 13일

지은이 | 정이채
펴낸이 | 박성면
펴낸곳 | 도서출판 로담

출판등록 | 제406-2007-000071호
주소 | 경기도 파주시 문발로 115, 세종출판벤처타운 201-A호
전화 | (031)8071-5201
팩스 | (031)8071-5204
E-mail | bear6370@hanmail.net

정가 | 9,800원

ISBN 979-11-5641-166-6 (04810)
      979-11-5641-164-2 (set)

ⓒ 정이채, 2020

404
NOT
FOUND

404 낫 파운드

---

vol. 2

정이채 장편소설

RODAM

ROMANCE

STORY

404 NOT FOUND

로담

Contents

13. 나를 좋아하는 그 남자

'흠⋯⋯.'

하얀 천장을 바라봤지만 명료해지지 않았다. 소임은 빙글 돌아 침대에 배를 깔고 누웠다. 동그라미와 네모, 세모가 박힌 분홍색 베개를 노려보아도 답이 나오지 않았다. 이번에는 또 옆으로 돌아누워 고민에 잠겼다.

공포 영화는 제 취향이 아니라며 고개를 절레절레 저으면서 1202호를 빠져 나왔을 때, 선호가 왠지 실망하는 것처럼 보였던 건 과연 기분 탓일까.

'아무래도 날 좋아하는 것 같은데.'

더욱 알쏭달쏭했다. 생각해 볼수록 선호가 자신을 좋아한다는 의견에 무게가 실렸는데, 사실 그게 이해가 안 갔다.

'날 좋아하고 말고 할 건덕지가 있던가?'

그간 선호와 자신 사이의 일을 되짚어 봤을 때 딱히 설렐 만한 일이 없었다.

대체 어느 부분에 호감을 느낀 걸까? 막 누군가를 좋아하는 애틋한 감정이 대체 어디서 피어난 걸까? 차라리 이쪽을 저주한다는 소리가 더 납득할 만한데.

'설마 나한테 첫눈에 반한 건가?'

소임은 벌떡 상체를 일으켜 화장대를 쳐다봤다. 거울에 비친 모습은 절세 미녀라고 부르기엔 애매했다. 파마기가 풀린 단발 머리 아래 얼굴은 본인이 생각했을 때 몹시 귀여웠지만, 어디까지나 본인의 주관적인 의견이다.

'뭐, 이 정도면…….'

소임은 차마 말을 끝맺지 못했다. 선호가 제게 호감을 느낀 원인을 외모로 미루기에는 약간 양심이 찔렸다. 전적이라도 좀 있으면 어떻게든 합리화 해 볼 텐데 여태껏 외모에 반했다며 다가온 남자가 없었다.

그녀는 다시 침대에 펄썩 등을 대고 누웠다. 또다시 고민의 시간이 시작됐다. 저를 좋아하는 이유는 차치하고, 과연 좋아하는 게 맞는지가 궁금했다.

본인에게 직접 물어보기도 껄끄러운 주제라 답답했다. 괜히 물어봤다가 '아니요'라는 대답이 나오면 소임의 체면만 깎이는 셈이니까.

'아, 이런 게 문제야. 자꾸 신경이 쓰이잖아.'

소임은 한숨을 푹 쉬었다. 안 그래도 살기 바쁜 와중에 이렇게 쓸데없이 시간을 소비해야 하다니. 원래 주말에는 아무 생각 없이 드라마 보면서 깔깔거려야 하는데 말이다.

'이래서 내가 남자를 안 만나는 거야. 내 소중한 여가 시간을 방해하잖아.'

그녀는 '날 좋아하는 것 같은 남자가 있다'라는 추측 하나에 지나치게 술렁이는 스스로가 마음에 들지 않았다. 눈을 찡그리며 고심하다가 핸드폰을 집어 들었다.

혼자서 머리를 싸매 봤자 달라지는 게 없으니 타인의 도움을 받는 것이다. 객관적인 시선으로 이 상황을 판단해 줄 누군가가 필요했다.

친구에게 덥석 전화하기에는 좀 꺼려졌다. 서른한 살 먹어 놓고 '누가 날 좋아하는 것 같아' 하면서 호들갑을 떨면 너무 순진해 보이지 않나. 더군다나 그동안 줄기차게 씹어 대던 옆집 남자 때문에 가슴 떨려 하는 주책바가지처럼 보이고 싶지 않았다.

전 국민이 사용하는 메신저 어플 어딘가에 연애 고민을 상담해 주는 익명 채팅방이 있었던 것 같은데. 메신저를 뒤적거리던 소임은 괜찮아 보이는 채팅방 하나를 발견했다.

[연애 고수가 상담해 드립니다^^ 연애에 관한 어떤 것이든지 물어보세요. 당신의 답답한 마음을 풀어 드릴게요. 사례는

5천원 상당의 기프티콘 아무거나 받습니다.]

소임은 자신이 연애 상담을 받는다는 사실에 오글거려서 몸이 부르르 떨렸다. 하지만 근심을 떨쳐 버릴 수 있다면 주저하지 말고 시도해야 했다. 그녀는 연애 상담에 5천 원이나 지출했다는 사실을 아무한테도 발설하지 않겠노라 다짐하며 채팅방에 입장했다.

[안녕하세요.]

조심스럽게 인사말을 건네니 상대방이 즉각 응답했다.

[네, 안녕하세요^^ 어떤 것 때문에 고민하시나요? 현재 관심이 있는 분이 계신지, 썸 타는 중이신지, 연애 중이신지, 이별 위기이신지, 아니면 헤어진 후이신지, 본인의 연애 상태와 고민거리를 함께 말씀해 주세요.]

전문성 있어 보이는 응대에 소임은 한결 마음이 편해졌다. 어차피 상담자는 이런 대화를 많이 해 본 경력자일 것이다. 게다가 익명 채팅방이니 부끄러워서 우물쭈물할 필요도 없다. 그녀는 곧바로 대답했다.

[저는 30대 싱글 여성인데요. 약간 저를 좋아하는지 아닌지 헷갈리는 사람이 있어서요. 옆집 사는 30대 남자인데 요즘 들어 저를 좋아하는 것 같다는 생각이 들어요. 하지만 제가 착각하는 걸까 봐 조심스러워요.]

[아, 그러시군요. 어떤 점에서 그분이 질문자님을 좋아한다고 생각하시나요?]

소임은 근심스레 미간을 좁혔다. 이렇게 또 직설적으로 물어보면 대답하기가 어렵다. 선호가 저를 좋아한다고 대놓고 표현한 적은 없었다. 그저 본능적으로 '얘가 날 좋아하나?'라는 생각이 들 뿐이다.

연애를 쉬지 않고 했다면 직감에 신빙성이 좀 있을 텐데 소임은 마지막 연애가 거의 십 년 전이었다. 그녀는 주저하다가 메시지를 보냈다.

[제가 다른 남자 만나면 싫어하는 것 같고. 제가 맞선 본다고 하면 유난히 틱틱거리더라고요? 말도 되게 차갑게 하고. 원래 좀 까칠하긴 하지만 평소에는 그 정도까지는 아니거든요. 완전히 마음에 안 든다는 식으로 바라봐요. 기분 나쁜 티 나게요.]

[헉. 그건 그냥 질문자님 싫어하는 거 아니에요?]

덜컥 심장이 내려앉은 소임은 황급히 반박했다.

[그건 아닌 것 같아요. 저한테 먼저 영화도 같이 보러 가자고 하고요. 주말에 밥도 사 달라고 해요. 직장이 가까운데 자기 차 안 끌고 온 날은 제 차도 잘 얻어 타요. 그러고 보니 저랑 같이 있는 걸 좋아하는 것 같아요.]

[밥도 사 달라고 해요? 질문자님 물주로 보는 거 아니에요? 자기 기름 값 아끼려고 차 안 끌고 오는 거 아닌가요?]

소임은 저도 모르게 초조해져서 혀로 입술을 날름 핥았다. 입술이 어느새 바짝 말라 있었다. 어째서 변명을 하고 있는 것처럼 느껴지는지 모르겠지만 일단 오해는 바로잡아야 했다.

[아뇨! 저한테 일부러 돈 빼먹으려는 건 아니고, 사실 제가 빚진 게 좀 있긴 하거든요? 그분 자동차 접촉 사고 내서 5백만 원 정도

드렸어야 하는데 그거 밥 사는 걸로 천천히 갚으라고 봐줬거든요.]

[헐! 오백만 원씩이나요?? 와아, 대단한데요?]

상담자의 놀란 반응에 소임은 좀 뿌듯해졌다.

'그렇지? 오백을 안 받는 건 좀 대단하지?'

돈이 최고로 무서운 세상에서 선호는 금전적 손해를 입었는데도 아주 너그럽게 대처했다. 그가 자신에게 호감이 있지 않으면 어떻게 그럴 수 있겠는가? 아무리 부자라도 제 돈은 아까운 법이다. 소임은 갑자기 자신감이 물씬 차올랐다.

[질문자님은 운전하지 마셔야겠어요! 아주 위험하네요!]

이어서 전송된 메시지를 확인하고 소임은 살짝 억울해져서 항변했다.

[주차하다 그런 거예요. 사람 타 있는 차를 박은 게 아니고. 그리고 아주 살짝 긁힌 건데 그분 차가 비싼 거라 수리비가 많이 나오는 거고.]

거기까지 쓰고서 소임은 전송 버튼을 누르기 전에 머뭇거렸다. 왠지 구질구질하게 보일 것 같았다. 그래서 메시지 내용을 지우고 새로이 썼다.

[네ㅠㅠ 조심하려고요.]

[잘 생각하셨어요.^^ 안전 최고.]

[네ㅠㅠ]

소임은 작게 한숨을 쉬고는 다시 본론으로 돌아갔다.

[그런데 그분이 저를 정말 좋아하는 걸까요? 뭔가 여지는

주면서 정확히 표현을 안 하니까 너무 답답해요.]

[혹시 둘이 있을 때 손을 잡는다거나 좀 들이대는 느낌이 있던가요?]

[그런 건 없었어요.ㅠㅠ]

[다른 여자와 달리 자신을 좀 특별하게 대접하는 느낌이 든다던가?]

[잘 모르겠어요ㅠㅠ]

[자기 가족이나 친구들 만나러 갈 때 질문자님한테 같이 가자고 한 적 있나요?]

[그런 적 없었어요ㅠㅠ]

[확실한 한 방이 있으면 좋을 텐데...]

[그러니까요ㅠㅠ]

소임은 또 막막해졌다. 지금 보니 또 선호는 자신을 안 좋아하는 것 같았다. 1, 2분 간격으로 기분이 좋았다 저조해지길 반복했다.

[음, 제가 보기에 이 상황은...]

소임은 긴장한 채로 상담자의 의견을 기다렸다. 가설 하나가 자연스럽게 떠올랐다.

어쩌면 선호는 어장을 치고 있는 것일지도. 별 마음 없는데 그냥 찔러보는 것이다. 만약 그런 거라면 참 나쁜 남자라고 생각하며 소임은 입을 삐죽였다.

그때 기다리던 메시지가 도착했다.

[혹시 질문자님이 그분을 좋아하는 게 아닐까요? 그래서 그분이 질문자님을 좋아해 주길 바라는 거예요. 그러니까 자꾸 의식하게 되는 거고. 별거 아닌 행동에 의미를 부여하는 거죠.]

심장이 쿵 떨어졌다. 소임은 무척이나 놀랐다. 이런 쪽으로는 전혀 생각해 보지 않았다.

그랬던 것일까? 자신은 무의식적으로 선호에게 반해 있던 것일까? 그래서 그가 저를 좋아하기를 바랐던 것일까? 이래서 신경이 쓰이는 것인가?

만약 그렇다면 대체 언제 그에게 반했던 걸까?

심각해진 그녀는 기억을 더듬었으나, 당황해서인지 잘 기억나지 않았다.

선호가 멋져 보이긴 했다. 몸도 좋고 얼굴도 잘생겼고. 말 많지 않아서 괜찮고, 가끔 좀 얄밉긴 하지만……. 그 감정의 원인을 거슬러 올라가 보면 자신에게 친절하고 자상하게 대해 주지 않아서 마음에 안 들었던 게 아닐까.

'그럼 난 이 씨가 날 안 좋아해 준다고 미워했던 건가? 유치하게?'

소임은 무척이나 혼란스러워졌다.

그러고 보면 선호에 관한 생각을 많이 한다. 최근 들어서 더욱 빈번했다. 그에 관한 생각은 마치 학원 경영에 대해 고민하는 것만큼 일상에서 큰 비중을 차지했다.

'학원에서 자주 보다 보니까 이 씨가 떠오르는 걸까? 그 있잖아, 파블로프의 개 실험처럼? 종 흔들고 나서 사료 주면 나중에 개는

종소리만 들어도 침을 질질 흘린다는데. 나도 학원 생각을 하면 이 씨가 떠오르고, 이 씨 생각하면 학원도 떠오르니까…….'

소임은 어처구니없는 생각에 도달해 버리는 스스로에게 신뢰도가 급격히 떨어졌다. 그녀는 상담자에게 반문했다.

[제가 그 남자를 좋아한다고요???]

[그런 것처럼 보여요! 일단 지금 고민한다는 자체가 ㅎㅎ 정말 관심 없는 남자였으면 여기 찾아오시지도 않았겠죠? 엄청 신경 쓰이잖아요?]

소임은 입모양으로 대박이라고 연신 외쳤다. 맞는 말이다. 자신이 그를 먼저 신경 쓰니까 그의 애매모호한 반응이 거슬리고 답답한 것이리라.

우진이나 장난꾸러기 학원생들이 저를 좋아한다 뭐 한다, 소임 쌤 여신이다, 하면서 입 발린 소리를 해도 전혀 가슴 뛰거나 집에 와서 곱씹는 일이 하나도 없다.

오직 선호만 그렇다. 선호의 무심한 눈길 하나에 가슴이 파르르 뛰고, 그가 살짝 웃어 주는 모습이 눈에 그림처럼 박혀서 잊히지 않는다.

무참히 흔들리는 소임에게 상담자가 마지막 직격탄을 날렸다.

[만약에 그분이 고백하면 받아 들일 용의가 있으세요?]

헉…….

소임은 침을 꿀꺽 삼켰다. 심장이 쿵쿵 뛰었다. 선호가 고백한다? 그와 애인 사이가 된다? 당황스러워서 그대로 굳었다. 핸드폰 너머로 소임의 반응을 짐작한 듯, 상담자가 재차 질문했다.

[그분과 키스하는 거 괜찮으세요?]

키스라니! 소임은 왠지 모를 부끄러움에 입술을 안쪽으로 말았다.

선호가 단단한 팔로 자신을 세게 껴안아 준다면……. 섹시하게 미간을 좁히며 눈을 감은 채 자신에게 입을 맞춰 온다면…….

지켜보는 사람은 한 명도 없는데 창피해서 발버둥 치고 싶었다. 혼자서 부끄러움에 끙끙 앓던 소임은 용기를 쥐어 짜 대답했다.

[뭐... 상황이 그렇게 되면, 밀어내진 않을 것 같아요.]

[키스하고 싶다는 말씀이시죠???]

소임은 얼굴이 뜨겁게 달아오르는 것을 느끼며 답장했다.

[네.]

[결론 났네요^^ 님은 그분을 좋아하고 계세요.]

새로운 사실을 깨닫게 된 소임은 약간 넋이 나간 상태로 손가락을 움직였다.

[그랬군요. 제가 그 남자를 좋아하고 있었던 거군요.]

문득 머릿속에 떠오른 생각 하나에 소임은 조급해졌다.

[그럼 그 남자는 저를 안 좋아하는데 저만 혼자 그분을 좋아해서 망상을 한 건가요???]

[그거야 저는 모르죠! 한번 직접 물어보세요. ㅎㅎ 손해 볼 거 없잖아요. 돈 들어가는 것도 아니고. 창피하기밖에 더 해요?]

소임은 명쾌한 답변에 몹시 감동했다. 그래, 물어보면 되는 건데!

만약 선호는 제게 별 마음 없고, 순전히 제 착각으로 밝혀진다고 해도, 창피하기밖에 더 하겠는가?

그리고 여태껏 그의 앞에서 창피한 꼴 많이 보였다. 더 깎아 먹을 이미지도 없는데 무얼 망설이는 건가.

확실히 속옛말을 털어놓고 나니 마음이 가뿐해졌다. 소임은 흡족한 미소를 띠었다. 이래서 사람들이 상담을 하는구나 싶었다.

[감사해요. 덕분에 고민스러웠던 마음이 편안해진 것 같아요.]

[도움이 되었다니 저도 기쁘네요^^ 더 상담할 내용은 없으세요?]

[네, 괜찮아요. 내일 만나면 직접 물어봐야겠어요! 감사합니다.]

같이 있기도 끔찍하다고 생각했던 남자를 어느새 좋아하게 되어 버렸다니. 역시 인생사 한 치 앞을 모른다고 생각하며 소임은 오랜 시간을 투자해 준 상담자에게 보상을 하기로 했다.

[사례로는 뭐 받으세요? 커피 기프티콘 보내 드릴까요?]

[앗 저 학생이라 커피는 못 마셔요. 초콜릿 프라푸치노 하나 보내 주세요ㅎㅎ]

위화감을 느낀 소임의 미간이 좁아졌다. 어쩐지 불길한 예감이 스멀스멀 등을 타고 올라왔다. 학생이 커피를 못 마실 이유가……. 그녀는 조마조마하며 물었다.

[대학생이신가요...?]

[초등학생이요 ㅎㅎ]

소임은 충격에 얼어붙었다. 자신은 초등학생에게 상담을 받은 것인가? ATP 학원 다니는 까불이 중딩 애들보다 어린 학생에게 조언을 받은 건가? 덕분에 이렇게 기분이 홀가분해진 건가?

고장 난 기계처럼 멈춰 있던 소임은 간신히 정신을 차리고 유명 커피 브랜드의 초콜릿 프라푸치노 한 잔을 선물로 보냈다.

[잘 받았습니다! 연애 잘 풀리긴 바랄게요ㅎㅎ 안녕히 가세요~]

[네^^...]

소임은 핸드폰을 베개 옆에 내려놓고는 눈을 감고 등 뒤로 벌러덩 누웠다. 아까는 확실하다고 결론 내렸던 것들이 한순간에 희미해졌다.

'이게 대체 뭐야……. 이 씨가 나를 좋아하는 거야, 내가 이 씨를 좋아하는 거야?'

머릿속이 어지러웠다. 완전히 원점으로 돌아온 기분이었다.

* * *

평상시에는 건물 화장실에 가다가도 곧잘 마주치곤 하는데, 오늘따라 선호랑 부딪히는 일이 영 없었다. 소임은 괜히 맥이 빠졌다. 마주치길 은근히 바랐는데 말이다.

오늘 화장도 신경 써서 하고 왔다. 그에게 잘 보이고 싶어서 그런 건 아니고, 그냥 오랜만에 열심히 하고 싶은 마음이 들었다. 옷도 간만에 바지가 아닌 치마를 입었고 머리 손질도 30분씩이나 했다.

그래서 그냥 한 번쯤 마주쳐도 나쁘지 않겠다고 생각했다. 평상시에 부스스한 꼴만 보였으니까 오늘처럼 단정한 날에 얼굴 한 번쯤 보여 줘도 괜찮을 거라고.

그런데 선호는커녕 학원생들만 소임을 실컷 구경했다. 옆 반 학생들까지 놀러와서 그녀를 보고 갔다. 이미 원장 선생님 오늘 소개팅하러 간다고 ATP 학원 내에 소문이 쫙 퍼진 듯했다.

"원장 쌤 오늘 데이트 하러 가요?"

"소임 쌤 남친 없어."

"그래서 소개팅하러 가는 거 아니야? 남친 구하러."

"근데 왜 소임 쌤 남친 없지? 경지 쌤은 남친 있잖아. 오늘 고궁 야간 개장해서 데이트하러 간댔는데."

시끌벅적 토론하는 아이들 속에서 민수가 남몰래 자신은 진실을 알고 있다는 듯이 느물거리는 표정을 지어 보이는 통에 소임은 평정을 유지하려 힘써야 했다. 정말 모두 얄밉기 짝이 없었다.

수업을 끝낸 후 소임은 원장실로 터덜터덜 돌아갔다. 경지와 우진이 소파에 모여 앉아 과자를 까 먹고 있었다. 경지도 반 아이들로부터 소임이 꽃단장했다는 소식을 전해 듣고서 궁금했는지, 소임을 보고 나서 고개를 끄덕여 보였다.

"언니 오늘 정말 샤랄라 한데요? 립스틱도 예쁜 거 발랐네?"

"응. 그냥 꾸며 봤어. 요즘 날씨도 좋잖아. 너 이따가 고궁 간다며?"

"네, 오늘 야간 개장 한대서. 티켓 예매해 놨거든요. 남친이 이따 일 끝나면 여기로 데리러 오기로 했어요."

"직장은 아직 거기 잘 다니고 계신 거야? 지난번에 이직 고민 한다고 하지 않았나?"

"맞아요. 근데 올해 말 연봉 협상 때까지는 기다려 본대요. 별로 안 올려 주면 이직한다고 하더라고요. 아, 돈 좀 많이 올려 주지. 우리 결혼해야 하는데."

경지가 투덜거리는 와중에 우진은 조용히 과자를 집어 먹고 있었다. 그는 반쯤 넋이 나간 것처럼 보였다. 우진의 옆에 앉으며 소임이 걱정스레 물었다.

"우진이 요즘 힘든 일 있니? 얼굴이 좀 수척해 보인다?"

"어젯밤에 민지한테 연락했다가 까였어요. 어떻게 지내냐고 조심스럽게 메시지 보냈는데 대뜸 욕 보내더라고요……."

소임은 알만 하다는 표정을 지어 보였다.

"새벽에 보내서 그래. 정 연락하고 싶었으면 낮에 해 보지."

"후……. 저 정말 힘들어요, 소임 쌤. 전공 교수님까지 저 민지랑 깨진 거 다 알아요."

우진이 손바닥으로 얼굴을 가리며 땅이 꺼져라 한숨을 내쉬었다. 그는 이별의 후폭풍에 지쳐 가는 것 같았다.

소임은 안타까운 마음에 쯧쯧 혀를 찼다.

"그러게 내가 누누이 말렸건만. 어른들 말은 흘려듣는 게 아니란다. 다 뼈아픈 경험에서 우러나온 거야."

"소임 쌤은 그때 CC 왜 깨진 거예요?"

"나? 내가 말 안 했나? 그놈이 바람피웠지."

같은 과 한 학년 후배여서 소임의 연애사를 알고 있는 경지가 옆에서 맞장구쳤다.

"맞아, 맞아. 그 오빠 미술 교육과 여자애랑 바람피웠잖아요."

"그래. 나랑 헤어졌으면 계속 잘 좀 사귀지. 걔랑 사귀다가 얼마 못 가서 또 다른 여자 몰래 만나서 도서관 앞에서 뺨 맞고 헤어졌대잖아. 에휴, 그 나쁜 버릇 못 고쳐."

소임은 고개를 절레절레 저었다.

그녀는 새내기 때 봉사활동 동아리에 들어갔다가 술자리에서 자상하게 술을 대신 마셔 주는 복학생에게 홀랑 넘어갔다. 그렇게 밥을 다섯 번 얻어먹고 사귀게 됐다.

지금도 후회하는 것은, 새내기 때 아무것도 모르고 남자 친구의 과 잠바를 얻어 입고 다닌 것이었다. 소임의 학번보다 3년이나 앞선 숫자가 팔뚝에 적힌 그 끔찍한 것의 위험성을 모르고 해맑게 입고 다녔다.

그래서 대학 과 동기는 물론 전공 교수님들까지 소임의 연애 상태를 다 알게 된 것이다. 헤어진 것 역시도.

이런 뼈아픈 과거가 있어서 소임은 어린 제자들이 캠퍼스 커플을 꿈꾸면 극히 반대했다. CC는 사귈 때는 좋지만 헤어지면 꼬리표처럼 남는다. 지금도 보면, 경지가 알고 있지 않나. 10년도 더 된 이야기인데 아는 사람이 꼭 나타난다.

'고작 4개월 사귀었는데.'

소임은 쩝 입맛을 다시며 안 좋은 기억을 훠이훠이 떨쳐 버렸다. 그러고서 우진에게 단단히 주의를 줬다.

"너 이거 학원 애들한테 절대 말하지 마. 걔네 또 신나서 나 놀린다?"

"오키오키. 애들한테는 절대 안 말하죠. 걱정 붙들어 매세요."

과자를 한 주먹 쥐고 일어선 우진이 황급히 원장실을 나갔다. 어딘지 모르게 들떠 보이는 발걸음에 소임은 불길한 예감이 들었다. 소임은 의심스레 그의 자취를 눈으로 좇다가 경지에게 물었다.

"쟤 화장실 가는 거겠지?"

"그렇지 않을까요? 갑자기 과자 먹다가 일어날 이유가 없잖아요."

소임은 찜찜했다. 약간 교활하게 빛나 보이던 우진의 눈동자. 그건 좋은 건수를 잡은 장사꾼의 눈빛이었다.

'설마 이 씨한테 말하진 않겠지?'

선호를 떠올리자 소임은 심기가 불편해졌다.

가는 날이 장날이라더니. 오늘 한껏 꾸미고 왔는데 안 마주치니 괜히 손해 본 느낌이었다. 마땅한 용건도 없는데 그의 사무실에 찾아가는 것은 제가 먼저 들이대는 느낌이라 좀 자존심이 상하고…….

어쨌든 소임은 자신이 그를 자꾸 신경 쓴다는 게 마음에 안 들었다.

* * *

　소임은 똑똑 원장실 문을 두드리는 소리에 황급히 고개를 들었다. 문가에 서 있는 사람을 확인한 그녀의 입꼬리가 씰룩 올라가려 했다.

　소임은 애써 표정을 갈무리하며 도도한 눈빛으로 선호를 쳐다봤다. 무슨 용건으로 왔냐는 뜻을 담아 고개를 갸웃거려 보이니 선호가 무덤덤하게 말했다.

　"차 끌고 왔어요? 태워다 줄게요."

　소임은 픽 웃고 싶은 마음을 간신히 참아 냈다.

　'나한테 왜 이렇게 신경 써? 각자 집 가면 되지.'

　선호의 질문에 솔직히 대답하자면 소임은 차를 끌고 왔다. 하지만 그녀는 진실을 내어놓기 전에 잠시 계산했다.

　그의 차를 얻어 타는 것도 괜찮을 것 같았다. 딴 맘 있어서 그러는 건 절대 아니고……. 그냥 기름 값을 아낄 수 있다면 좋지 않은가? 내일 출근할 때는 걷기 운동 좀 할 겸 대중교통 이용해도 되는 거고.

　아마 선호는 건물 주차장에서 그녀의 차를 발견하지 못할 것이다. 그녀는 잘 안 보이는 주차장 구석에 차를 대 놨으니까.

　그의 차를 얻어 타기로 마음이 기운 소임은 새침하게 턱을 들어 보이며 대답했다.

　"어머나, 고마워라. 먼저 시동 걸고 있으실래요? 저 이것만 정리하고 곧 내려갈게요."

선호가 고개를 끄덕인 후 원장실을 나갔다. 소임은 그가 시야에서 사라지자마자 거울을 꺼내 얼굴을 비춰 봤다. 오늘 역시도 아이들과 씨름하느라 고된 하루였지만 아직 화장이 잘 남아 있었다. 파우치에서 립스틱을 꺼내 입술을 고친 후, 그녀는 얼른 겉옷을 집어 들고 학원을 나섰다.

주차장에 내려가자, 건물 입구 바로 앞에 차를 대 놓고 기다리고 있는 선호가 보였다. 소임은 태연하게 조수석 문을 열고 탑승했다. 그의 차에서는 쾌적한 민트 향이 났다. 왠지 모르게 가슴이 쿵쿵 뛰었다. 소임은 슬쩍 그를 훔쳐보다가 태연한 척 물었다.

"저기, 오늘 우진이 본 적 있어요?"

"아까 사무실에 왔어요."

소임의 가슴이 철렁 내려앉았다. 불안과 위기감이 증폭됐다. 과연 우진이가 자신의 연애사를 전했을까? 아무리 그래도 얌체 같은 짓은 하지 않았을 거라며 스스로를 다독인 후 조심스럽게 떠보았다.

"걔가 거기서 뭐 했어요?"

"그냥 커피 한잔 얻어 마시고 갔는데. 자기 속상한 일 있다길래 좀 들어 줬죠."

소임은 안도했다.

'다행이다. 내 얘기는 안 했구나.'

아마 우진은 같은 성별인 선호와 진수에게도 연애 관련 조언을 받고 싶었던 모양이다. 그렇게 생각하기 무섭게 선호가 시큰둥하게 덧붙였다.

"근데 변 씨는 왜 그런 놈이랑 사귀었습니까."

소임은 움찔했다. 비수에 찔린 듯 가슴이 아려 왔다. 그녀는 입술을 꼭 깨물며 우진을 원망했다.

'걱정 붙들어 매라더니……!'

눈을 한번 질끈 감았다 뜬 소임은 대수롭지 않은 척 대꾸했다.

"나도 후회하고 있으니까 그 얘기 꺼내지 마세요."

"놀이공원도 그 사람이랑 간 겁니까?"

소임은 인상을 우그러뜨린 후 선호를 노려봤다. 그는 소임의 적대적인 태도에도 크게 동요하지 않은 채 피식거렸다.

'정말 밉상이라니까.'

빈정이 단단히 상해 버린 그녀는 팔짱을 끼고 불만스레 내뱉었다.

"저한테 말 걸지 마세요."

"안전벨트는 매세요."

소임의 이마에 우지끈 주름이 생겼다. 진짜 선호의 말에 귀 기울이고 싶지도, 그의 말을 따르기도 싫은데 그가 지적한 것을 안 할 수도 없는 노릇이었다. 소임은 씨근덕거리면서 안전벨트를 맸다.

승차감 좋은 선호의 차는 조용히 굴러갔다. 걸리적거리는 느낌이 없어서 그런지 소임의 모났던 마음도 시간이 지나자 둥그러졌다.

어느새 자신이 선호를 무시하기로 결심했다는 사실조차 까먹은 그녀는 곁눈으로 흘끔흘끔 그를 훔쳐보기 시작했다.

참 이상했다. 그와 말을 섞고 있지도 않은데, 가슴이 혼란스럽게 요동쳤다. 게다가 무심해 보이는 저 얼굴이 오늘따라 왜 이렇게 잘생겨 보이는지. 소임은 헛기침을 하고 싶었다. 긴장한 것처럼 속이 메슥거리고 목구멍이 간질거렸다.

소임은 과연 저 혼자만 이렇게 어색한 기류를 느끼는 것인지 궁금했다. 말없이 운전대를 잡고 있는 선호는 아주 멀쩡해 보였다.

소임은 다시금 혼란스러워졌다.

'그래도 이렇게 집에까지 태워다 주겠다고 제안할 정도면 그래도 막 싫어하지는 않는 것 같은데…….'

선호는 과연 자신을 어떻게 생각하고 있는 것일까?

'아……. 나 어떻게 생각하느냐고 물어볼까?'

마음이 싱숭생숭했던 소임은 혹시나 하는 마음에 넌지시 물었다. 그가 자신에게 품은 호감의 정도를 확인해 보는 것이다. 제가 착각하는 게 아니라고 확인받을 수 있는 질문을 해야 했다.

"있잖아요, 나 이 씨네 집에 놀러 가도 돼요?"

"오세요."

예상했던 것보다 훨씬 빠르고 순순한 허락에 소임은 적잖이 놀랐다. 그녀는 눈을 동그랗게 뜬 채 선호를 바라봤다.

남을 집에 초대하는 것은 쉬운 일이 아니다. 갑작스러운 방문 요청도 흔쾌히 수락하다니!

'날 좋아하나?'

하지만 이것 갖고 판단하기는 아직 애매했다. 어쩌면 선호는 깨끗한 집에 자신감 넘치는 것일 수도. 소임이 갑작스럽게 방문해도 집이 깨끗하니까 자랑스럽게 맞아들일 수 있는 거다.

소임은 떨떠름하게 물었다.

"이 씨네 집에 맛있는 거 있어요?"

"변 씨 뭐든지 맛있게 먹지 않아요?"

소임은 눈을 찡그렸다. 설마 제가 아무거나 잘 먹는다고 비꼬는 것인가? 그녀는 불만스러운 어투로 반박했다.

"아니, 내 입에도 더 맛있게 느껴지는 음식은 있거든요? 지난번에 먹었던 케이크 같은 거 있냐고 물어본 거예요."

"그건 없는데. 집에 조금 늦게 도착해도 괜찮으면 그 베이커리 들를게요."

"빵집까지 얼마나 걸리는데요?"

"한 15분 정도."

소임은 순순한 선호의 태도에 더욱 혼란스러워졌다. 자신을 위해 차를 돌리겠다는 남자의 말을 대체 어떻게 받아들여야 옳은 건가.

아무래도 그가 자신을 좋아하는 것 같았다. 귀찮은 짓을 감수하겠다는 결심이 애정이 아니고서야 뭐겠는가? 한 번 머릿속에 그 추측이 생기니까 그의 모든 행동이 자신을 향한 호감에 기인하는 것처럼 느껴졌다.

'진짜 나 도끼병인가? 왜 이렇게 날 좋아하는 것처럼 느껴지지?'

너무 헷갈린다. 더욱 복잡하다. 소임은 낭패감에 혀를 깨물었다.

"어때요. 케이크 먹고 싶어요?"

"아니요. 일단 집으로 계속 가요."

"아. 집에 냉동 치즈 케이크는 있다. 그거 먹어요. 라즈베리 소스 뿌려 줄게요."

소임은 답답해서 화가 치밀었다. 왜 이렇게 친절하게 굴어서 사람 헷갈리게 하냐는 말이다! 속에 불만이 가득하니 목소리도 딱딱하게 나왔다.

"근데 이 씨 운동 안 가요? 휘트니스 가야 하잖아요."

"우리 집에 변 씨 있으면 안 가죠."

그런데 과연 이 감정이 단순한 착각일 것인가?

몸 관리에 눈 뒤집혀서 매일 꼬박꼬박 운동 가는 사람이, 자기가 있으면 휘트니스에 안 간다는데 이게 적극적인 애정 표현이 아니라면 무엇이란 말인가.

자고로 헬스에 미친 남자들은 술, 담배, 나트륨을 끊는다. 그리고 혹시라도 근손실이 올까 봐 벌벌 떨면서 단백질을 왕창 섭취한다.

'이 씨가 나랑 술을 마시긴 했는데……'

애정도를 확인하기 위해 같이 담배 피워 보자고 권할 수도 없는 노릇이다.

소임은 거의 화병이 나기 직전이었다. 이리 보고, 저리 봐도 선호가 자신을 좋아하는 것 같았다. 그런데 오직 심증일 뿐, 물증이 없으니까 답답했다. 확실하게 말로 표현해 주면 좋으련만.

'아……. 진짜 신경 쓰여.'

이래서야 죽도 밥도 안 되겠다. 소임은 큰마음 먹고 선호에게 직접 물어보기로 했다. 궁금증을 풀지 못하면 오늘 밤도 뜬눈으로 지새우게 될 테니까.

게다가 언젠가는 물어보게 될 텐데 매도 미리 맞는 게 낫다고, 아닌 것은 빨리 아니라고 확인받아야 했다. 그래야 괜한 착각도 덜 할 것 아닌가.

물론 이 모든 것이 소임의 착각이었다면 선호의 잘못이다. 애먼 처녀 가슴 뛰게 한 나쁜 놈. 그에게는 사람 헷갈리게 하는 나쁜 버릇이 있는 거다.

'그냥 물어보면 되는 거야. 손해 볼 거 없어.'

너무 민망하면 그냥 농담한 척 하는 거다. 스스로에게 주입하며 소임은 큰맘 먹고 운을 뗐다.

"저기. 이 씨. 제가 원래는 착각 같은 거 잘 안 하려고 노력하는데요."

"노력해도 잘 안 되는 타입인가 봅니다."

"옳게 보셨어요. 그래서 말인데요. 제가 지금 굉장히 헷갈리거든요. 민망하긴 한데 솔직히 말할게요. 저는 그렇게 생각하거든요. 아무리 이 씨가 합리적인 사람이고, 그 아무리 제가 갚아야 할 돈이 있다지만, 게다가 우리가 이웃 사이고 직장 동료에 가까운 사람이니, 그 뭐냐, 친구 불러내긴 좀 뭣하고, 그냥 가까운 사람이랑 아주 가볍게, 뭐 그렇게 가볍지는 않지만 그래도 마음이 가볍게……."

"무슨 말을 하고 싶은 거예요?"

소임 자신도 횡설수설하고 있다는 것을 알았다. 그런데 하고 싶은 말도 제대로 못 하느냐는 것처럼 선호가 눈치를 주니 억울했다.

'누구 때문에 내가 이러는 건데…….'

선호가 미웠다. 뚱하니 그를 노려보던 소임은 울컥 차오르는 감정과 함께 말을 후다닥 뱉었다.

"혹시 저 좋아해요?"

"……."

만약 제 추측이 틀렸다면, 기껏해야 픽 비웃는 표정을 보여 줄 터. 하지만 선호는 정면을 향해 휙 고개를 돌렸다.

"그걸 이제 알았습니까? 눈치 되게 없네."

소임은 제가 들은 내용을 한 박자 늦게 이해하고 소스라치며 펄쩍 뛰었다.

"뭐, 뭐요……?!"

심장이 빠르게 방망이질했다. 소임은 정말 이렇게 놀라 본 적이 손에 꼽았다. 자동차 접촉 사고가 났을 때도 심장이 쿵 떨어지기만 했지, 이만큼 요란법석 떨리지는 않았다. 소임의 입이 쩍 벌어졌다.

"진짜 나를 좋아해요? 대박."

소임은 입을 다물 수 없었다. 날아다니던 파리가 목구멍까지 쏙 들어가도 모를 지경으로 입을 크게 벌리고 있던 그녀는 당황스러운 마음에 더듬거렸다.

"어, 어쩌다 날 좋아하게 됐어요?"

솔직히 소임은 되게 의아했다. 그가 과연 자신에게 반한 점이 무엇이란 말인가. 매번 초췌한 낯으로 대했고, 엘리베이터 문 닫고, 당근 뺏고, 차 박고, 돈 안 갚는 등등 민폐도 여러 번 끼쳤는데.

선호는 소임의 질문에 대답하지 않았다. 그는 화난 것처럼 입을 꾹 다물고 있었다. 턱에 힘을 주고 있는 게 소임의 눈에도 선명히 보일 정도였다.

'음? 왜 저러지?'

덩달아 심각해진 소임은 그를 살피다가 혹시나 하고 물었다.

"이 씨, 지금 부끄러워서 눈 피하는 거예요?"

"운전 중이잖아요. 정면 주시하는 거예요."

"귀 새빨개졌어요."

그때 소임이 내린 적 없는 조수석 창문이 쓰윽 내려갔다.

파바박.

차가운 바람이 소임의 얼굴을 찰싹찰싹 때렸다. 창문 올림 버튼을 눌러 보았으나, 운전석에서 고정해 놓았는지 잠겨 있었다. 소임은 손으로 얼굴 옆면을 막았다. 바람 때문에 머리카락이 산발처럼 흩날리고 있었다. 그녀는 황당한 눈빛으로 그를 바라봤다.

"창문 왜 열었어요?"

"더워서요."

"이 씨, 설마 지금 부끄러워서 과속하는 거예요?"

"여기 속도제한 80키로예요. 잘 맞춰서 달리고 있습니다."

그는 고개를 소임 쪽으로 돌리지 않고 꼿꼿이 앞만 쳐다봤다. 소임은 그의 부자연스러운 모습에 피식 웃음이 새어 나왔다.

'뭐야? 나 좋아하는 거 들켰다고 당황한 건가.'

그가 자신을 좋아한다는 것을 알게 된 순간부터 소임은 부쩍 들떴다. 사실 아직도 잘 믿기지는 않았지만 그래도 선호처럼 잘생긴 남자가 저를 좋아한다니 기분이 좋았다. 계속 심장이 콩닥거리고 실실 웃음이 나오려고 했다. 과장 조금 보태서 하늘을 둥둥 떠다니는 느낌이었다. 그래서 괜히 주책을 부려 봤다.

"아…… . 피곤하네. 어쩜 이 인기는 서른이 넘어도 식지를 않지? 나 좋다는 남자가 줄을 섰네……."

슬쩍 선호의 눈치를 보는데 그가 묵묵부답이라 소임은 괜히 민망했다. 관객이 호응이 없으니 원맨쇼할 맛도 안 났다.

"흐흠."

그녀는 헛기침하면서 계속 선호의 옆모습을 훔쳐봤다. 왜 이렇게 즐거운지 스스로도 모르겠다. 처음 취업했을 때보다 기분이 좋았다. 선호가 자신을 좋아한다고 해서 물질적으로 이득 보는 것도 없는데 소임은 마치 술 마신 재식에게서 두둑한 용돈을 받았을 때처럼 마음이 든든했다.

속마음을 들켜서 민망했는지 선호는 그녀와 도통 눈을 맞추지 않았다. 마크팰리스 지하 주차장에 차를 대고 내릴 때도, 그리고 소임이 기세등등하게 카드를 대서 공동 현관을 열 때까지도.

그러다가 12층에 도착한 엘리베이터에서 내릴 때가 되어서야 그녀를 바라봤다. 그건 소임의 발 방향이 1202호를 향하지 않았기 때문이리라.

"우리 집 가는 거 아니었어요?"

"못 가요."

소임은 얄밉게 느물거렸다. 매일 학원에서 보는 중딩들에게 유치한 짓이 옮았나 보다. 그를 짓궂게 놀리고 싶었다.

"나 좋아한다는 남자네 집을 밤에 어떻게 놀러가요? 위험하게. 안 갈래요."

그가 자신을 좋아한다는 것을 알게 된 이후부터 소임은 뭔가 하나의 갑옷을 더 두른 느낌이었다. 더 든든하고, 그래서 선호에게 더 깝죽거릴 자신감이 붙었다. 어차피 자신을 좋아하는 남자 아닌가? 제가 뭘 하든지 귀엽게 보일 것이다. 그래서 더 신났는지도 모르겠다.

"그래요. 들어가요."

하지만 못마땅한 표정을 짓던 선호는 간단히 뱉고서 홀로 집에 들어가 버렸다. 홀로 남겨진 소임은 좀 허무한 기분이 들었다.

'사람이 왜 저렇게 단호할까? 한국인의 정으로 세 번은 권유해야 하는 거 아닌가?'

잡으면 좀 고민하는 척하다가 놀러 가려 했는데 말이다. 이해가 안 되었지만 소임은 그가 부끄러워서 그러는 것이노라 혼자서 결론을 내려 버렸다. 수줍음을 타는 것이라 생각하니 조금 귀엽게 느껴지기도 했다.

킥킥거리며 집에 들어간 소임은 우렁차게 귀가를 알렸다.

"엄마, 나 왔어!"

"밥은?"

"학원에서 대충 먹었어. 괜찮아."

제대로 된 식사는 안 했는데 어쩐지 배가 불렀다. 소임은 제 방에 들어가 문을 꼭 닫았다. 안전한 공간에 와서야 입이 헤벌쭉 올라갔다. 그녀는 히죽 웃으면서 푹신한 침대에 뛰어들었다.

그동안 애 닳았던 시간이 다 보상받는 느낌이었다. 역시 근거 있는 추측이었다. 여자의 감은 틀리지 않는다. 숨죽이며 오두방정 떨던 소임은 흥분해 콧김을 내쉬면서 핸드폰을 찾아 들었다. 은지한테 전화를 해야 했다. 이 놀라운 소식을 어서 전해 주고 싶어 견딜 수 없었다. 소임은 통화 연결음이 전환되자마자 숫제 비명을 질러 댔다.

"야! 그 옆집 남자 있잖아. 나 좋아한대! 대박이지!"

─⋯⋯대박. 축하드려요.

소임은 수화기 너머의 굵직한 음성에 잠시 얼어붙었다가 숙연하게 대꾸했다.

"네, 경준 씨. 오랜만이에요. 잘 지내셨어요?"

경준은 은지의 약혼자로 내년에 결혼이 예정되어 있었다.

-저야 잘 지냈죠. 은지 지금 화장실 가서 제가 대신 받았어요.

"그랬군요……."

-오면 전화 드리라고 말할게요.

"아, 아니에요. 급한 게 아니라. 제가 나중에 다시 은지한테 전화할게요. 데이트 잘 하세요!"

황급히 전화를 끊은 소임은 창피함에 몸을 부르르 떨었다.

"으으……."

그래도 지금 그게 중요한 게 아니었다. 소임은 태세를 바꿔서 침대에 턱을 괴고 누웠다.

"흠……."

앞으로 어떻게 선호를 봐야 하나. 그녀는 자신을 좋아하는 사람을 어떻게 대해야 할지 고민스러웠다.

'아무래도 마음을 받아 줘야겠지?'

소임은 주체할 수 없이 터져 나오는 웃음에 큭큭거리다가 어느 순간 위화감을 느꼈다. 그러고 보니 이상한 점이 있었다. 그녀의 미간이 깊게 주름졌다.

'날 좋아한다면서 왜 사귀자는 말을 안 하지?'

좋아한다고 인정했으나, 그걸로 끝이었다. 선호는 둘의 관계에 대해 어떠한 것도 제안하지 않았다. 그가 제일 중요한 것을 언급하지 않았다는 사실에 소임은 얼이 빠졌다.

'뭐지? 왜 고백 안 해?'

수줍어서 고백하지 못했다기에는 찜찜한 구석이 있었다. 어치피 좋아하는 거 다 들킨 마당에 사귀자고 한마디 보태는 게 뭐가 어렵다고.

'설마 사귈 마음이 없는 건가? 그냥 혼자서 좋아하겠다는 건가?'

어쩌면 그는 망설이고 있을지도 모른다. 나이도 나이고, 아무래도 같은 아파트에 사는 이웃이라 관계를 진전시키기는 부담스러워서 주저하는 것일 수도 있었다. 마치 소임이 재식의 직장 동료인 정우와 교제하는 것을 꺼렸던 것처럼.

소임은 대번에 언짢아졌다.

'그런 게 어디 있어. 좋으면 고백을 해야지!'

서른넷 먹은 남자가 되어서 비겁하게 상황을 재고 말고 하는 게 어디 있는가? 박력 있게 막 사귀자고 들이대야지. 선호는 꼭 그래야 한다.

기분이 나빠진 소임은 콧방귀를 뀌었다

'흥. 고백 하나, 안 하나 보자.'

먼저 좋아하는 쪽이 지는 거랬다. 선호를 향한 제 마음은…… 아직 잘 모르겠지만 일단 둘 중에서 먼저 좋아한다고 표현한 사람은 선호였다. 그러니 이건 전적으로 자신에게 유리한 게임이다.

'나 좋아한다면서 언제까지 버틸 수 있나 보자.'

소임은 어떻게든 선호의 입에서 사귀자는 말을 듣고야 말겠노라 다짐했다. 그녀가 이렇게 잔뜩 벼르고 있으니, 조만간 그는 고백하게 될 거였다. 왜냐하면 소임이 그렇게 만들 테니까.

14. The same

집에 돌아온 소임은 편하게 거실에 누워 해주가 깎아 준 사과를 집어 먹었다. 재식도 간만에 야근 없이 정시에 퇴근한 터라 변 씨 가족은 다 같이 모여 단란한 밤을 보내고 있었다.

소임이 아삭아삭하고 새콤달콤한 사과 맛에 연발 감탄하자, 해주가 자랑스레 설명했다.

"전통 시장에서 15개에 이천 원에 팔더라. 아줌마들이랑 다 같이 가서 한 봉지씩 사 왔어."

"그렇게 팔면 남는 게 있어?"

아마 우둘투둘하고 상처 난 사과라 판매 가치가 없어서 싸게 파는 걸 거다, 그래도 집에서 먹는 것에는 큰 상관없다 등등. 해주와 소임이 그런 시시콜콜한 이야기를 주고받고 있을 때였다.

삐비…….

현관 쪽에서 의아한 소리가 들렸다. 틀어 놓은 TV 볼륨이 그다지 크지 않았기에 재식, 해주, 그리고 소임 모두 소음을 알아차렸다.

비, 빅.

거실에 있는 세 명 모두의 미간이 좁아졌다. 변 씨 일가는 모두 귀가했다. 밤 11시가 넘은 야심한 시각에 남의 집에 침입을 시도하는 사람이 누구인가 말인가.

틀렸습니다!

놀라서 굳어 있던 해주가 곧 웃으면서 사과를 계속 깎았다.

"또 어떤 아저씨가 술 먹고 잘못 집 찾아왔나 보다. 왜, 지난번에 3, 4라인 사는 아저씨가 우리 집 잘못 찾아왔었잖아."

소임은 이제야 알겠다는 듯이 '아' 소리를 냈다. 내버려 두면 다른 집을 찾아왔다는 것을 어렴히 깨닫겠거니 생각하며 TV 프로그램에 다시 집중하려 했건만 비밀번호 누르는 소리는 끊기지 않았다.

삐, 비, 비, 빅. 틀렸습니다!

세 번 정도 틀렸으면 이상하다 싶어서 현관 호수를 확인해야 하는데 누군지 모르겠는 방문자는 계속 진입을 시도했다.

비밀번호를 누르는 소리가 네 번째 이어지자, 소임은 긴장했다. 저 끈질긴 시도에서 기어코 1201호에 들어오고 싶다는 강력한 의지가 느껴졌다.

"저러다 진짜 우리 집 들어오는 거 아니야?"

소임은 어떻게 해야 하나 싶어서 재식을 쳐다보았다.

"걱정 마. 아빠가 있잖아."

말은 그렇게 하는데 재식이 제일 당황한 기색이었다. 그의 불안한 시선이 거실 구석에 놓인 골프 가방을 향했다. 여차하면 골프채를 집어 들 궁리를 하는 듯했다.

삐비비빅. 잠겼습니다!

5번 이상 비밀번호 입력을 틀리면, 3분 동안 잠금장치가 자동으로 잠긴다. 횟수를 다 채웠는지 더는 버튼 누르는 소리가 들리지 않았다.

이내 딩동, 하고 초인종이 울렸다.

해주가 걱정스러운 낯빛으로 소임을 채근했다.

"얘, 소임아. 인터폰에다가 아저씨 집 잘못 찾아오셨다고 말해."

소임은 과도를 들고 있는 엄마가 현관에 나가 보면 아저씨도 술이 단박에 깨서 집에 돌아갈 거라고 생각했지만 그래도 착한 딸의 자세로 벌떡 일어났다. 그녀는 조심스럽게 인터폰 화면을 살펴보았다.

"헐……."

방문자의 얼굴을 확인한 소임의 입이 쩍 벌어졌다.

널찍한 화면에 보이는 사람은…… 취해서 얼굴 벌게진 중년 남성이 아니라, 화보 잡지에서 튀어나온 듯 늘씬한 미녀. 바로 변 씨 집안의 자랑, 지금 미국에 있어야 할 변새임이었다!

* * *

"새임아!"

변 씨 가족은 둥그렇게 새임을 감싸고 호들갑을 떨었다. 새임은 작년에 미국에 있는 디자인 회사에 취업했다. 일주일 전만 해도 미국에서 잘 지내고 있는 듯했던 새임이 연락 없이 집에 왔으니 다들 놀랄 만도 했다.

"왜 온다는 연락 안 했어."

첫째 딸의 습격 아닌 습격에 해주는 대번에 걱정스러운 눈빛을 띠었다. 새임은 캐리어를 두 개씩이나 가져왔다. 혹시 안 좋은 일로 급히 귀국한 것은 아닌지 우려했지만 새임의 예쁘장한 얼굴은 언제나처럼 때깔이 좋았다.

"응. 그냥. 놀래켜 주려고."

새임이 싱글싱글 웃으며 캐리어를 열어 보였다. 양쪽 다 과자로 꽉 차 있었다.

"이거 소임이 다 먹어."

소임은 신나게 언니가 미국에서 가져온 선물들을 살펴보았다.

"와, 이 식초맛 감자칩. 한국에서는 안 파는데."

소임은 헤죽거리며 과자 봉지를 뜯어 얼른 시식했다. 짭쪼름하고 새큼한 식초 맛이 입안에서 묘하게 잘 어우러졌다. 그녀는 한동안 과자 걱정은 없겠거니 생각했다.

미국 과자도 맛보게 해 주는 언니에게 고마운 감정이 물씬 차올랐다. 제 감동받은 표정을 봐 줬으면 하는데 새임은 소임에게 시선을 주지 않고 다른 캐리어를 열어젖혔다.

"이건 아빠 옷, 이건 엄마 옷……."

상냥하게도 새임은 가족 선물을 꼼꼼히 챙겨 왔다. 소임은 바리바리 선물을 싸 온 새임을 보고 본능적으로 예감했다.

'아……. 뭔 꿍꿍이가 있겠구나.'

새임은 중요한 얘기를 하기 전에 저렇게 행동했다. 마치 미리 가족들의 환심을 사 놓는 것과 같았다. 딱 작년에 새임이 미국에 취업하겠다는 말을 꺼내기 전에도 이와 같은 선물 증정이 이루어졌다.

기껏해야 회사에서 잘렸다느니, 계약이 연장 안 되어서 돌아왔다느니, 아니면 비자 문제로 잠깐 들어왔다는 얘기를 하겠구나 예상했는데 새임은 어마어마한 폭탄을 투척했다.

"나 결혼할 사람 생겼어."

타지에서 돈 열심히 버는 줄만 알았던 큰딸의 충격 고백에 부모님은 거의 뒤집어졌다. 한 살 터울의 언니가 결혼한다는 소식에 소임의 눈도 휘둥그레졌다. 이건 예상보다 훨씬 스케일이 크다. 소임은 감자칩이 목에 걸려 켁켁거렸다.

"어머, 어머. 웬일이야! 누구야! 어떤 사람이야."

해주가 득달같이 달려들었다.

"몇 살이야? 뭐 하는 사람인데?"

따발총처럼 쏟아지는 질문에 새임은 여유롭게 대처했다.

"지금 미국에 있고, 만난 지는 8개월 정도 됐어. 나보다 조금 어려."

그녀의 얘기를 들어 본 즉, 미국에 간 지 얼마 되지 않아 회사 동료에게 현 남자 친구를 소개 받았다고 했다. 가족들은 새임의 애인이 그녀보다 일곱 살이나 어리다는 내용에 충격을 받았다. 소임은 반쯤 넋이 나가서 과자 봉지를 털썩 바닥에 내려놓았다.

일곱 살의 나이 차가 조금이라 표현될 수 있던가. 새임보다 일곱 살이 어리다면, 지금 25살이었다. 소임보다 여섯 살이나 어린 것이다.

다들 얼이 빠진 와중에 새임이 활기차게 덧붙였다.

"그리고 중국인이라 한국말은 잘 못 해. 나랑은 영어로 말해."

소임은 혀를 내둘렀다.

'역시 남달라.'

그녀는 외국인 남자 친구와 결혼을 결심한 언니에게 존경심이 차올랐다. 한국에서도 그렇게 화려한 연애 경력을 자랑하더니, 결국 연하의 외국인 남자 친구에게 정착하는가. 같은 가정환경에서 자란 연년생 자매인데 자신과는 전혀 다른 삶을 사는 듯했다.

해주가 손뼉을 짝짝 치면서 좋아했다.

"어머나. 중국 사람들 중에 그렇게 부자가 많다는데! 얘, 새임아. 잘 사는 집 아들이니?"

소임은 쩝 입맛을 다셨다.

'중국 사람들이 잘산다는 거 편견 아닌가? 어떻게 다 부자야.'

새임이 눈꼬리를 휘면서 활짝 웃었다.

"응. 괜찮게 살아. 중국에서 가족이 부동산 사업해."

"어머나. 부동산 사업이 그렇게 알짜라던데."

새임의 대답은 해주를 금세 행복하게 했다.

"빨리 사위 좀 보여 줘. 언제 인사 온대?"

해주는 사윗감에 잔뜩 만족한 기색이었다. 새임이 워낙 어릴 때부터 똑 부러지게 제 앞길을 개척하며 살았으니, 이번에도 남편감을 알아서 잘 골라왔을 거라 믿는 듯했다. 반면 재식은 근심스러워했다.

"새임아, 아빠는 좀 당황스럽다. 외국인 사위라니……. 엄마랑 아빠 영어도 못하는데."

"왜, 새임 아빠. 우리 소임이도 영어 잘 하잖아. 새임이 없을 때는 소임이가 통역해 주겠지."

해주와 재식의 시선이 일제히 소임에게 향했다. 소임은 그들의 기대 어린 눈빛에 움찔했다.

아뿔싸. 부모님을 실망시키기 싫지만 그녀는 한국식 주입 교육의 피해자였다. 리스닝과 리딩은 어느 정도 되지만 외국인만 보면 당황해서 입이 굳어 버리는 타입. 소임이 우물쭈물 털어놓았다.

"나 스피킹은 잘 못해."

새임이 싱긋 웃었다.

"괜찮아. 언니가 통역해 줄게. 첸 되게 착하고 귀여워."

"이름이 첸이야?"

해주가 호기심을 보이며 물었다.

"첸, 이렇게 부르면 되는 건가. 아니면 미스터 첸?"

"그냥 편하게 첸이라고 불러."

"왜 첸은 너랑 같이 안 오고?"

"그러고 싶었는데 비자 때문에. 일단 나 먼저 왔어. 첸은 다음 주에 올 거야. 비행기 표 끊으면 말해 준대."

새임이 갑자기 생각난 듯 소임을 돌아보며 말했다.

"맞다. 소임아, 언니 차 키 좀 줘 봐. 내일 친구들 좀 만나게."

소임은 당황하며 꿀꺽 침을 삼켰다.

'그래, 언니 차…….'

지금 소임이 끌고 있는 차는 새임이 미국에 가 있는 동안 꼭 꼭 아주 조심해서 타기로 약속하고서 빌린 거였다. 차를 험하게 쓴 게 밝혀지면 매우 큰 질타를 받을 것이다. 새임뿐만 아니라 엄마에게도.

다행히 선호의 차를 박았을 때 보험 처리하지 않았으니 자신만 입을 다물면 새임의 차는 무사고 차량이다. 없는 돈 끌어 모아서 범퍼도 교체했으니 새임은 사고의 흔적을 발견하지 못할 것이다. 소임은 시치미를 뚝 떼고 차 키를 넘겨줬다.

"여기. 잘 썼어."

"그동안 차 깨끗이 썼어?"

"당연하지."

"어디 박은 덴 없고?"

"아, 무슨 소리야. 나 베스트 드라이버야. 운전을 얼마나 잘하는데."

주차를 못 해서 그렇지. 뒷말을 삼키며 소임은 황급히 제방으로 피신했다. 새임이 혹시나 더 꼬치꼬치 물어볼까 봐 겁이 났다.

"휴……."

방에 들어온 소임은 안도의 한숨을 내쉬었다. 심장이 크게 둥둥거렸다. 새임에게 제 실수를 들킬까 걱정되는 면도 있었지만, 그것보다는 새임의 결혼 선언이 더 충격적이었다.

'결혼이라니!'

갑자기 선호가 떠올랐다. 이 충격적인 사건을 그에게도 전하고 싶었다. 자신의 집 소식을 옆집에게 곧바로 떠드는 것도 좀 웃기지만, 털어 놓고 싶어서 입이 근질거렸다.

그녀는 얼른 선호에게 문자를 보냈다.

[이 씨 자요?]

그가 아직 잘 리는 없는 시간이었다. 휘트니스도 열 시 반이면 문을 닫기 때문에 따로 밤 조깅을 나간 게 아니라면 아마 집에 있을 것이다.

'왜 이렇게 답장이 늦어. 아우, 답답해.'

핸드폰 화면을 빤히 바라보던 소임은 고작 1분을 기다리다가 참지 못해서 그에게 전화를 걸었다.

뚜우. 뚜우.

신호음 세 번이 지나기 전에 그가 전화를 받았다.

-네.

소임은 그의 목소리를 듣자마자 급히 외쳤다.

"이 씨 대박 사건이에요!"

소임은 조금 전에 있었던 충격과 혼돈을 그에게도 표출하고 싶었다. 자신이 얼마나 놀랐는지, 이 엄청난 소식을 어서 전해 주고 싶어 견디지 못할 지경이었다.

그런데 전화로 말하는 것은 극적인 효과가 덜할 것 같았다. 이렇게 중요한 소식은 만나서 전해 주는 게 나을 것이다. 소임은 흥분을 억누르며 속삭였다.

"완전 대박인 소식 있어요."

-몸무게 1키로 늘었어요?

"아니거든요!"

즉각 반박한 소임은 어디서 선호를 만날까 재빨리 머리를 굴렸다. 놀이터는 지나다니는 사람이 있어서 방해될 것 같고. 그렇다고 또 이 야심한 시각에 그의 집을 방문하는 것은 과해 보였다.

공적인 장소면서 또 둘만 있을 수 있는 은밀한 장소가 어디 있을까 생각하다가 그녀는 좋은 곳을 하나 떠올렸다.

그러고 보니 계단 한 층만 올라가면 바로 옥상이다. 그를 옥상에서 만나면 좋을 것 같았다. 소임은 아파트 최상층에 사는 사람들의 특권을 이용하기로 했다. 좋은 장소를 찾아낸 그녀는 들뜬 목소리로 제안했다.

"지금 옥상으로 올라와 봐요. 거기서 말해 줄게요."

-결투 신청이에요?

"아! 웃기지 말고요. 진짜 대박인 거 있단 말이에요."

-글러브 끼고 가면 됩니까?

"우씨. 맞짱 뜨자는 거 아니라고요. 지금 당장 나와요. 알겠죠?"

-그럼 손에 붕대만 감고 갈게요.

끝까지 농담하는 게 얄미웠지만, 빼지 않는 태도가 마음에 들었다. 소임은 히죽 웃으며 전화를 끊고는 거울을 보며 립글로즈를 살짝 발랐다. 어두워서 잘 안보일 테지만 그래도 생기 있어 보이면 더 좋을 것 같았다.

머리카락도 흐트러진 것 같아 손으로 정리하다가 캡모자를 눌러 썼다. 근데 좀 안 어울리는 것 같아서 다시 벗었다. 밤색과 백색 카디건 중에 고민하던 그녀는 후자를 걸쳐 입고 드디어 준비를 마쳤다.

소임은 집을 나서기 전에 예의상 거실을 향해 외쳤다.

"나 잠깐 산책 좀 하고 올게!"

돌아오는 응답은 없었다. 부모님은 소임에게 전혀 관심을 기울이지 않았다. 그들은 새임과의 대화에 푹 빠져 있었다. 미래 계획이 어떠니, 어떻게 살 거니 같은 질문들이 오가는 게 소임의 귀에 들렸다.

소임은 힘차게 계단을 올라갔다. 선호에게 지금 바로 나오라고 했건만 정작 그녀는 통화를 끊고 거의 5분 후에나 집을 나왔다.

'기다리고 있겠지?'

10년 전에 이사 온 이후로 소임은 한 번도 옥상에 올라가 본 적이 없었다. 가끔 고추 말릴 때나 해주가 옥상에 올라간다.

소임은 살짝 열려 있는 문을 밀며 옥상에 진입했다. 선호는 난간 쪽에 서서 아파트 전경을 내려다보고 있었다. 그의 너른 등을 보자 소임의 가슴이 팔랑팔랑 떨렸다. 괜히 목구멍이 간지러웠다. 헛기침으로 목을 풀며 소임은 빠른 걸음으로 그에게 다가가 냅다 뱉었다.

"우리 언니 결혼한대요. 7살 연하랑. 중국인이래요! 대박이죠."

너무 갑작스러운 소식이었는지 선호는 약간 떨떠름한 표정을 지었다. 눈을 천천히 깜빡이던 그가 천천히 대꾸했다.

"축하해요."

"왜 나한테 축하한대요? 내가 결혼하는 것도 아닌데."

"변 씨네 경사 아니에요?"

"그건 그렇긴 한데."

소임은 불만스럽게 종알거렸다.

"나한테는 그다지 좋은 일 아니에요. 언니가 미혼이라서 그동안 내가 그나마 화살을 피해 갔는데 이제 언니 결혼하면 어른들이 나한테 관심 가질 거라고요. 친척들 우리 자매한테 엄청 관심 많아요. 매일 나 뭐 하길래 명절에 안 오느냐고 엄마, 아빠한테 물어본다구요."

소임은 자신을 물끄러미 내려다보는 선호의 눈빛에 긴장해서 더 입을 빠르게 움직였다. 이 넓은 옥상에 단둘이 있으니 얼굴이 조금 화끈해지는 것도 같았다.

"내가 그래서 일부러 더 큰집에 안 가는 것도 있는데…… 하여튼 우리 언니 원래 미국에서 일하거든요? 근데 갑자기 지금 연락도 안 하고 집에 온 거예요. 아! 언니가 미국에서 과자 사 왔는데 내가 내일 하나 갖다 줄게요. 식초 맛 감자칩 먹어 봤어요? 완전 맛있어요."

열심히 종알거리던 소임은 갑자기 그에게 언니를 자랑하고 싶어졌다.

"근데 우리 언니 진짜 예쁘게 생겼거든요. 보여 줄까요?"

소임은 핸드폰 사진첩을 뒤적여 새임의 사진을 찾아냈다. 자신조차 왜 지금 선호에게 언니 사진을 보여 주는 건지 잘 모르겠는데, 뭐, 굳이 이유를 찾자면 선호가 제 신변에 관해 속속들이 알아줬으면 하는 마음이 어느 정도 있는 것 같았다.

"예쁘죠? 키도 173cm이에요."

소임이 히죽 웃으면서 사진을 보여 주자, 그가 동의한다는 듯이 고개를 짧게 끄덕여 보였다.

"그러네요."

분명히 칭찬을 바라고 보여 준 게 맞는데. 그리고 새임은 객관적으로 내로라하는 미녀인데 막상 그녀의 칭찬을 들으니 소임은 심기가 불편했다.

'나는 예쁘다고 안 해 줬잖아?'

어째서인지 소임은 스스로를 주체하지 못하는 기분이었다. 짜증이 급격히 솟았다. 변덕스럽게 부루퉁해진 게 스스로도 마음에 안 들어서 속으로 씩씩거리던 소임은 선호에게 난데없이 물었다.

"나랑 언니랑 닮았죠?"

사람들은 새임과 소임이 닮지 않았다고 평했다. 주변 어른들의 인식을 익히 알고 있으면서도 소임은 모르는 척 꿋꿋이 물었다.

"딱 보면 자매 같죠?"

이글거리는 소임의 눈빛에 심상치 않은 기운을 느낀 건지, 어떤 건지, 어쨌든 선호가 또다시 고개를 끄덕였다.

"닮았어요."

소임은 대번에 기분이 좋아졌다. 예쁜 새임과 닮았다면 자신도 예쁠 터. 선호의 눈에도 제가 예쁘게 보이리라 생각하니 어깨가 으쓱여지고 뿌듯했다.

웃음을 참으며 선호를 흘끔대던 소임은 문득 궁금증이 일었다. 그에게 남동생이 둘이나 있다는 사실이 떠올랐다.

"이 씨 동생들도 이 씨랑 닮았어요?"

선호는 잠시 생각하더니 머리를 가볍게 흔들었다.

"안 닮았어요."

"에이, 형젠데 왜 안 닮아요. 알고 보면 이 씨랑 똑같이 생긴 거 이니에요?"

"동생들은……."

그가 말끝을 흐렸다. 좀처럼 말을 잇지 않는 그를 지켜보던 소임은 인내심이 바닥났다. 대답을 기다리느니 제가 먼저 묻는 게 낫겠다 싶었다.

"동생들도 키 커요?"

"키는 다 커요."

"동생들도 운동 좋아해요?"

"그럴 거예요."

"그럼 다 몸 좋겠네! 동생들 잘생겼어요?"

"글쎄요."

선호는 어째서인지 한 박자씩 대답이 느렸다. 그가 곤란한 듯 눈을 찡그렸다.

"변 씨가 보기엔 안 잘생겼을 것 같은데. 변 씨는 귀엽게 생긴 남자 좋아하잖아요. 그때 그 남자도 귀엽게 생겨서 마음에 든다며. 요즘에는 연락 안 와요?"

그가 말을 돌리는 것 같다는 느낌을 받았지만 일단 소임은 받은 질문에 싹싹하게 대답했다.

"정우 씨요? 연락 안 해요. 아빠가 그러는데 요즘 바쁘댔어요. 매일 현장 나간다고."

"그래서 아쉬워요?"

무슨 그런 끔찍한 소리를 하느냐는 듯이 소임은 인상을 우그러 뜨렸다. 제게 관심 없는 남자에게 연락을 받지 못해 속상해하는 여자로 보이는 것은 용납할 수 없었다.

"하나도 안 아쉽거든요?"

소임은 선호를 흘겨보았다.

"벌써 그분 얼굴도 다 까먹었다구요. 어떻게 생겼는지 기억도 안 나요."

투덜거리는 그녀를 보고 선호가 피식 웃었다.

"하여튼 경사 축하해요."

"네에. 나 아까 완전 놀랐잖아요. 외국인 형부 생긴대서. 다음 주에 우리 집으로 인사 온대요. 그래서 나 영어 공부 해야 해요. 엄마, 아빠 영어 진짜 못하거든요."

소임은 다시 기분 좋게 조잘댔다. 얼굴에 와 닿는 시원한 밤 공기가 아주 마음에 들었다. 아무것도 없이 썰렁하고 횅한 옥상 이 왜 이렇게 아늑하게 느껴지는지 모를 노릇이었다.

* * *

소임은 버스정류장에 내려서 집으로 걸어가는 길에 해주에게 전화했다.

"엄마 뭐 해? 어디야?"

-응. 엄마 목욕탕 왔지. 지금 다 씻고 머리 말리는 중이야.

"집에 언니 있어?"

-새임이 친구들이랑 저녁 먹고 온대.

역시나 소임의 예상이 맞았다. 새임이 집에 온 지도 나흘이 지났는데도 둘은 함께 저녁을 먹은 적이 없었다. 소임이 학원에서 늦게 끝나기도 했지만 새임이 집에 도통 붙어 있지를 않았다.

새임과 소임은 자매지만 성향이 정반대였다. 사교적이고 활발한 새임은 온갖 약속을 주도하며 사람들을 잘 만나고 다녔고, 소임은 저를 애타게 부르는 약속에만 나갔다.

저 멀리 미국에서 비행기 타고 왔으면 시차 적응 때문에 며칠 앓을 만도 한데, 새임은 열심히 밖을 나돌아 다녔다. 소임은 죽었다 깨나도 자신은 언니처럼 활동적이지 못할 거라고 생각했다.

"집에 먹을 거 뭐 있어? 나 배고픈데."

-엄마가 아까 매운탕 끓여 놓고 나왔어. 너희 아빠랑 옆집 총각이랑 아직도 술 마시고 있을런가 모르겠다.

소임은 뜻밖의 내용을 듣고 화들짝 놀랐다.

"뭐라고? 그 사람이 왜 우리 집에 있어?"

-아니, 너희 아빠가 우럭을 잡아 와서 옆집 총각 불렀지. 너하고 새임이는 생선 잘 먹지도 않는데 왜 자꾸 가져오는지 모르겠다. 어쨌든 매운탕 끓였더니 너희 아빠가 이건 딱 술안주래서.

살뜰하게 이웃 청년까지 챙겨 주는 부모님의 마음씨에 감동하긴커녕 소임은 심각해졌다.

'이 씨 술도 잘 못 마시잖아.'

술 좋아하는 재식은 선호에게 계속 잔을 권했을 것이다. 게다가 재식은 술자리에서 항상 군대 얘기를 한다. 자기가 무슨 전차 부대 였다고. 그건 아무리 착한 딸인 소임이라도 못 견디는 주제였다. 선호가 재식에게 시달려서 변 씨 집안에 대해 거부감을 느끼면 안 좋은데 말이다.

'아……. 왜 오늘 집에 있었담. 밖에 나가기라도 하지.'

선호는 하필 이번 주에 휴가를 보내고 있어서 그런 봉변을 당했으리라. 옆집 아저씨가 초인종을 누르면 응답하질 말았어야지. 왜 그렇게 위기의식이 없는지.

불길한 예감에 소임은 발걸음을 재촉했다. 부디 선호와 재식이 가볍게 한두 잔만 맞대고 술자리를 파했으면 좋으련만.

마크팰리스 휘트니스 클럽 앞을 지나갈 무렵, 소임은 막 목욕을 끝내고 온 해주와 앞에서 마주쳤다. 그녀의 얼굴에는 웃음꽃이 활짝 피어 있었다. 소임은 해주가 목욕탕에서 행복한 수다의 시간을 가졌노라 짐작할 수 있었다.

'아마 또 외국인 사위 얘기를 했겠지.'

요 며칠간 해주는 입만 열면 외국인 사위에 관해 얘기했다. 영어로 대화해야 하는데 자신은 영어를 못해서 어쩌냐, 또 다음 주에 집에 오면 맛있는 걸 해 줘야 하는데 어떤 것을 준비해야 하느냐.

새임이 크게 걱정하지 말라고 해도 해주는 한숨을 푹푹 쉬며 계속 고민했다. 하지만 소임이 보기에 해주는 이 상황을 즐기는 것 같았다. 외국인 사위를 맞게 되었다는 사실을 몹시 뿌듯하게 여기는 거다.

지금도 해주는 소임을 보자마자 또 신나게 입을 열었다.

"소임아, 아줌마들이 그러는데 중국에서는 빨간색이 행운의 색이래. 엄마 식탁보 빨간색으로 새로 살까 봐. 환영하는 의미로. 그러는 게 낫겠지?"

"으응. 새로 사."

소임은 해주가 오늘 연습했다는 영어 표현을 들으며 집을 향해 걸어갔다. '부모님은 잘 지내시냐'는 문장이 영 외워지지 않는다며 푸념하던 해주는 나름 해결책을 찾은 사람처럼 편안히 말했다.

"그래도 정 뭣하면 옆집 총각한테 도움받으면 되겠더라. 다행이야. 영어 잘하는 사람이 옆집에 사니까."

"아, 그 사람 영어 잘한대?"

아무 생각 없이 되묻던 소임은 돌아온 대답에 귀를 의심했다.

"영국에서 20년 넘게 살았으니까 거의 원어민이지."

"뭐? 진짜?"

소임은 제자리에 우뚝 멈춰 섰다.

"영국 살다 왔다고? 나한테 그런 말 안 했는데?"

소임이 믿을 수 없다는 표정을 지어 보이자, 해주가 의아한 눈빛을 띠었다.

"옆집 총각이 자기 해외 살다 온 얘기를 너한테 해야 하니?"

소임은 자신의 모습이 이상하게 보였으리라는 것을 깨닫고 황급히 말을 돌렸다.

"그게 아니라, 말숙 아줌마가 그런 말 안 했잖아. 말숙 아줌마 원래 마크팰리스 사는 사람들 정보 다 알고 있잖아. 근데 말숙 아줌마 우리한테 그런 얘기 안 하지 않았어?"

"옆집 총각이 워낙 조용하잖니. 말숙 씨도 몰랐을 거야. 엄마도 아까 알았어. 젊은이라 엄마보다는 영어 잘할 것 같아서 이것저것 물어봤지. 대답을 너무 잘해 주길래 어떻게 영어를 그렇게 잘하냐 니까."

해주는 비밀 얘기를 하듯 입 옆에 손을 대고 소임에게 속닥거렸다.

"학교 다 영국에서 나왔다지 뭐니? 아버지가 영국에서 대학 교수래. 어릴 때 이민 갔대. 런던, 거기 집값 비싼 데 아니니? 옆집 총각네 잘 사나 봐."

"아, 엄마! 왜 그런 걸 꼬치꼬치 캐물었어. 사람 부담스럽게."

"얘는. 그냥 어른이 궁금해서 물어볼 수도 있지. 그 정도는 괜찮아."

해주는 소임이 유난 떤다는 듯이 흘겨보더니 차분한 어조로 그녀를 타일렀다.

"그리고 사람 인연이 어떻게 될지 아무도 모르는 거란다."

"……."

"옆집 총각, 사람이 참 과묵하고 좋아. 남자는 자고로 묵직한 느낌이 있어야 해. 입 가벼워서 칠렐레 팔렐레 되면 별로란다."

소임은 이미 선호가 파혼했다는 사실을 까마득히 잊은 것 같은 해주를 보고 꺼림칙했다. 지금도 이렇게 선호에게 좋은 인상을 받고 있는데, 만약 애초에 그가 파혼한 적 없다는 사실을 알게 된다면 해주는 쌍수 들고 환영할 것이다. 어쩌면 매일 1202호에 반찬을 나눠 줄지도.

제 엄마가 부담스럽게 행동하는 꼴을 견딜 수 없었던 소임은 현명히 말을 아끼기로 했다. 하지만 그것과는 별개로 어이가 없어서 짜증이 났다.

'어떻게 그렇게 중요한 얘기를 나한테 안 해 줄 수 있어?'

소임은 눈을 잔뜩 찡그렸다. 자기에게 그런 대단한 사실을 언급하지 않은 그에게 배신감이 치밀었다.

'돈 자랑은 그렇게 하더니, 학벌 자랑은 왜 안 했대? 해외에서 학교 나왔으면 재깍 자랑해야지!'

그녀는 선호의 신상에 대해 아는 점이 별로 없다는 것이 분했다. 왜 이렇게 비밀이 많은 남자인가. 자신은 뭐 있으면 바로바로 말해 주는데. 선호도 다 조잘거려 줬으면 싶었다. 그래야 공평할 것 같았다.

'날 좋아하면 자기 피알도 열심히 해야지!'

소임은 이따가 선호에게 따져야겠다고 생각했다.

심통 난 채로 집에 들어가니 얼큰하고 매콤한 매운탕 냄새가 코끝에 확 끼쳐 왔다. 아까 해주는 재식과 선호가 아직 술을 마시고 있을지 잘 모르겠다고 했는데, 정황은 간단히 밝혀졌다.

"으아. 소임이 왔구나. 우리 예쁜 작은 딸!"

고주망태가 된 재식이 열렬히 소임을 반가워했다.

"아빠가 오 킬로짜리 우럭을 마아악 건져 올렸는데에에. 팔딱 팔따아악! 으아아아. 월척이다아아!"

재식의 추태에 소임은 깜짝 놀라서 얼굴이 새빨개졌다. 저런 끔찍한 주정을 선호가 다 듣고 있지 않나. 해주 역시도 황망한 표정이었다.

"너희 아빠 왜 저런다니……."

못 살겠다는 듯이 한숨을 푹 내쉰 해주는 재식에게 다가가서 불호령했다.

"새임 아빠! 정신 차려! 왜 이래?"

"소임아! 아빠가 월척 잡아왔다아아아. 오늘 저녁은 매운탕이다!"

소임은 낭패감에 눈을 감으며 고개를 돌렸다. 차마 바라볼 수가 없었다.

"아이, 이 사람이! 청년하고 마신다고 신났구먼. 나이를 생각 해야지."

해주는 재식의 등을 찰싹 때리고서는 선호에게 멋쩍게 웃어 보였다.

"미안해요, 총각. 이이 때문에 고생 많았겠다. 왜 이렇게 거나하게 취했담. 원래는 안 이러는데……."

해주가 재식을 안방으로 질질 끌고 가는 동안 소임도 선호에게 슬금슬금 다가갔다. 술자리를 살펴본 그녀는 경악했다. 소주병이 다섯 개. 많이 잡아 재식이 세 병을 마셨다고 쳐도, 선호가 두 병을 마신 거다.

'장난 아니게 마셨네. 내일 죽어나겠다.'

선호는 머리가 어지러운지 눈을 감고 있었다. 지금은 정신 수련하는 것처럼 앉아 있지만, 거의 쓰러지기 일보 직전인 듯 보였다. 소임은 기가 막혀서 그를 타박했다.

"아니, 술도 못 마시는 사람이 왜 이렇게 많이 마셨어요!"

"어른이 주시는데 어떻게 안 마십니까."

"누가 주든 뭔 상관이에요. 자기 주량대로 마시는 거지."

"아버님이 기분 좋게 권하시는데 거절하기 싫었어요."

소임은 입을 삐죽거렸다.

'아버님은 무슨. 옆집 아저씨구먼.'

근데 그의 변명 아닌 변명에 입꼬리가 씰룩거렸다. 소임은 큼큼 헛기침하고는 선호의 어깨를 두드렸다.

"에휴, 일어나 봐요. 집 데려다줄게요. 걸을 수 있겠어요?"

"아뇨. 업어 줘요."

"농담할 기력도 있는 거 보니 하나도 안 취했네요. 빨리 일어나요."

선호가 피식 웃으며 손을 뻗었다.

"그럼 손만 잡아 줘요."

도와달라는데 거절할 수도 없고. 소임은 그를 흘겨보면서 그의 손을 맞잡았다. 그런데 체격 차이가 나서인지 일으키기가 좀처럼 쉽지 않았다. 그래서 그의 손을 양손으로 붙잡고 선호와 하나, 둘, 셋 합을 맞춰야 했다.

그렇게 간신히 일으켰는데, 선호가 균형을 잃고 비틀거렸다. 소임은 한껏 얼어붙었다. 그를 거의 껴안은 모양새였다. 뜻밖의 신체 접촉에 그녀의 가슴이 쿵덕쿵덕 뛰어 대기 시작했다.

"변 씨한테 좋은 냄새 나요."

소임의 어깨에 고개를 박은 그가 작게 웅얼거렸다. 그녀는 민망한 마음에 괜히 투덜거렸다.

"이 씨한테는 술 냄새 엄청 나거든요? 으, 완전 싫어."

"내일 깨끗이 씻을게요."

몸이 맞닿아 있으니 그의 웃음소리가 진동으로 전해졌다. 소임은 얼굴이 홧홧했다. 맨살이 닿은 것도 아닌데 그의 뜨거운 체온이 옷 위로 선명히 느껴졌다.

위험하다. 남자랑 이렇게 가깝게 접촉하다니. 이런 상황은 심장에 무리가 간다. 어서 그를 처리하고 와야겠다고 생각하며 소임은 이를 악물고 선호를 부축했다.

제 체구의 두 배가 됨직한 남자를 거의 업어 메고 소임은 옆집으로 이동했다. 그를 거실 소파까지 옮기는 데 성공한 소임은 이마에 맺힌 땀을 훔치며 선호의 탄탄한 몸을 훑어봤다.

오늘은 그가 티셔츠를 입고 있어서 딱히 풀어 줄 단추가 없다. 이유 모를 아쉬움을 느끼며 그녀는 선호에게 인사했다.

"저 이만 갈게요. 잠은 침대에 가서 자요."

쌕쌕거리던 그가 한숨처럼 중얼거렸다.

"……해 줘요. 술 많이 마셨으니까."

섹시하게 풀린 눈매, 무언가를 조르는 목소리. 소임의 심장이 쿵 내려앉았다.

'뭐, 뭘 해 달라고?'

소임은 침을 꿀꺽 삼켰다.

'설마 뽀뽀해 달라는 건가? 나 때문에 술 많이 마셨으니까?'

가슴이 미칠 듯이 뛰어 댔다. 소임은 바짝 마른 입술을 혀로 핥았다. 혼란스러웠다. 짧은 몇 초의 시간이 억겁처럼 느껴졌다.

어차피 둘 빼고 아무도 없는데 소임은 주변을 살핀 후 그에게 가까이 고개를 숙였다. 그러고는 조심스럽게 물었다. 긴장해서 그런지 목소리가 사정없이 떨렸다.

"뭐 해 달라고요?"

"내일…… 콩나물국."

설렜던 마음이 순식간에 가라앉았다. 소임은 급격히 싸늘해진 눈으로 선호를 내려다봤다.

'이 인간이……!'

완전히 눈을 감은 그의 숨소리는 곧 일정해졌다. 소임은 선호가 알미워서 견딜 수 없었다. 남을 들었다 났다 해 놓고 본인은 아무 걱정 없이 새근새근 잠들어 버리다니 반칙이다.

'사람 잔뜩 헷갈리게 해 놓고 어떻게 잘 수가 있어!'

잠든 얼굴이 반반해서 더욱 미웠다. 속눈썹도 길고, 콧대도 매끈할 게 뭐람. 할 수만 있다면 양 뺨을 때려서 잠을 깨우고 싶었다.

하지만 그럴 수는 없는 노릇이다. 소임의 입이 부루퉁하게 튀어나왔다.

평화로이 잠든 선호를 한참 노려보던 그녀는 고개를 숙여 그의 뺨에 살짝 입술을 스쳤다.

"콩나물국은 본인이 해 먹어요."

그러고는 허둥지둥 1202호를 벗어났다. 심장이 마구 떨리는 게 마치 잘못을 저지른 느낌이었다.

* * *

다음 날 소임은 아침 일찍부터 선호의 집 앞을 서성였다. 어젯밤 그의 볼에 뽀뽀해 버렸으니, 범죄자가 범죄 현장을 다시 찾는 기분으로 1202호에 자연스레 이끌리게 된 거였다.

그가 아침에 잘 기상했는지, 속은 괜찮은지, 재식의 술 권유에 시달린 후 변 씨 집안에 대한 인식이 나빠지지 않았는지 궁금했다.

초인종을 눌러 봤으나 응답이 없었다. 소임은 현관 잠금장치에 슬쩍 손을 올렸다.

남의 집을 너무 멋대로 들어가는 것 같기도 하지만, 사실 어제도 그를 집에 데려다줬다. 게다가 만약 선호가 술병이 나서 못 일어나는 거라면 큰일이다. 혼자 살아서 챙겨 줄 사람도 없지 않나.

소임은 어제 그에게 술을 퍼부은 재식을 대신해서 선호의 상태를 점검해야 할 의무감을 느꼈다. 그것이 착한 딸, 그리고 선량한 이웃의 자세니까.

그러니 1202호에 들어가는 것은 무단침입이 아니라 정의로운 행동이다. 그렇게 합리화를 마친 소임은 비밀번호를 누르고 현관을 통과했다. 조심스럽게 복도를 지나 거실에 발을 내딛던 그녀의 귓가에 방문 열리는 소리가 들렸다.

끼익.

아파트의 구조로 파악하면 분명히 화장실이다.

'헉! 샤워했나 보구나.'

뜻밖의 사고에 맞닥뜨리게 된 것인가! 소임의 가슴이 철렁 내려앉았다.

'아무래도 벗었겠지?'

심장이 쿵덕쿵덕 뛰기 시작했다. 주말 아침부터 선정적인 광경을 보게 되다니. 소임은 선호의 나신을 마주하면 어떻게 반응할지 빠르게 계산을 마쳤다.

일단 눈을 크게 뜨고 소리를 지르는 것이다. 놀란 척을 해야 한다. 자신도 불의의 사건에 대한 피해자인 척을 해야 맨몸을 보인 선호에게 조금이나마 덜 비난받을 것이다.

소임은 비명 지를 준비를 하며 왼쪽으로 고개를 돌렸다.

하지만 예상과 다르게 그는 너무나 단정한 모습이었다. 머리카락이 젖어 있는 걸 보면 샤워를 한 것 같은데 옷은 제대로 갖춰 입고 있었다.

실망감이 잔뜩 몰려들었다. 소임은 흠칫 놀랐다. 설마 자신은 그의 나체를 기대했던 것인가? 스스로의 음흉한 면에 경악하며 겉으로는 태연하게 그에게 아는 척을 해 보였다.

"음, 잘 잤어요?"

"예."

"한번 와 봤어요. 혹시 술병 나서 못 일어나는 건 아닌가 해서. 초인종 눌렀는데 응답 없길래. 멋대로 집 들어와서 기분 상한 건 아니죠?"

"별 생각 없습니다."

선호가 수건을 벽 앞에 있는 빨래 바구니에 휙 던져 넣었다. 그는 소임이 제 집에 들어와 있든 말든 전혀 신경 쓰지 않는 듯 덤덤한 표정이었다.

코끝에 향기로운 비누 냄새가 느껴졌다. 소임은 대충 세수만 하고 나온 게 조금 후회되었다.

어젯밤 과음한 사람치고 선호는 아주 멀쩡해 보였다. 일어난 지 얼마 되지 않아서 눈에 졸음기가 묻어 있는 소임이 상대적으로 더 퀭해 보일 정도였다.

소임은 민망한 마음에 손을 꼼지락거리다가 조심스레 물었다.

"속은 괜찮아요? 밥 먹었어요?"

"콩나물국 끓여 먹었습니다. 변 씨는요?"

"나도 아침 먹고 왔어요. 집에 내가 좋아하는 피자 빵 있어서. 그 저기 앞에 개인 빵집 새로 생긴 데 있잖아요. 엄마가 거기 빵 한 아름 사 왔거든요. 그래서 두 개 먹었는데……."

굳이 쓸데없는 말까지 주절거리는 스스로의 모습에 소임은 낯이 화끈거렸다. 제가 선호를 앞에 두고 설마 수줍음을 타는 건가 싶어서 기가 막혔으나, 당황스러운 것은 사실이었다. 시선을 맞출 수가 없고 자꾸 가슴이 둥둥거렸다.

"배부르겠네요."

"……맛있었어요."

대화가 끝나고 정적이 내려앉았다. 소임은 진땀이 났다. 잘 깨어난 거 봤으니 이제 자신은 집에 돌아가겠다고 말할 타이밍이긴 한데, 이대로 집에 가는 게 끌리지 않았다.

계속 신경이 쓰였다. 뭔가 둘의 사이에 진전이 있었으면 하는 바람이 그녀의 발목을 잡았다. 어제 뽀뽀까지 해 버렸지 않나. 물론 선호 몰래 제가 스스로 하긴 했는데 그래도 그건 중대한 사건이었다.

'아무 사이도 아닌 남자의 볼에 입을 맞춘 건 좀 그렇잖아?'

싱글 생활을 오래 지속해 온 소임은 약간 보수적인 면이 있었다.

그녀는 시선을 들어 선호의 동태를 살폈다. 그는 제자리에 가만히 서 있었다. 이것은 좋은 신호라며 소임은 스스로에게 용기를 불어넣었다.

용케 길 비키라는 소리도 안 하고, 그녀를 피해서 거실로 나가지도 않고, 그녀에게 집에 언제 가냐고 눈치를 주지도 않는다.

'내가 좋으니까 그런 거겠지? 어쩌면 긴장한 건지도 몰라.'

아무래도 선호는 소심해서 속엣말을 표현하지 못하는 거다. 소임은 그가 지금 고백하고 싶은 마음을 꾹 참고 있는 것이라 짐작했다. 그렇게 생각하니 입을 꾹 다물고 있는 그가 좀 안쓰러워졌다.

'이 씨도 그동안 답답했겠지?'

선호도 소임이 그랬던 것처럼 그간 마음이 쓰여 밤잠을 설쳤을지도 모른다. 남을 짝사랑하는 것은 매우 힘에 부치는 일이니까.

'내가 좀 도와줄까?'

아기 새가 부화하는 것을 힘겨워 할 때, 껍데기를 조금만 떼 주면 그 이후에는 알아서 잘 깨고 나오지 않나. 그것처럼 아주 조금만 도와주면 선호도 힘을 내서 제게 들이댈 것이다.

소임은 대화의 물꼬를 터 주기로 했다. 그에게 고백할 기회를 주는 것이다. 그녀는 크게 헛기침한 후 입을 열었다.

"흠, 저기, 나한테 뭐 할 말 있지 않아요?"

소임은 짐짓 너그러운 표정으로 그를 올려다봤다. 멀뚱히 소임을 바라보던 선호가 문득 알아차렸다는 듯이 말했다.

"어제 데려다줘서 고마워요."

"아니, 그거 말고⋯⋯."

그를 도와주는 셈 치고는 있지만 제 입으로 직접 말하기가 무척 민망했다. 우물쭈물하던 그녀는 마음을 다시 단단히 먹었다. 자신이 부끄럽대도 아무렴 고백하는 선호만큼 부끄럽겠는가. 그녀는 주먹 쥔 손을 입가에 가져가 큼큼거리고는 두 번째 시도를 했다.

"저기, 나 좋아한다고 그랬잖아요?"

"네."

"하고 싶은 말 있지 않아요?"

"뭔 말을 합니까?"

"그, 뭐, 좋아하는 사람 있으면 마땅히 하는 말 있잖아요?"

"뭐요?"

소임은 제 얼굴이 벌게졌으리라 짐작했다. 기어이 제게 기대려고 하는가. 선호도 참 용기 없다고 속으로 투덜거리며 그녀는 기어 들어가는 음성으로 대답했다.

"왜 사귀자고 안 하냐고요."

선호의 표정이 오묘해졌다.

"변 씨 나랑 사귀고 싶어요?"

쿵. 심장이 아래로 떨어졌다. 소임은 속내가 들킨 것 같은 위기감에 크게 당황했다. 얼굴이 뜨겁게 달아오르고 자연스레 목소리도 커졌다.

"아니! 내가 무슨 이 씨랑 사, 사귀고 싶어요! 난 그냥 이 씨가 나를 좋아한다고 했는데 아무 말도 없으니까……. 소심해서 그런 말 못 꺼내는 줄 알고 한번 물어본 거거든요?"

"……."

아무 말 없이 저를 빤히 바라보는 시선에 소임은 창피해서 쥐구멍에라도 숨고 싶었다. 그녀는 변명하듯 그에게 조금 따져 물었다.

"어차피 나한테 고백하려고 적당한 타이밍 재고 있었잖아요?"

"딱히 그런 적 없는데."

소임은 시치미를 뚝 떼고 있는 선호에게 크나큰 배신감을 느꼈다. 어떻게 저렇게 별로 간절하지 않은 척할 수 있는가? 세상 모든 사람은 원래 좋아하는 사람이랑 사귀고 싶어 하지 않나? 서로 독점적인 관계가 되고 싶어 하는 게 마땅한 감정 아닌가?

'웃기시네. 나랑 사귀고 싶을 거면서.'

만약 제가 헛물을 들이켠 거라면 굉장히 창피한 일이다. 마치 그와 사귀고 싶어서 보챈 꼴이지 않은가.

소임은 여기서 더 구차해지는 일을 피하고 싶었다. 그래서 선호가 제게 고백하고 싶었을 거라는 주장을 밀고 나가기로 했다. 원래 목소리 큰 사람이 이기는 법이니까.

소임은 화끈거리는 얼굴을 들고 애써 도도하게 그를 쳐다봤다.

"하지만 내심 나랑 사귀고는 싶었죠?"

선호가 대답 없이 소임을 빤히 바라봤다. 그 집요한 시선에 소임은 민망함이 몰려들고 있었다. 성가신 사람이 된 느낌이었다. 도끼병에 대단히 걸려서, 주변 사람에게 자신을 떠받들라 요구하는 사람. 멋쩍은 침묵을 견딜 수 없었던 소임은 결국 버럭했다.

"아니, 사람이 왜 이렇게 소심해요!"

"그러게요. 변 씨처럼 대범하게 살아야 하는데."

소임의 입이 부루퉁 튀어나왔다.

'우씨. 나 멋대로 행동한다고 눈치 주는 거야, 뭐야.'

그녀는 붉으락푸르락 낯을 붉히고 있는 자신과 달리 태연해 보이는 선호가 얄미웠다. 저 혼자만 감정에 휘둘리는 것 같아서 마음에 안 들었다.

아무리 봐도 선호는 절대 제가 먼저 고백하지 않을 것 같았다. 거의 자포자기한 그녀는 가자미눈으로 그를 째려보았다. 이제는 이판사판이다. 그가 자신을 요구 많은 여자로 보든 말든 상관없었다. 제 불만 표현하는 게 우선이었다.

"근데 진짜 왜 고백 안 해요? 좋아한다고는 다 말해 놓고."

"변 씨가 나랑 안 만나 줄 것 같아서."

소임은 기가 막혀서 투덜거렸다.

"왜 나한테 물어보지도 않고 섣불리 그렇게 생각해요?"

"계속 맞선 보러 다녔잖아요. 목적 뚜렷한 사람한테 어떻게 사귀자고 합니까?"

그제야 소임은 선호가 그동안 고백을 왜 망설였는지 이해할 수 있었다.

'아……, 결혼하기 싫다고 했었지?'

그는 독신 생활을 추구하는 듯했다. 하지만 소임은 그가 그것 때문에 자신과의 연애를 주저했다는 게 싫었다. 어쩜 자신이 그와 결혼을 원한다고 생각할 수 있는가?

'이쪽도 결혼하기 싫거든?'

소임은 아직 결혼하고 싶은 마음이 없었다. 부모님이야 그녀가 어서 가정을 꾸리길 원하지만 그분들은 소임이 아주 어린 아이였을 때부터 결혼 얘기를 했었다. 소임이 나중에 누구랑 결혼할래? 결혼하고도 엄마, 아빠랑 가까운 데 살 거지? 등등. 그러니 그들의 성화에 크게 휘둘릴 필요가 없다.

"내가 결혼하고 싶다고 언제 그랬어요? 부모님이 하도 남자 좀 만나 보라 하니까 선보러 나간 거고! 난 아직 더 싱글라이프를 즐기고 싶거든요?"

"……."

"그리고 사귀면 다 결혼하는 것도 아니거든요? 사귀다가 헤어지는 사람이 얼마나 많은데. 사람 좋으니까 그냥 만나 보는 거지."

"……."

"일단 나는 열린 사람이에요. 꽉 막힌 사람 아니고……. 일단 고백을 받으면 진지하게 고려를 해 본다고요."

혼자 주절거리는 느낌이란. 소임은 또다시 얼굴이 화끈거리는 걸 느끼며 자그맣게 중얼거렸다.

"이 씨가 나핑 시귀고 싶어 한다면, 긍정적으로 생각해 볼 의향도 있어요."

이만하면 할 만큼 다 했다. 이제 남은 것은 선호의 몫이다. 소임은 새침하게 눈을 내리깔고 그의 반응을 기다렸다.

만약 이만큼 판을 깔아 줬는데도 고백하지 않는다면 그는 완전히 멍청이 바보다. 이렇게 소심한 남자와는 절대 사귀지 않을 거다. 그녀는 설령 그가 무반응이더라도 결코 상처받지 않으리라 다짐했다.

소임이 용기를 박박 끌어 모은 보람이 있게, 선호가 드디어 입을 뗐다.

"변 씨, 나 만나 줄 거예요?"

드디어 원하던 질문을 얻어 낸 소임의 입꼬리가 꿈틀거렸다. 그녀는 웃고 싶은 욕구를 억누르며 선호의 표정을 샅샅이 살폈다. 꽤 진지해 보이는 낯이 마음에 들었다.

"흠, 내가 이 씨를 만나 줬으면 좋겠어요?"

"예."

선호 역시도 자신과 사귀는 것을 바라고 있다는 걸 확인하자 급격히 마음에 평화가 찾아왔다. 그녀는 흥분해서 쿵쿵 뛰는 가슴을 무시하려 노력했다. 너무 들떠 보이면 안 된다. 그럼 주책없어 보일 테니까.

프로페셔널하게 행동하는 거다. 이런 고백을 많이 받아 봐서 별로 떨리지 않는 것처럼. 하지만 등 뒤에서 맞잡은 손은 열 손가락이 다 꿈틀거리고 있었다.

"음, 알았어요. 나도 막 이 씨가 싫은 건 아니니까."

눈을 천천히 끔뻑거리는 그가 좀 귀엽게 보인다고 생각하며 소임은 명랑한 음성으로 덧붙였다.

"만나 줄게요!"

선호는 긴장한 건지, 떨떠름한 건지, 탐탁지 않은 건지, 그것도 아니면 놀란 건지. 의미를 알 수 없는 복잡한 표정을 유지하다가 한 박자 느리게 대꾸했다.

"알았어요. 고마워요."

그러고는 소임을 지나쳐 부엌으로 쓱 가 버렸다. 현관 앞 복도에 우두커니 남은 소임은 얼떨떨했다.

'뭐야? 끝인가?'

몹시 당황스러웠다. 아무렴 그녀가 연애 경력이 짧긴 하지만, 고백 직후의 분위기가 이렇게 썰렁하지 않다는 것쯤은 안다.

'원래 좀 부끄러워하거나, 서로를 바라보면서 좀 즐거워하지 않나?'

기억을 더듬어 보면, 소임이 첫 남자 친구에게 고백을 받았을 때는 계속 서로를 보면서 히죽거렸었다. 자신이 너무 큰 기대를 했던 것인가. 어른의 연애란 이런 것인가.

소임은 당혹스러움에 눈을 빠르게 깜빡였다. 뭐, 애인 사이가 되었다고 덥석 껴안거나 진한 키스를 나누는 게 더 이상하긴 한데 솔직히 김이 팍 새긴 했다.

소임은 만약 신호기 그녀의 결정에 감동해서 저를 껴안고 기쁨을 표출한대도 가만히 안겨 있어 줄 용의가 있었다.

'왜 저렇게 무덤덤하지?'

소임은 맹숭맹숭한 그의 반응에 어리둥절하며 그에게 어색하게 다가갔다. 커플이 되었다고 그에게 갑자기 친한 척하기는 낯설었다. 그녀는 아직 거리감이 느껴지는 선호를 흘깃거리며 슬쩍 운을 뗐다.

"우리 그럼 오늘부터 1일이에요?"

그가 피식 웃으면서 냉장고에서 물병을 꺼냈다.

"날짜도 셉니까?"

소임은 얼굴에 열이 올랐다. 유난 떠는 것처럼 보였나 싶었다. 마치 오래간만의 연애에 들뜬 사람처럼. 그녀는 스스로를 방어하려 틱틱거렸다.

"원래 다 이렇게 하거든요? 사귄 날짜를 기억해 놔야 앞으로 1주년도 챙기고, 2주년도 챙기고. 그럼 이 씨는 기억 안 하려고 했어요? 오늘처럼 기념적인 날짜를?"

어이없다는 눈빛으로 째려보니까 선호가 피식 웃으면서 고개를 절레절레 저었다. 소임은 그가 컵에 따른 물을 벌컥벌컥 들이켜는 모습을 보다가 손을 내밀었다. 그러고 보니 자신도 갈증이 났다. 워낙 긴장해서 그런지 입안이 버석거리는 것 같았다.

"나도 물 마실래요."

소임은 그가 손을 움찔거리는 모습을 보며 약간 황당했다.

'아니, 뭐 사귀는 사이에도…… 내외해.'

아마 자신이 학원에서 애들이랑 아이스크림 한 입씩 나눠 먹는 거 보면 기겁하겠다고 생각하며 소임은 다시 손을 흔들어 그를 재촉했다. 그가 결국 컵을 건네줬다.

소임은 물병에서 콸콸 쏟아지는 보리차를 응시하다가 컵을 입에 가져갔다. 음, 시원하고 구수한 게 정말 갈증 해소에 딱이었다.

만족스럽게 물을 마신 소임은 선호에게 컵을 돌려주고 이제 뭐를 해야 하나 생각했다. 1202호에 들른 본래의 용건도 해결했고, 기대했던 것보다 큰 수확을 건졌으니 매우 보람찬 주말이었다.

이제 집에 가서 이 즐거운 기분을 만끽하면 최고일 것 같았다. 친구들에게 전화해서 이 대단한 뉴스를 전하는 것이다. 자신에게 드디어 애인이 생겼다고!

소임은 활기차게 선호에게 작별을 선언했다.

"저 이제 집 갈게요!"

"왜 이렇게 집을 좋아해요. 여기서 놀아요. 오늘 같이 있어요."

소임은 자신을 붙잡는 선호를 보고 꽤 놀랐다. 아쉬울 것 없는 것처럼 행동하더니만 그래도 내심 자신을 원하고는 있구나 싶었다. 더 적극적으로 요청하는 그의 모습에 그와 자신의 새로운 관계를 새삼 실감했다.

'흠…… 우리 정말 사귀는 거구나.'

소임의 가슴이 파닥파닥 설렜다. 자꾸 웃음이 터지려고 했다. 그녀는 입술을 안쪽으로 둥글게 말아 웃음을 참으며 그의 제안을 곱씹었다. 소중한 주말을 뺏길 땐 기분이 별로 좋지 않지만 지금은 괜찮았다. 자신도 선호와 시간을 함께 보내고 싶었다. 애인끼리는 원래 주말에 데이트를 하는 거니까.

"알았어요! 뭐 하고 놀 거예요?"

소임이 최근 들어 가장 활기찬 모습으로 눈을 빛내면서 묻자, 선호가 좀 곤란한 기색을 비쳤다.

"오늘 작업해야 할 일 있어서 외출은 못 하는데. 거래처에서 코드 좀 수정해 달라고 급하게 부탁이 와서. 나 일하는 동안 TV 보면서 쉬고 있을 수 있어요?"

그가 바쁘다니 아쉽긴 하지만 어차피 주말에 집에 늘어져 있는 게 소임의 일상이었으니까. 선호의 집에서 편히 쉬는 것도 나쁘지 않다고 생각하며 소임은 흔쾌히 동의했다.

"알겠어요!"

소임은 1202호에서 가장 익숙한 자리인 소파에 가서 털썩 앉았다. 선호는 거실 탁자에 노트북을 놓고 바닥에 앉았다.

작업실에 있는 데스크톱이 아닌 노트북을 이용하는 것이 자신 때문이라 생각하자 소임은 흡족했다. 그도 자신과 함께 있고 싶어서 굳이 거실에서 일하는 것이리라.

소임은 소파 가장자리에 앉아 있었기 때문에 대각선으로 선호의 옆모습을 지켜볼 수 있었다. TV가 켜져 있었는데도 눈길이 자꾸 그에게 향했다.

지금 보니까 선호는 참 여자들에게 인기 많을 타입이었다. 잘생기고 키 크니까. 성격도 약간 까칠하긴 하지만 이 정도면 과묵하다고 할 수 있고. 소임은 말 많은 남자를 싫어했다. 자기 얘기만 하려고 하니까.

'저런 남자가 날 좋아한다니.'

아니, 좋아하는 것을 넘어 이제는 남자 친구다. 소임의 입가에 흐뭇한 미소가 걸렸다. 선호가 일하는 모습은 또 처음 보는데, 일에 집중하는 모습이 아주 멋졌다.

그녀는 IT 전문가가 아니었기 때문에 능숙하게 컴퓨터를 다루는 선호가 대단해 보였다. 뭘 하는지조차 모르겠는데 일단 키보드를 보지도 않고 빠르게 누르는 모습만 봐도 감탄이 나왔다. 소임은 독수리 타법이었다.

한동안 선호가 일하는 모습을 구경하던 소임은 궁금증이 생겼다. 객관적으로나 주관적으로나 선호는 괜찮은 남자 같은데……. 한 번 떠오른 호기심을 지울 수가 없었다. 한참을 고민하던 소임은 슬쩍 말을 붙였다.

"저기, 나 뭐 하나 궁금한 거 있는데."

"물어보세요."

"이 씨는 여태까지 여자 친구 몇 명 있었어요?"

과연 선호에게도 화려한 과거가 있을 것인가. 소임은 너무나 궁금했다. 쉬지 않고 연애를 했을 것 같았다. 왜냐면 겉모습이 너무나 괜찮으니까.

"그런 건 왜 물어보는 겁니까?"

선호의 불편한 기색에 소임은 직감했다. 과거를 말 안 해 주는 것은 찔리는 구석이 있기 때문이리라. 그녀는 이 부분을 제대로 한번 캐 봐야겠다는 생각이 들었다.

"궁금하니까 물어보죠. 이 씨 지금까지 애인 몇 명 사귀어 봤어요?"

"100명이요."

"거짓말하지 말고요."

"0명이요."

"장난치지 말고 빨리 제대로 말해 봐요."

"어차피 내가 말해도 안 믿을 거면서. 그냥 적당히 두셋 만났다고 쳐요."

소임은 아주 중요한 질문을 어물쩍 넘기려는 그의 태도에 황당해졌다. 두셋 만났다고 치자? 무슨 그런 개똥 같은 말이 있는가.

두 명 만나면 두 명 만난 거고, 세 명 만나면 세 명 만난 거지, 두셋이 뭐란 말인가? 사람을 그런 식으로 셀 수 있는가? 그럼 이제 다음 여자 친구에게 말할 때는 소임까지 포함해서 서넛 만 났다고 표현할 것인가?

자신이 눈을 동그랗게 뜬 채 황당한 기분을 표현하고 있는데 선호는 별 신경도 안 쓰는 듯했다. 묵묵히 노트북 화면만 바라보고 있는 그의 모습에 소임은 빈정이 상했다.

과거에 몇 명 만났는지 말해 주는 게 뭐가 어렵다고 이렇게 숨기나. 그가 제게 솔직하지 못하다는 사실에 심통이 난 소임은 뾰로통한 목소리로 그를 비난했다.

"몇 명 만났는지 왜 제대로 안 말해 줘요?"

"변 씨 배고프면 저기 냉장고 안에 케이크 있어요."

"말 돌리지 말고요."

"말 돌리는 거 아닙니다. 변 씨 좋아하는 케이크 사다 놨으니까 먹으라고."

"뭐가 그렇게 비밀인데요!"

"비밀 아니에요."

"그럼 빨리 솔직히 말해 줘요. 네?"

심통 난 목소리로 뚱하게 재촉하니, 선호가 한숨을 티 나게 푹 쉬었다. 그러고는 아예 몸을 돌려서 소임을 바라봤다.

"그럼 변 씨는 여태껏 몇 명 만났는데요?"

화살이 제게로 돌아오자 소임은 잠시 뜨끔했다. 저를 빤히 바라보는 선호의 눈빛에는 '어떻게 대답하나 보자'라는 의도가 담겨 있는 듯했다. 그녀는 여기서 대처를 잘해야겠다고 다짐했다.

당당하게 대답하는 것이다. 자신은 과거에 거리낄 게 없으니까. 비밀 많은 선호처럼 답답하게 굴지 않을 것이다.

'한 명 만났다고 하면 인기 없어 보이겠지?'

연애에 너무 목말랐던 티를 낼 필요 없다. 연인 사이에도 신비감을 조성하는 게 어느 정도 필요하다고들 하니까. 게으른 성향이라 연애하기는 귀찮지만, 워낙 인기가 많아서 남자 친구는 충분히 사귀어 본 여자. 바로 그걸 컨셉으로 하는 거다.

'그렇다고 한 열댓 명 만났다고 하면 신빙성 없어 보일 테고?'

딱 중간보다 좀 더 많아 보이는 숫자가 좋을 것 같았다. 잔머리를 굴리던 소임은 적당한 숫자를 떠올려 냈다.

"저요? 한 일곱 명 정도?"

그가 자세히 물어본대도 잘 대답할 수 있었다. 스무 살 때부터 쉬지 않고 일 년에 한 번씩 남자 친구를 사귀었다고 하는 것이다.

아니지, 스무 살 때는 방황해서 4명 정도를 만나고, 그 이후부터는 신중히 상대를 골라서 연애를 했다고 치는 것이다. 그래서 총 7명.

완벽한 시나리오라며 스스로 감탄하고 있는데 선호는 큰 관심을 보이지 않았다. '그렇군.' 하고 끝이었다. 다시 노트북 화면에 집중하는 그의 모습에 소임은 심장이 쫄깃해지기 시작했다.

'내가 정말 7명 만난 걸로 알고 있으면…… 어떡하지?'

소임은 이제야 그가 왜 대답을 회피했는지 알 것 같았다. 과거를 털어 놓는 것은 좋은 생각이 아닌 듯했다.

물론 7명의 전 남친을 사귀었다는 것은 거짓말이고, 설령 진짜라고 하더라도 이미 지나간 과거니까 현 연애에 크게 상관은 없겠지만 왠지 꺼림칙했다.

괜히 선호를 신경 쓰이게 한 것 같았다. 어쩌면 선호는 소임이 연애의 시작과 끝에 능숙한 여자라 이번 연애에 전력으로 임하지 않을 수 있다고 생각할지도 모른다.

원래 연애 많이 해 본 사람들은 자신이 상처받는 일을 피하기 위해 적당히 완급을 조절하여 연애하곤 하니까.

어쩌면 그가 조용한 이유는 기분이 상했기 때문일지도 모른다. 소임은 조바심이 났다.

'약간 첫 단추를 잘못 꿴 느낌인데.'

그의 걱정을 덜어 줘야겠다는 의무감에 사로잡힌 소임은 다정한 목소리를 꾸며 냈다.

"근데 이 씨가 제일 키 크고 잘생겼어요. 여태 제가 만난 남자 중에서."

"아."

선호의 반응이 별로 좋지 않았다. 그는 눈을 살짝 찡그렸다가 다시 무표정으로 돌아왔다. 소임은 진땀이 나기 시작했다. 어색한 정적에 위기감을 느낀 그녀는 조금 더 상냥하게 부연했다.

"성격도 이 씨가 제일 좋은 것 같아요. 예전 남자 친구들은 어려서 그랬는지 좀 제멋대로인 경향이 있었거든요. 이 씨처럼 주변 어른들한테 칭찬도 많이 못 듣고."

"그렇습니까?"

선호가 흘끗 소임을 쳐다보고 다시 노트북에 집중했다. 소임은 안 좋은 분위기를 수습하기 위해 열심히 말했다.

"그렇게 오래 사귄 사람은 없어요. 일주일 만나고 끝난 사람도 있어요."

"……."

"한 명은 이 씨도 알잖아요. 바람피워서 깨졌다고. 약간 인성이 글러 먹은 애들이 많았어요. 제가 그래서 많이 속상했죠. 지금도 인상이 별로 좋지 않아요. 그리운 사람이 한 명도 없어요."

선호의 표정이 썩어 들어가는 모습을 실시간으로 목격한 소임은 망했다는 생각에 뒷목이 싸했다. 이미 내뱉은 말을 주워 담을 수도 없고, 이미 다 그른 듯했다. 소임은 바짝 마른 입술을 핥으며 후회했다. 그냥 얌전히 입이나 다물고 있을걸.

선호가 시큰둥히 중얼거렸다.

"대체 어떤 놈들 만나고 다닌 거예요?"

"그래서 다 헤어졌죠. 별로라서."

"……."

"우리는 앞으로 잘 만나 봐요."

"예."

그의 낮은 음성에 유난히 싸늘한 기운이 도는 듯했다. 소임은 가만히 눈치만 보고 있었다. 갑작스럽게 핸드폰을 집어 드는 선호의 행동에 소임은 퍽 긴장하며 물었다.

"왜요?"

"변 씨 번호 저장해 놓은 거 이름 좀 바꾸려고요."

소임은 안도했다.

'관계가 달라졌으니까 이름도 새로 바꾸는 거구나.'

그를 괜히 기분 상하게 했다는 생각에 조마조마했던 것도 잠시, 호기심이 불쑥 돋았다. 소임은 핸드폰을 만지작거리는 선호를 유심히 지켜보다 질문했다.

"예전에는 나 뭐라고 저장해 놨어요?"

"1201호."

소임은 삭막하기 그지없는 별명에 인상을 찌푸리며 발끈했다.

"그건 무슨 죄수 번호 같잖아요!"

"변소임이라고 하면 싫어하잖아요."

"성까지 합쳐서 부르는 게 싫지, 주소록에 이름 저장해 놓는 건 상관없거든요?"

"처음부터 그렇게 알려 주지 그랬어요. 그러면 변소임이라고 해 놨을 텐데."

그를 흘겨보다가 소임은 기가 막혀서 중얼거렸다.

"아무리 그래도 1201호라니, 완전 정 없다."

"그래서 이제 바꾸잖아요."

입술 쭉 내밀며 심통 난 체를 하던 소임은 그가 핸드폰을 바닥에 내려놓자마자 득달같이 물었다. 그가 과연 제 이름을 어떻게 변경했을지 궁금했다.

"내 이름 뭐라고 바꿨어요?"

"전남친 7명 있는 여자요."

"그게 뭐예요! 뭔 그런 쓸데없는 닉네임을!"

쪼잔한 그의 복수에 충격받은 소임은 콧구멍의 평수가 커지도록 씩씩거리다가 바닥에 놓인 그의 핸드폰을 집어 들었다. 당장 바꾸리라. 선호의 핸드폰 비밀번호는 영 네 개.

주소록에 들어가 제 연락처를 확인해 본 소임은 깜짝 놀라서 켁, 숨이 막혔다.

[♥소임이♥]

'하트라니!'

무뚝뚝한 선호에게서 전혀 기대하지 못했던 것이라 그녀는 벙벙히 눈을 깜빡였다. 아무리 봐도 믿을 수 없었다.

"마음에 듭니까?"

소임은 그의 질문에 화들짝 놀랐다. 별거 아닌 특수문자에 괜히 설레는 것처럼 보였을까 봐—실제로는 맞지만— 그에게 괜히 핀잔을 줬다.

"이게 뭐예요. 유치하게. 나이 삼십 넘게 먹어서 무슨 이런 짓을 하고 있어? 중딩들도 이렇게 저장 안 하거든요?"

"그럼 하트 떼요?"

"아니……."

소임은 어물쩍 말을 흐렸다.

"이미 저장한 거 귀찮게 뭘 또 바꿔요. 에휴, 그냥 써요. 본인 핸드폰인데 본인이 저장하고 싶은 대로 해야지. 그냥 놔둬요."

어쩔 수 없다는 듯이 어깨를 으쓱여 보이며 소임은 선호에게 핸드폰을 돌려줬다.

자신은 쿨한 여자라 연락처 이름처럼 사소하고 미미한 것에 별로 의미를 두지 않는다. 그렇게 보이길 바라며 소임은 대수롭지 않게 행동하려 애썼다.

하지만 입꼬리가 자꾸 씰룩쌜룩 움직였다. 새어 나오려는 웃음을 참느라 곤욕이었다.

발꿈치로 소파 가죽을 팡팡 차고 싶은 것을 꾹 참으며 소임은 주머니에서 제 핸드폰을 꺼내 들었다. 의도를 파악한 듯, 선호가 같은 질문을 돌려줬다.

"변 씨는 나 뭐라고 저장할 겁니까?"

소임은 너무 쓸데없는 말을 들었다는 듯이 실소했다.

"뭐라고 저장해요. 이선호 씨가 이선호 씨지."

"내 이름 앞뒤로 하트 붙여 줄 겁니까?"

윽, 자신이 그런 짓을 한다니 상상만으로도 오글거려서 몸이 부르르 떨렸다. 선호를 너무 좋아하는 티를 내는 것은 민망했다. 소임은 눈을 흘기면서 새침하게 톡 쏘아붙였다.

"아뇨? 난 그런 거 절대 안 하거든요?"

"그동안 사귄 남자 중에 내가 제일 마음에 든다면서요. 특별 대우 안 해 줄 거예요?"

"내 하트 얻기 그렇게 쉽지 않거든요!"

"절대 가능성 없어요?"

"흠, 몰라요. 앞으로 이 씨 하는 거 봐서."

소임은 턱을 치켜들며 선심 쓰듯 대답했다. 별로 중요하지도 않은 전화번호부 이름 갖고 이렇게 젠체하는 자신의 모습이 우습게 느껴지기도 했지만 그래도 나쁘지 않았다. 선호하고 쓸데없는 대화를 하는 게 재밌게 느껴졌다.

15. HO!

소임은 학원 장부 기록에 열중했다. 이번 달에 새로 등록한 수강생이 무려 열다섯 명이나 된다. 역시 학교 시험을 보고 난 후에 위기감을 느끼고 찾아오는 학생들이 많다.

내년에 중학교에 입학하는 아이들을 둔 학부모들도 요 근래 꾸준히 상담을 요청했다. 최악의 경우 수강생이 없어서 쫄딱 망할지도 모른다고 생각했는데 다행히 ATP 과학 학원은 성장세를 보이고 있었다.

학원 운영이 순조롭게 흘러간다는 사실에 안도하며 소임은 포스트잇에 메모를 적었다. 다음 달에는 대학생 강사 채용 공고를 올려야 한다. 우진이가 군대 때문에 올해 말까지만 근무하니까.

그에게 깜짝 송별 파티를 해 줘야겠다고 생각하며 소임은 메모한 내용을 모니터 옆에 붙여 놨다.

지이잉. 지이잉.

책상 위에 올려 놓은 핸드폰에서 시끄럽게 진동이 울렸다. 발신자는 새임이었다.

소임은 그녀가 제게 전화를 건 이유를 짐작했다. 아마 늦지 않게 집에 오라고 확인 차 전화를 주는 것일 테다. 오늘은 드디어 새임의 약혼자인 첸이 한국에 오는 날이다.

소임은 통화를 연결했다.

"어. 왜?"

-소임아, 집이야?

"아직. 나 이제 퇴근하려고."

-그래? 잘됐네.

새임의 안심하는 반응에 소임은 본능적으로 제게 귀찮은 일이 생길 것을 직감했다.

-나 지금 서울역인데 첸 택시 태워서 보낼 거거든? 아파트 정문에 나가 있어.

소임은 곧바로 볼멘소리를 냈다.

"뭐? 왜 둘이 같이 안 오고."

-언니는 병원 들러서 피부과 약 좀 타 가게. 너 택시 타고 집까지 20분이면 가잖아. 첸 좀 마중 나가 줘.

"아니, 왜 군이 일을 복잡하게 해. 그냥 둘이 같이 움직이지.

엄마도 어차피 지금 집에 없어."

사위 맞는 날이라고 해주는 머리 하러 단골 미용실에 갔다. 30분 전에 미용실에 도착했다고 했으니 돌아오려면 한 시간은 더 걸릴 것이다.

-장거리 비행해서 피곤한데 어떻게 병원까지 데리고 가. 집에 먼저 가 있으라고 했어. 아빠 오기 전에 옷도 좀 갈아입고 싶대서.

소임은 탁상시계를 확인하고 불만스레 눈을 찡그렸다.

"원래 여덟 시쯤에 집에 온다며."

새임은 소임의 투정을 크게 신경 쓰지 않는 듯했다.

-비행기가 좀 일찍 도착했어. 첸 도착하기까지 한 40분 걸려. 캐리어 큰 거 가지고 왔으니까 아마 딱 보면 알 거야.

"……."

-알았지? 언니도 곧 갈 테니까.

에휴, 어쩌겠는가. 소임은 뾰로통히 대답했다.

"알았어."

외국인 울렁증이 있는 사람에게 형부가 될 사람을 혼자 맞이하라고 시키다니. 소임은 힘겨운 과제를 선사한 언니에게 원망을 느끼며 빠르게 가방을 챙겨 원장실을 나섰다.

"경지야, 나 집에 가 볼 테니까. 학원 정리 좀 부탁해."

"네, 언니. 내일 봐요."

오늘 나머지 학습 감독을 맡은 경지에게 학원 뒷정리를 맡긴

후 소임은 택시를 잡아 타고 집으로 향했다.

처음 보는 외국인한테 과연 친한 척을 잘할 수 있을지 걱정하면서 소임은 엘리베이터에 올랐다. 첸의 짐도 들어 줘야 할 테니 집에 얼른 들러서 가방만 놓고 나가려고 했다. 아직 시간이 좀 남았으니까.

그런데 12층에 도착한 소임은 엘리베이터 문이 열리자마자 멈칫했다.

'뭐야? 혼자서 잘 찾아왔네…….'

아까 새임이 말하기론 적어도 40분 걸린다더니만, 아직 택시를 타고 있어야 할, 설령 도착했더라도 정문에서 멀뚱히 소임을 기다리고 있어야 할 형부는 벌써 집 앞에 와 있었다.

다른 집 문 앞에 기대어 앉아 있다는 것만 빼면 길을 아주 잘 찾아왔다. 캡모자를 푹 눌러쓴 첸은 1202호의 현관에 등을 대고 다리를 벌린 채로 앉아 있었다.

그의 옆에는 매우 큰 검정색 캐리어가 있었다. 표면에 덕지덕지 붙여 놓은 스티커들이 몹시 화려했다.

사람이 왔는지도 모르고 핸드폰만 만지작거리고 있기에 소임은 흠흠 헛기침을 해서 그의 주의를 끌었다. 이름을 부르기에는 좀 쑥스러웠다.

인기척을 느낀 첸이 고개를 들었다. 소임은 멋쩍게 손을 아래로 뻗어 살짝 흔들며 어색하게 웃어 보였다.

"헤이."

그는 소임이 제게 인사하는 게 뜻밖이었는지 고개를 갸웃거리면서도 반사적으로 인사를 돌려줬다.

"헤이."

첸의 얼굴을 확인한 소임은 내심 놀랐다. 스물다섯 살이라더니, 정말 어려 보였다. 그리고 잘생긴 얼굴이 조막만 했다. 찢어진 청바지에 후드티 차림이었는데, 오랜 비행 때문에 편하게 입고 왔나 싶었다.

아마 갈아입을 정장은 캐리어 안에 있겠거니 생각하며 소임은 그에게 이리 오라는 손짓을 해 보였다.

"댓 하우스 노노. 디스 하우스."

첸이 눈을 빠르게 깜박였다. 무슨 말을 하느냐는 듯이 어리둥절한 표정이었다. 소임은 제 발음이 너무 한국식이었나 고민하면서 주먹 쥐고 엄지만 핀 손 모양으로 1201호를 가리켰다.

"디스 하우스 마이 하우스. 컴 히얼."

그래도 멍하니 바라보기에 소임은 집 현관 비밀번호를 눌러 문을 활짝 열어 보였다.

"플리즈 컴 인."

그녀가 환한 미소를 지어 보이니, 첸이 어정쩡한 자세로 일어났다. 앉은키만 봤을 때도 키가 클 것 같았는데 일어나니 역시나 커다랬다. 소임은 그가 늘씬한 새임과 나란히 서면 참 보기 좋겠다고 생각했다.

그가 처음에는 본인을 가리켰다가 다음에는 1201호 집 문을 가리켰다. 그러고는 영어 듣기 평가 문제를 내는 성우처럼 빠르게 말했다.

"You really want me to come inside?"

소임은 멍하니 눈을 깜박이며 방금 들은 내용을 느릿하게 해석했다.

'뭐라는 거야? 자기 진짜 집 들여보내 주고 싶냐고? 당연하지.'

소임은 너무나 쓸데없는 것을 묻는 그에게 살짝 황당함을 느꼈지만 싹싹하게 대꾸했다.

"오브 콜스!"

"Why?"

'와이는 무슨 와이야. 우리집에 인사하러 왔으니 들여보내 줘야지.'

소임은 떨떠름했지만 상냥하게 대답했다.

"비커우즈 위 아 패밀리. 암 유얼……."

잠깐, 처제가 영어로 뭐였더라? 잠시 버퍼링이 걸렸다. 머릿속을 더듬어 본 소임은 영어 단어를 금세 떠올려 냈다.

"암 유얼 시스터 인 로(I'm your sister-in-law.)"

그러다 어법 오류를 깨달았다.

'아니지. 아직 결혼하기 전이잖아? 그럼 미래 시제를 써야겠지?'

그래서 소임은 얼른 정정했다.

"아 윌 비 유얼 시스터 인 로(I'll be your sister-in-law)."

한 번도 더듬지 않고 매끄럽게 말했다는 점이 뿌듯했다. 소임은 흐뭇한 미소를 띠어 보였다.

쳰은 놀라움과 반가움이 섞인 눈빛으로 그녀를 바라보았다. 그의 깨달은 표정에 소임은 제가 놓쳤던 것을 뒤늦게 알아차렸다.

'아! 내 소개를 안 했구나.'

쳰이 주저하던 이유를 알 것 같았다. 대뜸 들어오라고만 했으니 어리둥절했을 것이다.

물론 새임이 여동생이 있다는 사실을 쳰에게 말해 놨겠지만, 가끔 새임과 소임이 자매인 것을 못 알아보는 사람들이 있다. 어떤 이들은 소임이 새임보다 언니인 줄 안다. 쳰도 순간 저를 못 알아봤겠거니 짐작하며 소임은 상냥하게 눈꼬리를 접었다.

"마이 네임 이즈 변소임. 콜미 소임 플리즈."

너무 친한 척을 했는지 쳰은 조금 떨떠름한 기색이었다.

"Oh, okay. I'm Chanho. Nice to meet you."

쳰한테 한국 이름도 붙여 줬나. 언니도 참 별짓 다 한다고 생각하며 소임은 쳰을 집으로 안내했다.

현관에서 그의 캐리어도 대신 들어 주려고 시도했는데 생각보다 무거워서 당황하니 쳰이 씩 웃으면서 자신이 하겠다고 손짓했다.

"해브 어 싯."

쳰을 소파에 앉힌 후 소임은 고민에 잠겼다.

'이제 무슨 말하지?'

당혹스러웠지만 소임은 그래도 딱딱한 분위기를 깨기 위해 노력했다. 해주랑 새임이 곧 올 테니, 그때까지만 견디는 거다. 그리고 자신은 그래도 제 집에 있는 거였지만 첸의 입장에서는 타국의 낯선 장소에 있는 거다. 주인 된 입장에서 제가 노력해서 말을 걸어야 했다.

일단 둘의 공통분모는 당연히 새임이니까…… 소임은 입꼬리를 어색하게 올리며 물었다.

"새임 소 프리티……. 롸잇?"

첸이 또 고개를 갸웃거렸다. 소임은 그가 왜 저렇게 어리둥절한 표정을 짓는지 알 수 없었다.

'좀 얼빵한 타입인가? 얼굴 똑 부러지게 생겨서는…….'

저런 게 연하의 매력인가 싶었다. 소임은 그가 목이 마를지도 모른다는 생각이 갑작스럽게 들어서 자리에서 불쑥 일어났다.

"유 원트 드링크?"

"Um, sure. thanks."

"커피? 워터? 올 오렌지 쥬스?"

"Water please, thanks."

"아이스?"

"Sure, thanks."

첸은 소임이 영어를 어려워한다는 것을 눈치챘는지, 일부러 쉬운 영어만 골라서 말해 줬다. 그의 배려에 고마움을 느끼며 소임은 얼음 가득 담은 물을 내어 줬다.

소임은 찬물을 호로록 마시면서 눈을 굴려 첸을 훔쳐봤다. 가까운 나라 출신이라서 그런지 외국인이라는 게 잘 실감되지 않았다. 금세라도 한국어로 말할 것처럼 생겼다.

그리고 분명히 초면인데 왠지 모르게 어디서 본 것 같이 친숙했다. 소임은 이전에 첸의 사진도 본 적이 없는데 말이다. 하여튼 그녀는 새임의 눈이 높다는 것을 다시금 확인했다.

"……."

"……."

어색한 정적이 흐르자, 소임은 위기감을 느꼈다. 무슨 말이라도 해야 할 것 같은데 머릿속이 비어서 대화 거리가 떠오르지 않았다.

첸이 손에 쥔 핸드폰을 흘긋댔다. 핸드폰을 만지고 싶은 기색이었다.

'오!'

소임은 좋은 수를 떠올리고 주머니에서 핸드폰을 꺼내 들었다. 자신도 다른 사람과 연락을 하는 척하는 거다. 그럼 첸도 부담을 덜 느낄 터.

가족 될 사람을 앞에 두고 핸드폰만 보고 있는 것은 확실히 디지털 시대의 폐단이었지만 낯가리는 사람들에게는 최고의 도피법이었다.

소임은 선호에게 연락이나 해 볼까 생각했다. 그는 오늘 협업 건으로 거래처와 미팅한다고 했다. 그래서 아까 점심에 잠깐 문자 나눈 이후로는 연락을 못 주고받았다.

'끝났겠지?'

문득 그에게 자신이 직면한 난감한 상황에 관해 보고하고 싶은 마음이 는 소임은 일른 메시지를 썼다.

[뭐 해요? 난 지금 미래 형부랑 맞대면 중. 분위기 대박 숙연.]

문자를 보내 놓고 소임은 하릴없이 핸드폰을 만지작댔다. 게임하면 티가 날 테니, 사진첩을 들락날락하는 게 고작이었다. 크게 구경할 거리는 없었다.

그때 문자가 도착했다는 알림이 떴다.

[둘만 있어요?]

소임은 신나게 답장했다.

[네. ㅋㅋ 완전 어색.]

일단 하나 전송하고, 답장을 기다릴 여유도 없어 또다시 문자 폭탄을 보냈다.

[엄마 미용실 갔는데 아직 오려면 30분 더 기다려야 할 듯요.]

[둘 다 조용히 물잔에 코 박고 있는 중.]

[일은 다 끝냈어요?]

[언제 집 와요?]

[저녁은 먹었어요?]

무려 다섯 통이나 연달아 보낸 소임은 더 떠들고 싶은 마음을 참으며 기다렸다. 선호에게도 답장할 시간을 주는 거다. 어깨 빠지게 기다렸더니 드디어 메시지 한 통이 도착했다.

[주차 중이에요.]

벌써 집에 온 거냐고 물으려고 할 때 핸드폰 전화가 울렸다. 그가 전화했나 싶어서 반가워하기도 잠시, 화면에 뜨는 발신인의 이름은 새임이었다.

'첸이랑 연락하던 거 아니었나?'

첸도 열심히 메시지를 주고받는 것 같았기에 소임은 당연히 그가 새임과 연락하고 있다고 생각했다.

'첸이 뭐 말해 달라고 부탁했나?'

의아해하며 전화를 받은 소임의 귓가에 약간 짜증 난 음성이 들려왔다.

-소임아! 아직 집에 안 도착했어?

소임은 어리둥절하게 대답했다.

"아니? 아까 도착했는데."

-그럼 바로 데리러 갔어야지. 첸 금방 내린다고 했잖아.

"뭔 소리야. 잘 데려왔어."

-너야말로 뭔 소리야. 계속 정문에서 기다리다가 나한테 전화했는데. 내가 동 호수 알려 줬어.

새임이 퉁명스럽게 지시했다.

-호출하면 현관문이나 열어 줘.

그녀가 전화를 뚝 끊자마자 타이밍 좋게 '삐리리리리' 하고 공동 현관 호출 벨소리가 울렸다. 소임은 반사적으로 고개를 돌려 환하게 켜진 인터폰 화면을 쳐다보았다.

그리고 거기에는⋯⋯.

소임은 설마하며 인터폰 연결 버튼을 눌렀다.

삑.

멀대같이 키 큰 남자가 카메라에 대고 꾸벅 인사했다.

-안뇽하쎄요. 첸입니다.

"……."

-문 열어 주쎄요?

소임은 충격받은 얼굴로 뒤를 돌아봤다.

그럼 소파에 앉아 물을 마시고 있는 저 사람은 누구인가.

"……누구세요?"

남자가 소임을 향해 순진하게 눈을 깜빡여 보였다. 마치 자신도 왜 여기 있는지 모르겠다는 표정이었다.

* * *

남자의 정체는 순식간에 밝혀졌다.

"나는 형 집 앞에서 잘 기다리고 있었는데 자기 집에 들어오라잖아."

찬호는 선호의 동생이었다. 왜 남의 집에 들어가 있느냐는 형의 타박에 꿍얼거리던 찬호는 소임을 보며 장난스럽게 웃었다.

"나한테 영어로 말 걸기에 영어 공부하고 싶은 줄 알았지. 시스터 인 로라길래. 하여튼 물 시원하게 잘 마셨어요."

소임은 민망해서 얼굴이 벌게지려 했다. 그녀가 머쓱히 고개를 주억거리는 모습에서 불편한 기색을 읽었는지 선호가 짐짓 엄한 목소리를 냈다.

"제대로 인사해야지."

"땡큐, 소임. 다음에 또 봐요?"

찬호는 실실 웃으며 소임에게 윙크를 보내고 자리를 옮겼다. 소임은 활짝 열린 1202호 현관으로 그가 캐리어를 끌고 홀랑 들어가 버리는 모습을 보며 멍하니 물었다.

"둘째 동생이에요?"

"네. 막내예요."

"애교 많고 귀엽네요……."

소임은 선호네 형제가 '호'자 돌림이라는 정보를 머릿속에 집 어넣었다. 둘째 동생은 서른넷인 선호보다 여덟 살 어리다고 했으니까 역으로 계산해 보면 찬호는 스물여섯 살이었다.

'그보다 이 씨네는 왜 온 거지? 놀러 왔나? 아니면 앞으로 같이 사는 건가?'

소임은 찬호가 가져왔던 큰 캐리어를 떠올리고 옆집의 사정이 궁금해졌다. 하지만 그녀는 묻고 싶은 마음을 꾹 참으며 선호를 보냈다.

일단 미래 형부, 진짜 첸을 친절히 맞이하는 게 더 중요했다.

* * *

"어머님…… 싸랑해요. 너무 맛있쮜여."

"어머나! 우리 사위 한국말도 잘하네. 열심히 연습했나 봐? 기특해라."

애교 많은 첸 덕분에 식사 분위기는 굉장히 화기애애했다. 처음에는 딸 가진 아버지로서 근엄한 척하던 재식도 첸과 고량주 한두 잔을 주고받더니 방어벽을 금세 해제하고 너털웃음을 지었다.

"아구, 술 잘 마시네!"

언어는 가족들이 걱정했던 것만큼 문제되지 않았다. 일단 새임이 통역을 잘 해 줬고, 또 웬만한 대화는 표정과 몸짓으로 다 해결됐다.

덕분에 소임도 한결 긴장을 풀 수 있었다. 저나 새임을 거치지 않고도 부모님이 첸에게 직접 말을 걸고 있으니 말이다.

소임은 가족들의 대화에 열심히 귀를 기울이면서도 가끔 딴 곳에 정신을 팔았다. 그녀는 선호의 동생이 자신을 어떻게 생각할지 궁금해서 안달이 났다. 선호의 사촌 누나를 보긴 했지만, 인사를 정식으로 나눈 적이 없으니 따지자면 찬호는 처음으로 만나는 그의 가족이었다.

소임은 고장 난 목각 인형처럼 삐걱거렸던 자신의 모습을 떠올리고 절망했다.

'띨빵하게 보였겠지?'

그래도 완전히 나쁜 첫인상은 아니었을 것이다. 영어를 못하긴 하지만 열심히 노력하는 사람으로 보였을 터. 게다가 시원한 얼음물도 대접해 줬으니까.

'아, 초콜릿이라도 먹으라고 좀 줄걸.'

그랬으면 찬호에게 그녀의 인상이 더 좋게 남았을지도 모른다.

가족과의 단란한 대화를 마치고 방에 돌아온 그녀는 선호에게 연락을 시도해 봤다.

[자요?]

시간이 늦었으니 잠들었을지도 모른다고 생각하던 참이었는데 화면에 빨간색 수화기 모양이 반짝 떠올랐다. 통화 요청이었다.

'헉! 전화해 달라는 건 아니었는데.'

그래도 소임은 통화를 거절하지 않고 즉각 받았다. 시간이 늦었고 혹여 가족들 방에 소리가 들릴까 봐 목소리를 자그맣게 죽였다.

"여보세요?"

-왜 안 자요?

"그냥…… 배가 너무 불러서. 저 지금까지 계속 먹었어요."

여태 먹은 것을 하나하나 나열하던 소임은 지금 그게 중요한 게 아니라는 것을 깨닫고 불쑥 질문했다.

"근데 아까 동생한테 우리 사귄다고 말했어요?"

-네. 옆집 사람이랑 친하게 지내냐고 묻길래 만나는 사이라고 말해 줬어요.

"동생이 뭐래요? 내 신상 엄청 물어보죠? 뭐라고 알려 줬어요?"

-안 물어봤어요.

"네?"

-아무 질문도 안 했다고요.

남자 친구의 가족이 자신에게 관심을 보이지 않았다는 사실이 소임에게 크나큰 충격으로 다가왔다. 만약 이게 반대 상황이었으면, 예를 들어 소임의 가족이 선호와 그녀가 교제한다는 사실을 알았으면, 아예 둘을 나란히 불러다 앉혀 놓고 모든 것을 꼬치꼬치 캐물었을 것이다.

'왜 안 물어 봤지? 내가 별로 안 흥미로웠나?'

설마 자신을 선호의 스쳐가는 100명의 애인 중 한 명이라고 여기는 걸까. 소임은 심각하게 물었다.

"동생이 나 싫어하는 눈치예요? 별로래요?"

실소하는 소리가 수화기를 타고 넘어왔다.

-갑자기 뭔 뚱딴지 같은 소리예요.

"언제부터 사귀었냐고도 안 물어봤어요? 나 몇 살인지도 안 궁금하대요?"

-그런 거 잘 안 물어봐요.

"어떻게 그럴 수가 있어요? 형 여자 친군데."

-원래 서로한테 관심 없어요. 나도 걔 여자 친구 있는지 없는지 몰라요.

소임은 그의 태평한 태도가 더욱 미심쩍었다. 설마 동생이 무슨 말을 하긴 했는데, 혹시라도 그녀의 기분이 나쁠까 봐 숨기려는 것인가.

"근데 왜 이렇게 웃어요."

-뭐가요?

"지금 되게 웃음 참고 있는 것 같은데."

-아닙니다.

그가 대번에 시침을 뚝 뗐다.

"거짓말."

-진짜예요. 지금 인상 쓰고 있어요.

"내 눈으로 보기 전까지는 안 믿어요."

-보여 줘요?

소임은 그가 기껏해야 사진을 보내 주겠거니 예상했다. 한 장쯤 받는 것도 나쁘지 않겠다고 생각하며 승낙했다.

"네. 증명해 봐요."

-그럼 밖으로 나와요. 나도 인상 쓴 채로 나갈게요.

소임은 그의 제안에 화들짝 놀라 되물었다.

"네? 지금 나오라고요?"

-5분 후에.

소임은 핸드폰을 귀에서 떼고 화면을 확인했다. 새벽 세 시에 가까운 시각이었다. 지금 외출하는 게 말이 되나 싶었다. 아예 친구네 집에서 놀다 오는 거면 모를까, 그녀는 여태껏 이렇게 야심한 시각에 가족 몰래 집을 탈출한 적 없었다.

그런데 이상하게도 혹했다. 나가 보고 싶다는 마음이 들었다. 소임은 망설이는 척 말끝을 흐렸다.

"지금 되게 시간 늦었는데……"

-추우니까 겉옷 걸치고 나와요. 놀이터 가게.

소임은 쩝 입맛을 다시며, 어쩔 수 없다는 듯이 대꾸했다.

"알았어요."

후다닥 겉옷을 챙겨 입은 그녀는 조심스럽게 탈출을 시도했다. 현관과 방이 가까워서 다행이었다. 핸드폰 후레쉬를 켜서 불빛을 비추고 발꿈치를 들어 살금살금 움직였다. 현관 잠금장치도 최대한 소리 안 나게 스위치를 천천히 돌렸다.

문 앞에서 기다리고 있는 선호를 발견하자마자 소임은 숨죽여 킥킥 웃었다. 그는 약속한 대로 근심 가득한 표정이었다.

"아니, 이게 뭐예요."

엘리베이터를 타고 1층으로 내려가는 동안 소임은 계속 키득거렸다. 가족들 모르게 새벽 탈출을 했다는 사실이 안 믿겼다.

"미쳤다. 새벽에 이렇게 몰래 나온 거 처음이에요."

소임은 들뜬 발걸음으로 놀이터에 향했다. 늦은 시간이었지만 가로등이 환하게 켜져 있었다. 그녀는 아무도 없는 놀이터를 죽 둘러보다가 한쪽 구석에 있는 운동 기구로 선호를 이끌었다.

"이거 해요. 허리 돌리는 거."

그녀는 원판 위에 올라가 손잡이를 붙잡고 몸은 고정한 채 허리만 쓱 돌렸다. 어렵지 않아서 헬스장 다닐 때도 제일 열심히 이용했던 기구였다.

맞은편에서 자신과 함께 운동하는 선호를 보며 히죽거리던 소임의 머릿속에 아까 미처 묻지 않았던 것이 떠올랐다.

"맞다, 그러고 보니 이 씨 이번 주에 동생 온다는 소리 한 번도 안 했네요? 난 우리 형부 온다고 하루에 세 번씩 말했는데."

만약 오늘 우연히 찬호와 마주치지 않았다면 소임은 그의 집에 동생이 놀러와 있다는 사실도 몰랐을 터였다. 그녀는 이마 주름을 만들며 서운한 표정을 지었다.

"또 이 씨 해외에서 살았다는 것도 나한테 말 안 해 주고."

선호가 어떻게 나올지 예상되어서 소임은 그가 입을 열기 전에 선수 쳤다.

"나도 예전에 어디서 살았는지 말 안 해 줬다고 하려고 그러죠? 난 서울 토박이예요. 마크팰리스 이사 오기 전에도 이 동네에서 살았어요. 여중, 여고 나왔고. 대학은 사범대 나왔어요."

"애들 가르치는 거 좋아해서 사범대 간 거예요?"

"아뇨. 수능 성적 맞춰서 대학 갔죠. 딱히 하고 싶은 것도 없었는데 그럴 거면 이모가 사범대 가래서. 우리 이모가 고등학교 선생님이거든요."

"큰 이모예요, 작은 이모예요?"

"작은 이모. 우리 엄마 삼남매인데 첫째거든요. 외삼촌이 막내인데 그 외삼촌은……."

주절거리던 소임은 또 그의 술수에 넘어갔다는 것을 깨닫고 입을 다물었다.

그는 대답하기 껄끄러운 주제에 직면하면 말을 돌리곤 한다. 하지만 이번에는 그의 수법에 절대 넘어가지 않을 것이다. 선호의 과거를 샅샅이 캐 보리라.

"이 씨는 대학에서 컴퓨터 공학 전공했죠? 왜 그거 선택했어요?"

"아버지가 그 과는 가지 말라고 했거든요."

"가지 말라는데 왜 갔어요?"

"……."

"반항아였어요?"

선호는 가만히 소임을 바라보다가 피식 웃고는 시선을 돌렸다.

"안 말해 줄 겁니다."

소임은 눈을 가늘게 좁혔다.

"이 씨는 왜 그렇게 비밀이 많아요? 신비주의가 컨셉인가?"

"네. 변 씨 궁금하라고."

소임은 입을 삐죽거리면서 그를 째려보았다. 사귀는 사이에 참 숨기는 것도 많다 싶었다.

심통이 나서 운동 기구를 붙잡고 허리 돌리는 것에만 집중하는데, 우습게도 금세 또 호기심이 치밀었다. 소임은 슬쩍 눈치를 살피다가 또다시 입을 열었다.

"근데 영국에서 살 때 영어 이름은 뭐 썼어요?"

"선호."

"영어 이름 따로 안 지었어요?"

"그냥 한국 이름 썼어요. 부르기 안 어려우니까."

"흠, 그럼 나도 선호라고 부를래요."

이 타이밍에 선호도 앞으로 자신을 '소임아' 하고 다정히 불러 주겠다고 제안해 주면 좋을 것 같았다. 새로운 호칭에 관한 기대감에 잔뜩 부푼 소임은 눈을 반짝이며 그를 올려다봤다.

"아, 반말 까겠다고?"

"무슨!"

소임은 버럭했다. 내심 정곡을 찔려서 당황스러운 감도 있었다. 그녀는 눈치를 보며 우물거렸다.

"무슨 반말이에요……. 그냥 외국 살다 온 사람 문화에 맞춰 주겠다는 거지. 영미권에서는 그냥 사람 이름만 부르잖아요?"

"내 이름 그렇게 부르려면 얘기도 다 영어로 해요."

"됐어요. 안 부르고 말지."

꽁해하던 소임은 선호 들으라는 식으로 목소리를 높였다.

"어후, 이 씨 그렇게 안 봤는데 완전히 좀생이네! 나이 갖고 왜 이렇게 유세 부린대? 고작 세 살 차이 나는데."

"억울하면 변 씨도 서른넷 해요. 연장자로 대우해 줄게요."

소임은 그를 못마땅하게 쏘아봤다. 선호는 그녀의 불만 어린 시선에도 아랑곳하지 않고 태연하게 덧붙였다.

"아니지, 나보다 세 살 많아야 하니까 서른일곱."

"……."

"어때요, 서른일곱 하고 싶어요?"

불만스레 코를 씰룩거리던 소임은 운동 기구에서 휙 내려왔다.

"집 갈래요."

"삐졌습니까?"

일부러 대답하지 않으니 그가 달래듯 말했다.

"가지 마요."

소임은 콧방귀를 픽 뀌었다.

'잡는다고 안 갈 줄 알아? 이미 기분 상했거든?'

걸음을 옮기던 그녀는 이내 들려온 말에 멈칫했다.

"내가 그네 밀어 줄게요."

여기서 흔들리지 말고 계속 걸어가야 하는데……. 그네를 밀어 주겠다는 제안이 솔깃했다.

삐진 티를 제대로 내서 선호에게 위기감을 선사하는 것과 동심으로 돌아가 신나게 그네를 타는 것 중에 치열하게 고민하던 그녀는 결국 후자를 선택했다.

그래, 그를 부려 먹는 거다. 야밤에 힘이나 잔뜩 써 보라지.

선호가 힘들어 죽겠다고 항복할 때까지 그네를 타겠노라 다짐하며 소임은 종종걸음으로 그네에 다가갔다.

* * *

소임은 제 옆에서 걷고 있는 선호를 흘끔댔다.

'손이라도 잡아 볼까?'

주위를 둘러보면 연인처럼 보이는 사람들은 다 정다이 팔짱을 끼거나, 남자가 여자 어깨에 팔을 두르거나, 혹은 여자가 남자의 허리를 꼭 끌어안고 있다시피 하고 있는데 선호와 소임은 서로에게 삐친 사람들처럼 약간 떨어져서 걸었다.

싸운 것도 아니었다. 방금 두 사람은 해물 뚝배기를 맛있게 사 먹고 나왔다. 그런데 왜 이렇게 데면데면하단 말인가. 소임은 진지하게 고민했다.

'내가 먼저 팔짱 껴 버려?'

둘이 함께 맛집을 탐방하는 관계가 아니라 사귀는 사이라는 것을 일깨워 줄 겸, 선호에게 스리슬쩍 팔짱을 껴 볼까 생각하던 차였는데, 그러지 않았던 게 천만다행이었다고 느낄 만한 사건이 곧 일어났다.

"어머, 이게 누구야? 해주 씨네 둘째 딸 아니에요?"

한 아주머니가 호기심 가득한 눈빛을 띠고 종종 다가왔다. 소임은 그녀를 한눈에 알아봤다. 고급스러운 캐시미어 숄을 걸치고 있는 아주머니는 바로 해주와 함께 등산하러 다니는 사이였다. 산악회로 다져진 우정은 김장철이 되면 서로 김치를 맞교환할 정도로 돈독했다. 소임이 어제저녁에 먹은 김치도 이 아주머니의 솜씨였다.

일부러 집과 학원에서 아주 멀리 떨어진 동네로 데이트를 하러 왔는데 이렇게 아는 사람과 마주치다니. 소임은 발 넓은 해주에게 야속함을 느끼며 빙그레 웃어 보였다.

"안녕하세요?"

"여기서 다 만나네? 무슨 일이야? 나야 시댁에 왔는데……."

아주머니는 입으로는 반갑다고 호호 웃으면서도 눈으로는 꼼꼼히 소임의 주변인을 스캔했다. 소임은 위기감을 느꼈다. 이 아주머니가 나중에 '나 자기 딸 어느 동네에서 남자랑 돌아다니는 거 봤어.' 하고 해주에게 말을 전할 가능성은 100%다.

그나마 다행인 것은 아주머니가 마크팰리스에 살지 않는다는 점이다. 선호가 소임의 옆집 사는 남자라는 정보를 모를 터. 아주머니의 눈에 선호는 그저 잘생긴 남자 한 명에 불과하다.

잘 둘러댄다면 위기를 극복할 수도 있을 것이다. 소임은 순발력을 발휘해 적당히 말을 꾸며 냈다.

"저는 사촌 오빠랑 오랜만에 잠깐 만나서 밥 먹었어요."

아주머니가 '아' 하는 소리를 내며 선호를 훑어보았다.

"해주 씨한테 이렇게 듬직한 조카도 있었구나? 친가 쪽? 외가 쪽?"

산악회에서는 등산뿐만이 아니라 서로의 아들딸 중 결혼 적령기의 남녀를 이어 주는 일도 겸한다. 소임은 재빨리 아주머니의 관심을 거둘 마법의 문장을 꺼냈다.

"외가 쪽이요. 작년에 득남했는데 돌잔치 초대장 주러 왔어요."

"어머, 그렇구나."

흥미를 잃은 아주머니는 선호에게 득남 축하한다는 인사를 전하고 상냥하게 웃으면서 사라졌다.

소임은 안도의 한숨을 내쉬었다.

"아휴, 다행이다. 갑자기 만나서 놀랐네."

뜻밖의 인물 때문에 선호도 자신처럼 당황했을 것이다. 소임은 위기를 잘 해결했다는 뿌듯함을 공유하기 위해 아무 생각 없이 고개를 돌렸다가 흠칫 놀랐다.

'뭐야? 왜 저런 표정이야?'

선호는 입을 꾹 다문 채 소임을 흘겨보고 있었다. 찌푸려진 미간에는 못마땅해하는 기색이 배어 있었다. 예상치 못했던 사태에 소임은 당혹감을 느끼며 우물거렸다.

"왜, 왜요?"

"앞으로 오빠라 불러요."

"네?"

뜬금없는 요구에 어이없어서 되물으니 선호가 불퉁하게 답했다.

"사촌 오빠라면서요."

소임의 눈이 휘둥그레졌다. 선호도 이 상황에 안도했을 줄 알았는데 설마 그는 둘의 사이를 숨겨서 기분이 상했던 것일까? 말없이 소임을 빤히 내려다보는 표정에서 기분 나쁜 티가 팍팍 났다.

소임은 우물쭈물 변명했다.

"아니…… 엄마랑 같이 산 타는 분인데 우리 사이 소문나면

이 씨도 난감하잖아요. 나 남자 친구 있다는 소식 퍼지면 우리 엄마 득달같이 달려들어서 샅샅이 캘 텐데. 그러면 우리 둘 다 번거로워질 테고……."

선호의 딱딱하게 굳은 입매에는 미동도 없었다. 소임은 그가 기분이 단단히 상했음을 직감하고 조심스럽게 눈치를 살폈다.

"이 씨 화났어요?"

"화가 왜 나겠습니까."

그가 툭 내뱉었다.

"오랜만에 보는 사촌 동생한테 득남했다는 기쁜 소식 전해 주러 왔는데."

비꼬는 게 확실한 말투에 소임은 진땀이 났다.

'내가 그렇게 잘못한 건가?'

하지만 아주머니에게 선호를 사촌 오빠라고 소개하는 것 이외에 좋은 방법은 떠오르지 않았다. 미혼 여자가 또래의 남자랑 단둘이 밖에 있으면 아주머니들은 어련히 두 사람이 사귀는 사이겠다고 짐작할 텐데, 그걸 막으려면 친척이라고 둘러대는 수밖에 없지 않나.

'어차피 본인도 결혼 생각 없다고 했으면서.'

특히 소임과 선호는 결혼할 사이도 아니었으니 교제 사실이 밖으로 드러나면 손해였다. 미래에 중요한 계획이 없는데 사람들로부터 귀찮은 질문만 잔뜩 받을 터였으니.

소임의 위기 대처 능력을 칭찬하지는 못할망정 이렇게 눈치나 주다니. 선호의 따가운 시선에 그녀도 자연스레 기분이 상했다.

게다가 자신이라고 그에게 불만이 없는 것 같은가?

소임은 선호가 어디 가서 자신과의 관계를 떠벌리는 걸 본 적이 없다.

'진수 씨한테는 말했다 쳐. 진수 씨는 나랑도 매일 마주치는 사이라서 숨길 수는 없으니까. 근데 다른 친구들에게, 아니, 그래, 한국에 친구 없다고 쳐. 근데 가족들한테는 말했느냐고!'

찬호에게 자신이 만나는 여자라고 말해 놨댔지만, 그것도 아예 믿을 수는 없다.

'그냥 가볍게 데이트하는 사이라고만 했을지도 모르지. 진지하게 만나는 건 아니고.'

가족을 포함한 주변인들에게 연애 사실을 숨기는 건 피차일반인데 그가 자신에게만 뭐라고 하는 게 억울했던 소임은 소심히 항변했다.

"근데 이 씨도 우리 사귀는 거 숨기잖아요."

"뭘 숨기고 자시고 합니까? 내가 범죄자를 만나나."

선호가 덤덤히 덧붙였다.

"물론 거짓말도 범죄라면 범죄긴 한데……."

다 들으라는 식으로 중얼거리는 그의 모습에 소임은 경악했다. 본인은 떳떳한 줄 알다니 너무하다! 그녀는 볼멘소리로 불평했다.

"이 씨도 가족들한테 나랑 사귀는 거 말 안 했잖아요. 옆집 여자랑 사귄다는 거 부모님 아셔요? 사촌 누나는? 큰 동생은 요? 세영 씨는 알아요?"

선호는 오히려 그렇게 말하는 소임이 이해 안 간다는 표정으로 대꾸했다.

"평소에 연락 잘 안 하는데 느닷없이 전화해서 나 애인 생겼다고 자랑하는 거 웃기지 않습니까?"

그가 황당하다는 듯이 중얼거렸다.

"무슨 십 대도 아니고."

또 자신만 유난 떠는 사람이 된 것 같은 기분에 소임은 씩씩거렸다.

"그럼 이 씨네 가족들은 나에 대해서 절대 모르겠네요? 왜냐면 이 씨가 먼저 말할 일은 없으니까. 그리고 가족들은 이 씨 연애하는 사람 있는지 없는지 묻지도 않을 테니까?"

"내일 말할게요."

"왜 갑자기 또 내일 말한대. 묻지도 않았는데 먼저 말하는 거 웃기다면서."

"내일 민호랑 세영이 우리 집 오기로 했어요. 찬호랑 점심 같이 먹는다고."

새로운 소식에 소임은 불만스럽게 인상을 썼다.

"이거 봐. 이런 얘기는 나한테 또 안 했지. 내일 동생이 집에 와서 밥 먹는다는데 그런 중대한 사실을 나한테는 미리 안 알려 주고. 본인 행실은 생각도 안 하고 나보고만 우리 사이

숨긴다고 뭐라그래."

소임은 선호를 힐끔 쳐다보고는 이어서 꿍얼거렸다.

"내가 엄마 친구한테 내 남자 친구라고 자랑스럽게 소개했으면 나만 물먹었겠지. 이 씨는 자기 가족들한테 나 소개해 줄 생각 하나도 없는데."

"내일 우리 집 와서 점심 같이 먹어요."

소임의 입꼬리가 씰룩 움직였다. 끌리는 제안이었다. 하지만 옆구리 찔러서 간신히 절 받아 낸 느낌. 그녀는 새침하게 고개를 돌리면서 투덜댔다.

"이런 건 미리 말해 줬어야지. 그래야 미용실 가서 머리도 하고 예쁜 옷도 사 입고 그러는데. 하루 전날에 대뜸 말하는 게 어디 있어."

"그냥 와요. 지금도 되게 예쁜데."

소임은 표정 유지에 힘써야 했다. 입꼬리가 올라가려고 했다. 제 기분을 풀어 주려는 의도의 빈말일 텐데도 듣기 좋았다. 큼, 헛기침한 소임은 슬쩍 선호를 올려다보았다.

"세영 씨랑 민호 씨랑 다시 만나나 봐요?"

선호가 고개를 가벼이 끄덕였다.

"내년에 세영이 졸업하면 결혼할 모양이에요."

"예전에는 뭐 때문에 파혼했던 건데요?"

"글쎄, 둘이 의견이 안 맞았겠죠."

선호는 시선을 회피하며 어물쩍 넘기려고 했다. 소임은 부루퉁

입을 내밀었다.

"뭐야. 맨날 나한테 다 숨겨. 내가 어디 가서 막 떠들어 댈 것 같나."

"아기 문제 때문에."

깜짝 놀란 소임은 혼자 꿍얼거리고 있었다는 것도 까먹고 그에게 되물었다.

"아기가 왜요?"

설마 세영이가 임신했었나? 소임은 심각해졌다.

아직 대학생인데 임신하면 좋지 않다. 소임의 동기 중 한 명도 속도위반으로 대학 재학 중에 결혼했었는데 육아하느라 결국 학교에 돌아오지 못했다.

'대학교 졸업은 해야 하는데……'

그런데 임신을 한 거라면 보통 결혼을 하는 게 일반적이지 않나, 어째서 파혼을 한 걸까? 의문점을 발견한 소임은 어리둥절한 채로 선호의 설명을 기다렸다.

"동생이 애 갖기를 싫어해서."

"아아, 그런데 세영 씨는 나중에 아이 갖고 싶어 하고요?"

묵묵부답인 선호에게서 그렇다는 대답을 눈치껏 읽어낸 소임은 호기심 가득하게 물었다.

"근데 다시 결혼한다는 거 보면 둘이 얘기가 잘 풀렸나 봐요?"

"그거야 민호가 워낙 고집이 세고, 세영이가 워낙 착하니까……"

눈을 살짝 찡그렸던 선호가 어깨를 으쓱 올렸다.

"세영이가 양보했겠죠."

소임은 안타깝다는 듯이 혀를 살짝 찼다.

"아이고, 세영 씨 좀 속상하겠다. 애 좋아하는데 딩크족이라니……."

참하게 생긴 세영을 떠올린 소임은 문득 공통점을 발견하고 조잘거렸다.

"성격도 차분하고 말투도 조곤조곤하니 딱 우리 이모 스타일인데. 우리 이모 상냥하고 화도 잘 안 내거든요? 그래서 사촌들도 성격 되게 유해요. 우리 엄마가 이모 육아 잘한다고 부러워했어요. 세영 씨도 나중에 좋은 엄마 될 것 같은데."

선호가 살짝 미소를 머금었다.

"세영이 어릴 때 나중에 커서 뭐 될 거냐고 물으면 좋은 엄마 되고 싶다고 그랬었어요."

나직한 그의 목소리를 듣는 동안 소임은 굉장히 거슬리는 점이 있었다.

'뭐지?'

왜 기분이 나쁜가 했더니 이유를 알았다. 그녀는 선호가 꽤 다정하게 세영이를 부르는 게 마음에 안 들었다. 세영이를 귀여워해서가 아니라, 그녀의 이름을 친근하게 불러 준다는 사실 자체가.

"세영이 인형 좋아했거든요. 곰돌이 인형 갖고 다니면서 놀다가…… 이름이 셀라였나. 그거 민호가 막 빼앗았다고, 나한 테 민호 혼내 달라며 울고 그랬는데."

묻어 두었던 호칭 분세가 다시 스멀스멀 기어 올라와 소임의 심기를 건드렸다.

'나는 끝끝내 변 씨라고 부르면서.'

왜 좋은 목소리로 제 이름을 정답게 안 불러 주는가? 소임은 선호를 노려보았다.

'애인에게 이래도 되는 건가?'

이건 불공평하다는 생각이 들었다. 애인에게는 자상히 굴어 줘 야 하는 거 아닌가? 소임은 제 권리를 당당히 요구하기로 했다. 좀 더 애인답게 대해 달라고 하는 거다.

"이 씨."

소임의 결연한 부름에 선호가 무슨 일이냐는 듯이 그녀를 돌아봤다.

"나도 앞으로 이름 불러 줘요. 변 씨 말고 소임이라고."

그는 곧바로 거절했다.

"싫습니다."

소임은 선호의 단호한 거부 의사에 충격받아 입을 살짝 벌렸 다가 미간을 좁히고 되물었다.

"왜요?"

선호도 소임처럼 똑같이 언짢은 표정을 지으며 대꾸했다.

"본인도 내가 원하는 호칭으로 안 불러 주잖아요."

소임은 기가 막혀서 말을 잃었다.

설마 선호는 오빠라고 불리고 싶은 것인가? 그도 뭇 남성들처럼 '오빠'라는 호칭에 환장하는 부류였던 것인가? 그런 남자가 제 애인이라는 사실에 소임은 발작하듯 꽥꽥 댔다.

"아니, 왜 오빠라는 소리를 듣고 싶으냐고요! 끔찍하게!"

선호가 뚱하니 대꾸했다.

"할아버지 보고 할아버지라고 부르고, 아저씨 보고 아저씨라고 부르는데 왜 난 오빠라고 안 부릅니까? 내가 변 씨보다 세 살 많거든요?"

"그러니까 나는 그 오빠라는 호칭으로 이 씨를 부른다는 게 너무 오글거린다고요."

"그럼 자기라고 불러요."

"으악!"

소임은 기겁해서 비명을 질렀다.

'자기라니, 자기…… 자기!'

그건 오빠보다 더 끔찍했다.

닭살이 돋다 못해 목덜미가 섬찟했다. 자기라는 애칭은 너무 과했다.

다정하고 친밀하게 '자기'라는 호칭으로 선호를 부르는 제 모습을 상상한 소임은 창피해서 숨이 넘어갈 듯했다. 그런 건 너무 민망하고, 부끄럽고, 느끼했다.

"그런……."

시선을 못 맞추고 허둥대는 소임을 보며 그가 선심 쓰듯 말했다.

"자기라고 불러 주면 나도 소임이라고 부를게요."

소임은 바싹 마른 입술을 혀로 핥았다. 서로 호칭을 새로이 바꿔 부르는 것이니, 나름 괜찮은 거래 같았다. 선호가 자신을 '자기야' 하고 부르지 않는 게 어디인가. 만약 그런다면 오글거려서 못 견딜 터.

하지만 아무리 고민해도 자신이 그를 애칭으로 부르는 건 여전히 부끄러웠다.

소임은 홧홧해진 얼굴을 좌우로 빠르게 돌렸다.

"싫어요."

선호가 미간을 좁힌 채 소임을 바라봤다. 그녀는 목이 졸리는 듯한 음성으로 이유를 밝혔다.

"그런 애칭은 너무 징그럽잖아요!"

선호의 표정을 확인한 소임은 당황해서 되물었다.

"왜 그렇게 쳐다봐요?"

불만 가득하게 소임을 노려보던 선호가 구시렁거렸다.

"다 싫대. 오빠도 싫고, 자기도 싫고."

"……."

"본인은 나 다정하게 부르는 거 싫다면서 나만 소임이라고 부르라고?"

좀 양심이 찔렸던 소임은 눈을 데구루루 굴리며 딴청을 피웠다.

"변 씨 대단히 이기적인 사람이네요."

선호는 일부러 단어 한 글자 한 글자에 강세를 두어 또박또박 말했다. 마치 소임에게 시비를 거는 것처럼.

그녀는 꽁한 마음에 코를 씰룩거렸다.

왜 이렇게 눈치를 주는 것인가? 그리고 어떻게 자신을 이기적이라고 표현할 수 있는가?

사람이라면 원래 본인 위주로 생각한다. 모두 다 자기 좋은 쪽으로 행동하지 않는가.

억울한 마음이 차올랐다.

'나는 이 씨 이기적이라고 말 안 했는데!'

정말 너무했다. 이건 선호의 잘못이다. 원만하게 지나갈 수 있는 다툼이었는데 아주 제대로 활활 타올라 보라고 장작불을 지핀 것이다.

이제는 완전히 저 좋은 대로 행동할 것이다. 왜냐하면 그가 자신을 이기적이라고 평했으니까! 분해하던 소임은 심술 가득한 목소리로 말했다.

"앞으로 아저씨라고 부를 거예요."

선호의 눈이 가늘어졌다. 소임은 그의 기세에 휘둘리지 않고 꿋꿋이 말했다.

"서른 중반이면 아저씨 맞지. 나는 서른 초반인데. 그리고 아직 나 생일 안 지나서 만으로 따지면 스물아홉이거든요? 이 씨는 만으로 따져도 서른셋이잖아요. 면허증 보니까 이 씨 생일 2월이더만."

"……."

"한국에서 학교 나왔으면 빠른 년생이라 친구들 다 서른다섯 이겠다. 완전 아저씨네!"

몸서리치던 소임은 자신을 물끄러미 바라보는 시선을 느끼고 당황했다. 그녀는 침을 꼴깍 삼키면서 애써 아무렇지 않은 척 배짱을 부렸다.

"이선호 아저씨!"

"……."

그에게 눈을 부라려 봤지만 선호가 무표정하니 소임은 기세가 눌렸다. 제가 좀 심했나 고민하던 소임은 우물쭈물 댔다.

"뭐, 뭐요……."

그가 갑자기 손을 뻗어 소임의 양볼을 턱 잡았다. 소임은 혼란스러운 눈으로 그를 쳐다보았다.

어디 감히 숙녀의 얼굴을 함부로 만지는가. 아니, 정확히 따지면 만지는 건 아니었다. 선호는 그냥 소임의 볼을 붙잡고 있기만 했다.

선호는 아무 말 없이 소임을 빤히 바라봤다. 소임은 당혹스러워서 눈을 빠르게 깜박이기만 했다.

그녀의 심장이 쿵덕쿵덕 뛰어 댔다. 선호에게서 풍기는 심상치 않은 분위기에 그녀는 얼어붙었다. 당혹스러워서 숨만 쌕쌕 내쉬는데 머릿속에서는 현란한 상상이 번뜩거렸다.

설마 제게 벌을 주려는 것인가? 요 못된 말만 내뱉는 입, 하면서?!

그가 자신에게 키스를 할지도 모른다는 생각에 소임은 바짝 긴장했다. 아직 입이 맞닿기도 전인데 심장이 마구 떨리고 다리가 벌써 후들거렸다. 속절없이 가슴이 두근대는 와중에 선호가 툭 뱉었다.

"이 청개구리 심보."

'뭐라고?'

재깍 반발하고 싶었지만 선호가 양 볼을 찌그러뜨린 탓에 입술이 붕어처럼 모아진 소임은 말하지 못하고 입만 뻐끔거렸다.

"사람인가 인형인가. 어떻게 이렇게 귀엽지?"

소임의 볼을 주물럭거리던 그가 급기야 그녀의 볼을 꼬집었다.

"아악!"

"사람이네. 비명도 지르고."

선호는 소임의 얼굴에서 손을 뗀 후에 아무 일 없던 것처럼 태연한 표정으로 혼자서 길을 걸어갔다.

패닉에 빠진 소임은 그가 저 멀리 걸어갈 동안 우두커니 제자리에 서 있었다.

이러한 신체 공격을 당한 것이 언제였던가. 아주 오랜 기억을 거슬러 올라가 보면, 초등학생 때 새임과 서로 머리카락을 잡아당긴다거나 막 꼬집는다거나 하면서 싸운 적은 있지만 그건 아주 어릴 때였다. 최근에 이렇게 일방적으로 볼을 꼬집힌 적은 없었다.

뒤늦게 정신이 돌아온 소임은 콧김을 내뿜으며 선호를 뒤따라갔다.

"뭐예요! 왜 남의 얼굴을 함부로 만져요."

그녀가 빠른 걸음으로 옆에 따라붙으니 선호는 흘끗 눈길을 줬다. 그의 표정은 아까와 다르게 몹시 평온했다.

"만지고 싶게 생겼더라고요."

태평한 대답에 소임은 기가 막혔지만 그가 자신에게 했던 대로 똑같이 행동하지는 않았다. 그를 이곳저곳 꼬집고 싶은 마음은 굴뚝같았지만, 그렇게 행동하면 저 역시 유치한 사람이 된다. 소임은 조금 더 어른스러운 방법을 선택하기로 했다.

직접 상대하기 어려운 적을 무찌를 때 가장 효과적인 수. 바로 다른 사람에게 일러바치다. 소임은 마침 내일 그의 동생들과 함께 식사한다는 사실을 떠올리고 좋아거렸다.

"내일 이 씨 동생들한테 다 말할 거예요. 이 씨가 얼마나 유치하고 속 좁고 비열한 사람인지."

"걔네는 이미 다 알아요. 내가 어릴 때부터 수학 숙제 매일 30장씩 내줬는데. 줄여 달라고 징징거리면 두 배로 불려 주고."

"아뇨? 모를걸요? 이 씨가 여자한테 얼마나 매너 없게 구는지는 모를 걸? 내가 다 말할 거예요. 막 여자 볼을 함부로 막 꼬집고……."

소임은 사심 섞어 한껏 과장했다.

"그래서 내 볼 멍 들게 하고……."

선호가 팽 코웃음을 쳤다.

"매너가 없긴 왜 없어. 최대한 매너 있게 굴고 있구만."

"매너는 무슨! 매너 있는 사람이 남의 볼을 멋대로 꼬집어요?"

"귀여워서 뽀뽀하려던 거 백 번 참고 볼 꼬집은 거예요. 됐어요?"

소임은 씨근덕대며 그를 매섭게 째려보았다. 저거 다 허울 좋은 변명이고, 새빨간 거짓말인 거 다 아는데 짜증나게시리 심장이 쿵덕쿵덕 뛰었다.

'차라리 뽀뽀하든가!'

어쩌면 그가 좋은 기회를 날려 버렸다는 점에 더 심술이 났는지도 모르겠다. 만약 그가 스킨십을 하려고 시도했다면, 이쪽은 모르는 척 받아 줄 수 있었는데 말이다.

'완전히 바보 같아.'

소임은 독 두꺼비같이 약이 잔뜩 오른 채로 선호를 흘겼다. 걸어갈 때 손잡지도 않는 남자가 말로만 뻔뻔하게 구는 게 얄미웠다.

* * *

딩동.

벨이 울리자 소임은 긴장했다. 원래 1202호의 집주인이 될 뻔했던 커플이 드디어 도착한 듯했다. 부엌에서 요리하고 있던 선호가 귀찮다는 듯이 중얼거렸다.

"비밀번호도 아는데 왜 벨 눌러."

그는 찬호에게 현관문을 열어 주라고 시켰다. 폰게임에 열중하고 있던 찬호는 나이 차 많이 나는 형의 말이라 그런지 군말 없이 벌떡 일어나 현관으로 향했다.

인사를 나누는 소리와 명랑한 웃음소리가 들리더니 세 명이 줄지어 집에 들어왔다.

소임은 엉거주춤 소파에서 엉덩이를 일으켰다. 선호에게 어서 이리로 좀 오라고 눈짓하니, 그가 드디어 뒤집개를 놓고 덤덤한 표정으로 거실로 왔다.

소임은 쭈뼛쭈뼛 선호 옆에 서서 그가 어서 자신을 동생 커플에게 소개해 주길 기다렸다.

"왔어?"

선호는 동생에게 데면데면히 인사하더니 세영이에게는 세심하게 칭찬까지 해 줬다.

"세영이 지난번에 샀던 원피스 입었구나? 잘 어울린다."

세영은 고개를 끄덕이며 쑥스러운 듯 웃었다. 그러고서는 호기심 가득한 눈빛으로 소임을 바라봤다.

"여기는……."

소임은 잔뜩 긴장했다.

'소임이? 변소임 씨? 변 씨? 뭐라고 소개할까?'

아무리 그래도 동생들 앞인데 제일 마지막 호칭으로는 안 부르겠지, 하면서 선호의 뒷말을 기다렸다.

"형이 만나는 사람."

그는 간단하게만 설명하고서 직접 이름을 밝히라는 듯이 소임을 바라봤다.

어려운 것을 떠맡지 않겠다는 당당한 표정에 소임은 살짝 배신감을 느꼈지만 그래도 결정권이 자신에게 있음에 안도하며, 학부모를 만날 때와 같이 입꼬리를 한껏 끌어 올려 상냥하고 참한 인상을 만들어 보였다.

"변소임이라고 해요. 반갑습니다."

잔뜩 꾸며 낸 목소리인 것을 알아차렸는지 옆에서 선호가 피식거렸다. 소임은 얼굴이 좀 벌게졌지만, 꿋꿋이 미소를 유지했다.

세영이 혼잣말처럼 속삭였다.

"옆집 사는 언니……."

지난번에 소임과 엘리베이터에서 대화를 나눴던 것을 기억하는 모양이었다. 세영은 언제 그렇게 둘의 사이가 발전했는지 신기하다는 듯이 선호와 소임을 번갈아 봤다.

상대가 신기하기는 소임도 마찬가지였다. 드디어 선호의 두 동생을 다 만나게 된 셈인데, 예전에 동생과 닮았느냐는 질문에 선호가 망설였던 이유를 좀 알 듯했다.

"안녕하세요. 선호 형 동생, 이민호입니다."

초면인 남자, 민호가 고개를 꾸벅 숙이며 소임에게 살갑게 인사했다.

소임은 자신이 생각했던 것과 다르게 생긴 민호의 모습에 내심 놀랐다. 선호로부터 민호가 고집 세다는 말을 들어서 그런지 생김새가 진하고 무섭게 생겼을 거라고 상상했는데, 민호는 인상이 아주 좋았다. 차라리 선호보다는 미소 천사인 진수와 형제라고 보는 게 더 어울릴 정도로.

막내인 찬호도 얼굴 하얗고 선 곱게 생긴 편이라 민호와 생긴 게 비슷했다. 형제니까 선호와노 닮긴 했지만 징도를 띠지자면 민호와 찬호가 많이 닮았고, 선호는 좀 동떨어져 있었다. 선호는 무표정할 때 친절해 보이지는 않는다.

어쨌든 이제 그의 두 동생을 다 만나 봤고, 그들에게도 선호의 여자 친구로 소개되었으니 소임은 나름 뿌듯했다.

선호는 점심 메뉴로 스테이크를 준비했다. 환상적으로 어우러진 버터 향과 로즈마리 향에 감탄하며 소임은 차분히 의자에 앉아 있었다.

어쩜 이렇게 요리를 잘 하느냐고 호들갑을 떠는 것은 둘만 있을 때 하는 거다. 가족들이 있을 때는 이미지를 관리해야 하니까 얌전하게. 그녀는 근질거리는 입을 꾹 다물었다.

선호의 가족 식사 분위기는 약간 시끌벅적한 소임의 집안 분위기와 딴판이었다. 세 형제는 오랜만에 만난 것치고 굉장히 조용했다. 가끔 맛있네, 후추 좀 달라, 고기 잘 익었다, 이건 어디서 샀냐 하는 질문 외에는 대화가 오가지 않았다.

소임은 눈만 데구루루 굴려서 분위기를 살폈다. 모두 예의 바르게 식사를 하고 있었는데, 너무 식사 예절이 좋다 보니 그녀의 식기가 부딪치는 소리만 크게 나는 것 같았다. 소임은 조심스럽게 나이프를 움직여 고기를 잘랐다.

그런데 너무 긴장해서 그런지 소임은 평소라면 하지 않을 실수를 저질렀다. 소스 한 방울을 무릎에 흘린 것이다. 검은색 바지를 입고 있어서 크게 문제 되지는 않지만, 그래도 소스는 닦아야 했다.

소임은 당황하다가 맞은편에 앉은 선호를 쳐다봤다.

'냅킨 좀 달라고 할까?'

냅킨이야 자신이 일어나서 꺼내도 되지만, 그래도 남의 집에서 너무 편하게 행동하는 것보다야 집주인에게 부탁하는 게 제일 괜찮은 행동처럼 보일 것 같았다.

다만 호칭이 문제였다. 선호도 '변 씨'라고 안 불렀는데 자신이 '이 씨, 냅킨 좀 주세요.' 하고 말하는 것은 뭔가 부담스러웠다.

가족들 앞이니까 그의 체면도 고려해 줘야 했다. 또, '저기'라고 그를 부르는 것은 자신이 그를 어려워하는 것처럼 보여서 끌리지 않았다.

치밀한 계산 끝에 소임은 그를 불렀다.

"저기, 선호 씨. 저 냅킨 한 장만 주실래요?"

선호가 고기를 자르던 행동을 멈추고 그녀를 물끄러미 바라봤다. 진한 눈썹이 까딱 위로 올라갔다.

'이름 부르는 거 어색한 거 나도 알거든?'

그가 사람 참 무안하게 한다고 생각하며 소임은 새침하게 시선을 깔았다.

"소임이."

불쑥 튀어나온 무뚝뚝한 음성에 소임은 화들짝 놀랐다. 뭔가 불길한 예감에 흔들리는 초점으로 그를 쳐다보니, 선호가 한쪽 입꼬리를 삐뚜름하게 올렸다.

"가족들 앞이라 긴장했어?"

그가 냅킨을 찾아서 소임에게 건네 주며 무척이나 다정한 음성으로 너그럽게 말했다.

"평소처럼 오빠라고 불러도 돼."

젠장, 저 인간이 왜 저러는가. 그는 어제 있었던 호칭 문제로 꽁해서 복수하고 싶었던 게 분명하다. 소임은 선호의 사악한 면모에 치를 떨며 그에게 냅킨을 뺏듯이 받아서 무릎을 닦았다.

"오빠라고 불러요? 쏘 큐트."

찬호가 재밌다는 듯이 킥킥거렸다.

소임은 분해서 주먹 쥔 손을 부르르 떨었다. 이러면 자신이 내숭을 떨어 버린 게 되지 않은가. 평소에는 '오빠' 하고 재잘거리다가 동생들 있다고 어른스럽게 이름 부른 식으로!

부정하기에는 이미 늦은 듯했다. 소임은 자신을 향한 세영의 열렬한 눈빛을 발견했다.

그녀는 상기된 얼굴로 미소를 지었다. 호감 가득한 눈동자에는 마치 '나도 민호를 오빠라고 부른다'는 듯한 동질감이 배어 있었다.

이미 다 그렇다고 믿는 상황에 자신이 부정하면 그냥 부끄러워서 아니라고 하는 사람처럼 보일 터.

'우씨.'

선호의 발을 콱 밟아 버리고 싶었다. 그러나 너무 강하게 밟으면 선호가 움찔거리거나 비명을 질러서 다른 사람들이 그녀의 행동을 알아차릴 테니 함부로 공격할 수 없었다.

씩씩대던 소임은 발바닥으로 그의 정강이를 세게 밀었다. 선호의 표정은 복잡 미묘했다. 그는 좀 이상하다는 듯이 그녀를 바라보다가 절레절레 고개를 저었다. 그러고는 고개를 돌려 소임을 외면하며 물을 마셨다.

예상과 다른 반응에 소임은 뒷덜미가 싸했다.

'설마…… 내가 막 유혹했다고 생각하는 거 아냐?'

가족들 있는데 대담한 여자처럼 그의 다리를 발로 쓸어 올리는 장난을 친 것처럼 보였을까 봐 소임은 켁 목이 막혔다. 절대 그런 의도가 아니었다고 변명하고 싶었다.

소임은 간절히 그를 쳐다봤다. 하지만 선호는 고의로 그러는 건지 도통 소임을 바라보지 않았다.

그리고 불행히도 소임의 애타는 시선을 알아차린 사람이 있었다.

"아주 눈에서 꿀이 떨어지네. 형이 그렇게 좋아요?"

찬호가 빙긋 웃으면서 말을 걸었다. 소임은 억울해서 눈물이 찔끔 나올 뻔했다.

* * *

후식으로는 민호랑 세영이 백화점에서 사 온 홍차 티백을 이용해 밀크티를 끓여 마시기로 했다. 동생이 밀크티를 만드는 방식이 마음에 안 들었는지 선호가 참견했다.

"그렇게 하면 안 되지. 누가 물 먼저 넣어? 나와 봐."

선호는 민호가 만든 밀크티를 싱크대에 버려 버리고서는 그를 부엌에서 쫓아냈다.

"거실 가서 있어."

소임은 그의 싸늘한 말투에 공연히 조마조마했다. 그런데 민호는 선호의 냉대가 익숙한 듯 그다지 신경 쓰지 않는 기색으로 거실에 돌아왔다.

민호는 바닥에서 두 다리 쭉 뻗고 앉아 게임을 하는 찬호의 옆에 붙어 앉으며 소임에게 싱긋 웃었다.

"못하는 척하면 형이 다 해 주거든요. 그래서 일부러 뭐든지 어설픈 척해요."

"아."

소임은 알겠다는 듯 고개를 끄덕여 보였다.

"……."

"……."

소임은 정적에 조금 진땀이 났다. 다들 호의 가득한 눈빛을 보내고는 있는데, 입이 꾹 다물려 있었다. 아무래도 형의 애인이고 나이 차가 있어서 말 걸기 힘든 듯했다.

'연장자니까 내가 먼저 말 걸어야겠지?'

일단 무난한 화제로 시작하는 것이다. 소임은 자신과 함께 소파에 앉은 세영을 향해 고개를 돌렸다.

"이제 곧 시험 기간이죠? 그때 중간고사는 잘 봤어요?"

눈을 빠르게 깜빡이던 세영이 수줍게 대답했다.

"네."

가만히 둘을 보고 있던 민호가 말을 얹었다.

"세영이 공부 잘해요. 과 수석이에요."

소임은 눈을 크게 뜨고 감탄했다.

"우와. 세영 씨 똑똑하구나."

세영이 볼을 발그레 붉히고 고개를 저었다.

"아니에요……."

소임은 그녀가 참 겸손하다고 생각했다. 만약 자신이 학교 다닐 때 학과 수석을 한 번이라도 했었다면 평생 잘난 척하며 과거의 영광을 사골국처럼 우려먹을 텐데 말이다. 그러나 소임의 성적은 늘 중위권이었다. 대학생 때는 알바하며 돈 버는 것에 정신이 팔려서 학업에 소홀했다.

대학 얘기로 대화의 물꼬를 튼 소임은 곧 여러 정보를 알게 되었다. 세영은 대학에서 영문학을 전공하고 있었다. 그리고 민호는 통번역사로 활동한다고 했다. 영국에서 살았으니 당연히 영어가 주 언어일 줄 알았는데 불어 전문이래서 소임은 으어, 하고 감탄했다.

'그러면 3개 국어 아니야? 진짜 똑똑하네.'

게다가 조금 껄렁해 보였던 찬호는 저명한 영국 대학원에서 경제학 박사 과정을 밟고 있었다. 국제 학술제에 참가하려고 잠깐 한국에 들어온 거라고 했다.

'부모님 되게 뿌듯하시겠네.'

소임이 똘똘한 선호의 동생들에게 새삼 놀라는 와중에 민호가 불쑥 말을 꺼냈다.

"사실 여기 올 때까지도 안 믿었어요."

"뭘요?"

"형이 교제하는 여성 분 있댔는데."

그는 신기하다는 듯이 소임을 말끄러미 쳐다보았다.

"살면서 형 애인 처음 보거든요."

소임의 입꼬리가 꿈틀거렸다.

'가족에게 소개할 정도까지 깊이 사귄 여자는 없었나 보지?'

자신이 그의 가족을 만나는 첫 여자라니 기분이 좋았다. 하지만 소임은 애써 태연한 척하며 새침한 목소리로 반문했다.

"그래요? 자기는 여자 친구 100명이나 있었다고 하던데."

일러바치는 듯한 모양새에 민호가 킥킥거리며 대꾸했다.

"형 인기 많긴 했어요. 제 친구 중에도 형 좋아하는 사람 많아서. 편지 전해 달라고 부탁하고. 발렌타인데이 때 초콜릿 주고."

찬호도 핸드폰 화면에서 눈을 떼고 대화에 끼어들었다.

"세영이도 처음에 선호 형만 졸졸 따라다녔잖아. 형 잘생겼다고 좋아했지?"

세영은 얼굴을 붉히고 주저리 변명했다.

"아니, 그건……. 초등학생 때잖아."

"나이 차 많이 나서 안 될 것 같으니까 민호 형이랑 사귄 거지?"

"그런 거야? 나 선호 형 대용이었어?"

"아니야!"

소임은 세영이 형제와 투덕거리는 모습을 흐뭇하게 지켜보았다.

'귀엽네……. 역시 또래끼리 어울리는 게 낫지.'

세영이는 선호를 대할 때보다 훨씬 편안해 보였다. 23살인 세영과 자신은 거의 8살 차이가 난다는 것을 떠올리고 소임은 그녀에게 너무 많이 말을 걸지 않기로 다짐했다. 제 관심이 부담스러울 수도 있으니까.

멍하니 찬호와 민호를 바라보던 소임은 형제가 닮았다는 것을 또다시 느꼈다. 시원하게 올라가는 입꼬리와 고른 이를 드러내며 웃는 모양이 아주 비슷했다.

"되게 닮았네……."

딱히 크게 말하지도 않았는데 세 명의 이목이 동시에 소임에게 쏠렸다. 소임은 머쓱하게 웃어 보였다.

"형제끼리 많이 닮았네요. 세 명 다 키도 크고."

세영이 눈을 반짝이며 발랄하게 설명했다.

"아버님이 키 되게 크세요."

유전자의 힘이었던 것인가. 소임은 부러움에 입맛을 다셨다. 165cm인 소임도 절대 작은 키는 아니었지만 선호가 워낙 크다 보니 자신도 키가 좀 더 컸으면 싶었다. 그러면 그를 올려다볼 때 고개가 덜 아플 테니 말이다.

소임은 이해했다는 식으로 말했다.

"아버님 쏙 빼닮은 거구나"

"어, 글쎄요. 생긴 거는 별로 안 닮았고. 그렇지 않나? 우린 키만……."

민호가 의견을 구하듯이 찬호를 바라봤다.

"키 빼고는 별로."

찬호는 고개를 도리도리 저으며 비밀 얘기하듯 소곤거렸다.

"선호 형만 아빠 닮았지."

그래 놓고 아차 싶었는지 히죽 웃으며 덧붙였다.

"내가 이 말 했다고는 말하지 마."

얻어들은 새로운 정보를 머릿속에 집어넣으면서 소임은 쾌활하게 물었다.

"아아. 선호 씨는 아버님 닮고, 두 분은 어머니 닮았어요?"

그럼 변 씨 집안과 반대였다. 첫째인 새임은 해주를 쏙 빼닮았고, 소임은 재식을 닮은 편이다.

"……."

그런데 나름 도란도란하던 거실이 소임의 질문 이후로 적막해졌다. 선호는 차를 끓이는 동안 설거지를 하는 모양인지, 부엌에서 식기가 달그락거리는 소리가 들려왔다.

어정쩡하게 굳은 형제의 모습에 소임은 덩달아 긴장했다.

'왜 이러지?'

소임은 숨죽인 채 눈치를 살폈다. 얌전하게 웃고 있던 세영마저도 굉장히 조심스러운 표정을 짓고 있었다.

찬호가 들고 있던 핸드폰을 아예 바닥에 내려놓고 무릎을 모아 끌어안으면서 대수롭지 않다는 투로 말했다.

"엄마 안 계세요. 저 낳고서 돌아가셨어요."

소임은 화들짝 놀라서 사과했다.

"아……. 몰랐어요. 미안해요."

"괜찮아요."

찬호가 태평스럽게 덧붙였다.

"대신 새엄마 계세요. 아주 젊고 미인인 여자."

민호가 인상을 쓰고 찬호에게 눈치를 줬다.

"야. 왜 그런 것까지 말해?"

"나중에 우리 집에 와서 그 여자 보고 놀라실까 봐."

"그래도 형이 말 안 했는데 먼저 말해 버리면 어떡해."

"형은 죽어도 먼저 안 말할 것 같은데."

딱딱해진 분위기에 소임은 난감히 눈을 굴렸다. 자신 때문에 형제 싸움이 벌어지는 것인가. 세영이 조심스럽게 중재했다.

"왜들 그래. 소임 언니 당황하시겠다."

소임은 선호가 가족 얘기를 잘 안 하던 것을 떠올렸다.

'가정사가 복잡한가? 그래서 내가 물어볼 때 피했나.'

자신이 너무 캐물어서 그를 불편하게 만들었을지도 모른다는 생각에 마음이 무거웠다.

마침 선호가 밀크티를 다 만들었는지 쟁반에 찻잔을 올려 가져왔다. 그의 등장에 다들 약속이라도 한 듯이 아무 일도 없던 것처럼 자연스럽게 행동했다.

"형이 끓여 준 티 진짜 오랜만에 마신다."

"타르트는 어디서 산 거야?"

소임도 눈치껏 입을 다물고 있었다.

간단한 다과 시간을 가지고 나서 민호랑 세영은 집으로 돌아갔다. 찬호도 약속이 있다며 모자를 눌러 쓰고 집을 나갔다.

소임은 사용한 찻잔을 설거지하려 고무장갑을 끼는 그의 옆에 슬며시 다가섰다.

"도와줄까요?"

"그냥 있어요. 금방 하니까."

소임은 쭈뼛쭈뼛 서 있었다. 여태까지는 아무 생각 없었는데 선호가 일찍이 친어머니를 여의었다는 말을 듣고 나니 그동안 자신이 무신경하게 내뱉은 말 중에 혹시 그의 마음을 상하게 한 것이 있을까 봐 걱정됐다.

어머니가 찬호를 낳자마자 돌아가셨다고 했으니, 선호는 그때 아마 여덟이나 아홉 살쯤이었을 것이다.

예전에 그가 동생들에게 공부를 가르쳐 줬다고 지나가듯 말했던 것이 떠올랐다. 당시에는 그냥 착한 형이구나 하고 가볍게 여겼는데 어쩌면 어머니의 부재로 인해 큰형으로서 막중한 책임감을 느꼈던 것일지도 모른다.

소임은 넌지시 물었다.

"동생 결혼한다니까 좀 서운하죠?"

업어 키운 것까지는 아니어도 지극정성으로 돌봤던 동생이 결혼하면 감회가 몹시 새로울 것이다.

"난 우리 언니 결혼한다니까 되게 서운한데."

새임은 비자 문제 때문에 일단 혼인신고만 먼저 하고 내년에 한국 지사로 발령 나게 되면 그때 결혼식을 올린다고 했다. 친구처럼 자라 온 언니가 새로이 가정을 꾸린다니 소임은 섭섭했다.

"별생각 없어요. 원래 친하게 지내지도 않았는데 뭐."

그가 시큰둥하게 중얼거렸다.

소임은 선호를 믿지 않았다. 말로는 그렇게 하지만 그래도 동생을 아끼고 있을 터. 아까도 동생들이 차에 설탕을 몇 스푼 넣는지, 식습관을 다 꿰고 있었다.

그녀는 선호의 너른 등을 물끄러미 응시했다. 전혀 예상하지 못했던 가정사를 들으니 계속 신경 쓰였다.

'새어머니랑 사이가 별론가? 전처의 애들이라 싫어했나?'

새어머니를 묘사하던 찬호의 말투로 판단하면 사이가 그다지 좋지 않은 듯했다. '그 여자'라고 불렀으니까.

금수저로 인생 편하게만 살아왔을 것 같았던 선호에게도 남모를 고충이 있었다는 점을 알게 되자, 그에게 자꾸 시선이 갔다. 평소 넓게만 보였던 그의 등이 오늘따라 조금 쓸쓸해 보였다.

소임은 슬금슬금 손을 그의 허리 쪽에 가져갔다.

생판 남들과도 '평화 기원'이니, '사랑 나눔'이니, 그럴듯한 이유를 갖다 대면서 프리 허그를 나누는데, 애인과는 별 이유 없어도 포옹할 수 있는 거 아닌가?

어쨌든 소임은 선호를 뒤에서 껴안아 보기로 했다.

이제 허리를 붙잡기만 하면 되는데, 갑자기 그가 고개를 뒤로 돌려 소임을 빤히 내려다봤다. 소임은 잘못을 들킨 것처럼 심장이 쿵 내려앉았다.

"뭐, 뭐요."

"……."

선호는 의심 가득하고 꺼림칙한 눈빛을 띠어 보였다. 소임이 앞을 보라고 재촉하니 그는 하는 수 없이 고개를 돌려 설거지를 재개했다.

적당한 타이밍을 노리던 소임은 '에라 모르겠다' 하는 심정으로 눈을 감고 그를 덥석 끌어안았다.

선호는 갑작스러운 포옹에 놀랐는지 잠깐 굳었다가 나직이 속삭였다.

"변태."

"뭐가요!"

소임은 억울하다는 듯이 펄쩍 뛰면서 자신의 행동을 나름대로 포장했다.

"배 시릴까 봐 감싸 주는 건데. 설거지하면 배에 물 튀니까."

"그래서 앞치마 했잖아요."

"그냥 가만히 있어요! 왜 이렇게 말이 많아. 어차피 좋으면서."

소임은 구시렁거리면서 선호의 허리를 감은 팔에 더 힘을 주었다. 가정사 하나 알게 되었다고 그에게 갑자기 별다른 감정을 느끼는 건 아니었다.

그저 선호와 조금 더 가까워지고 싶다는 마음이 들었을 뿐이다. 원래 거창한 이유가 없어도 사람끼리 온기를 나눌 수 있는 거니까.

16. Sleepover

샤워하고 나온 소임은 부엌을 어슬렁거렸다. 출출한데 밥을 차려 먹기는 귀찮고 무언가 간단하고 맛있는 걸 먹고 싶은데 주전부리할 만한 게 보이지 않았다.

'아…… 치킨 먹고 싶다.'

바삭하고 짭조름한 간장 치킨이 당겨서 군침이 돌았다. 그런데 치킨을 시켜 먹기에는 또 그렇게 배고픈 건 아니라서 망설여졌다. 딱 서너 조각 먹자고 혼자서 치킨 한 마리를 주문하기는 부담스러웠다.

'뭐 먹지?'

역시 메뉴 고르기가 제일 어렵다. 오늘따라 집에 아무도 없는 것에 야속함을 느끼며 소임은 핸드폰을 들어 선호에게 전화를 걸었다. 먹을 거 골라 달라는 건 쓸데없는 질문일 수도 있지만, 목소리 들을 겸 전화하는 거다. 그러라고 남자 친구가 있는 거 아닌가.

"여보세요?"

-네.

"이 씨, 나 배고픈데 뭐 먹을까요?"

-집에 뭐 있는데요?

소임은 아까 한 다섯 번 열었다 닫았다 반복한 냉장고 문을 또다시 열어 반찬 통이 가득 차 있는 칸을 죽 훑어보다가 대답했다.

"그냥 밥반찬 있고……. 볶은 멸치랑 장조림. 김치도 엄청 많아요. 요 밑에 4층에 민경 아줌마가 어제 깍두기 갖다 줬거든요. 근데 밥 먹기는 좀 그래요. 라면 끓여 먹기도 싫고. 내일 얼굴부을 것 같거든요."

-과일 없어요?

"감이랑 귤 있긴 한데 별로 안 끌려요."

-그럼 물 마셔요. 배부르게.

제 기대와 너무 동떨어진 선택지에 그녀는 눈을 찌푸렸다.

"물을 왜 마셔요."

-밤에 먹으면 건강에 안 좋아요.

밤늦게 군것질하면 몸에 안 좋은 걸 누가 모른단 말인가. 안 그래도 해주는 소임이 밤에 초콜릿을 집어 먹기만 해도 역류성

식도염 생긴다며 매일 잔소리했다.

소임은 꿍얼거렸다.

"근데 나 치킨 먹고 싶은데……."

결국 본심을 밝히고 만 그녀는 투정 부리듯 말했다.

"오늘 집에 나밖에 없어서 치킨 못 시켜 먹어요."

부모님과 새임, 첸은 2박 3일 가족 여행을 떠났다. 첸과 새임이 다시 미국에 돌아가기 전에 가족끼리 추억을 쌓자며 전라도로 향한 것이다.

여행지가 전라도가 된 이유는 첫째, 재식이 평소 한식은 전라도가 최고라는 지론을 갖고 있었으며 둘째, 첸이 전주 한옥 마을을 가 보고 싶다고 했기 때문이다.

소임은 토요일에도 학원에 출근해야 했기 때문에 여행에서 제외됐다. 그녀는 주말에 집에서 푹 쉬고 싶었기 때문에 이번 여행에 함께하지 못하는 것에 전혀 불만이 없었다.

-그럼 우리 집 와요. 치킨 시켜 줄게요.

소임은 그의 제안에 깜짝 놀라 심장이 쿵 내려앉았다.

'이 야밤에? 미쳤나?'

벽시계를 확인해 보니 지금은 오후 열한 시. 아직 취침 시간과는 멀었으니 그렇게 늦지는 않았지만 그래도 충분히 으슥한 시간이다.

'자기 집에 오라고?'

찬호도 영국으로 돌아갔으니 집에는 이제 선호밖에 없다.

소임은 선호가 너무 속 보인다고 생각하며 기가 찬 숨을 내쉬었다.

'허어……. 이 남정네가 참 발랑 까졌네. 어떻게 남의 집 귀한 딸을 기회만 되면 자꾸 불러내려고 해?'

참 엉큼한 인간이지 않은가. 늦은 밤에 남녀가 같이 있으면 무슨 일이 일어날 줄 알고, 자기 집으로 초대한단 말인가?

그런데 소임의 입꼬리가 씰룩쌜룩 움직였다. 그녀는 선호의 적극적인 태도에 기함하면서도 은근히 가슴이 팔랑팔랑 설렜다.

1202호에 놀러 가면 안 될 이유는 없었다. 그가 부른다고 재깍 달려가는 게 좀 모양 빠지긴 하지만, 솔직히 초대에 응하지 않는 게 더 이상했다.

어차피 소임은 집에서 혼자 할 것도 없어서 심심했던 차고, 그가 치킨 시켜 준다고도 하고, 그리고 멀지도 않은 바로 옆집이니. 안 가는 게 손해였다.

또 부모님이 집을 비우는 게 흔한 일도 아니지 않은가. 그들은 소임이 새벽까지 선호네 집에 있다 와도 전혀 모를 터. 부모님 몰래 일탈하는 것은 몹시 유혹적인 일이었다.

소임은 여태껏 그래 본 적이 없었기에 선호의 제안에 더욱이 끌렸다.

'바로 옆집이니 위험하지도 않을 거고. 아니지, 위험한가?'

야릇한 상상에 소임의 콧구멍이 벌렁거렸다.

'사귀는 사이인데 위험해 봤자, 흠흠.'

그래, 위험해질 때도 됐다. 일단 가는 거다. 1202호에 놀러 가서, 치킨을 먹고…….

빠르게 마음을 정한 소임은 별로 끌리지는 않지만, 굳이 그가 제안하니 받아 들여 준다는 것처럼 심드렁하게 대꾸했다.

"그럼 뭐. 간장 치킨으로 시켜 놔요."

통화를 끊은 소임은 입술을 둥글게 말았다. 웃음이 터지려고 했다.

히죽거리며 신나게 땅땅이 잠옷을 벗어 던지고 가벼운 후드티와 체육복 바지로 갈아입은 그녀는 현관을 나서기 직전에 거울에 비친 제 모습을 확인하고 멈칫했다.

'조금 꾸미고 가야 하나?'

방금 샤워를 마치고 나와서 얼굴에는 조금의 화장기도 없었다. 아쉽게도 기초 화장품 광고하는 연예인처럼 청초해 보이지는 않았다. 학원생들에게 시달린 피곤함이 묻어 있기만 했다. 머리카락도 완전히 건조하지 않아서 꼬불꼬불 이리저리 뻗쳐 있었다.

그리고 후드티는 너무 펑퍼짐해 보였다. 너무 편하게 가나 싶어서 소임은 한동안 고심했지만, 그냥 지금의 옷차림을 고수 하기로 했다.

얼마나 점잖아 보이려고 옷을 새로이 갈아입는가. 이 후드티 도 원단 도톰하고 질 좋아서 비싼 옷이다.

거사가 벌어질지도 모르지만, 너무 꾸미고 가면 기대한 티가 날 수도 있으니 그냥 자연스럽게 가는 게 좋을 듯했다. 또 막상 아무 일도 안 일어날 수도 있으니까. 그냥 상황이 흘러가는 대로 몸을 맡기는 거다.

소임은 씩씩하게 집을 나섰다.

* * *

소임은 뼈에 붙은 치킨 살을 꼼꼼히 발라 먹었다. 처음에는 딱 세 조각만 먹을 생각이었는데 먹다 보니 계속 들어갔다.

만약 맥주까지 함께 마셨으면 아마 혼자서 한 마리를 다 해치웠을지도 모르겠다고 생각하며 소임은 시원한 콜라를 한 모금 들이켰다.

탄산이 청량감 있게 쏴아아 입안에서 톡톡 터졌다. 소임은 크으, 감탄사를 뱉고는 다시 치킨 뜯는 것에 집중했다.

그녀가 치킨 먹는 것에 심취하는 동안 선호는 노트북으로 코딩 작업을 하고 있었다. 소임은 치킨에 손도 대지 않는 그가 신기했다. 옆에서 맛있는 냄새가 솔솔 풍기는데 어떻게 참을 수 있는지. 자제력 하나는 끝내주는 듯했다.

늦은 시간에 단둘이 집에 있으면 가슴이 떨리거나 분위기가 어색할 줄 알았는데 이만큼 건전할 수도 없었다. 살짝 아쉬운 마음이 들었다가 소임은 화들짝 놀랐다. 자신이 아쉬워할 이유가 뭐가 있단 말인가? 전혀 그런 감정을 느낄 필요가 없었다.

소임은 고개를 도리도리 저으며 오락가락하는 마음을 다잡았다. 눈앞에 맛 좋은 치킨이 있는데 굳이 딴생각할 필요 없었다.

그녀는 치킨을 뜯으면서 그를 관찰했다.

둘은 거실 탁자에 마주 앉아 있었다. 청광 차단 안경을 낀 선호는 이지적으로 보였다. 무표정하게 노트북 화면을 응시하며 키보드를 다닥다닥 두들기는 그를 빤히 바라보면서 소임은 치킨을 씹었다. 잘생긴 사람 보면서 먹으니 맛이 더 좋은 것 같았다.

웬만큼 먹었다 싶어서 소임은 비닐장갑을 벗고 탁자 위를 정리했다. 쓰레기를 비닐봉지에 모으고, 먹은 자리에 떨어진 튀김 부스러기를 물티슈로 훔치던 소임은 탁자 모서리 쪽에 놓여 있는 봉투를 뒤늦게 발견했다.

겉면이 고급스러워 보이는 것을 보면 일반 우편물이 아닌 것 같았다. 중요한 거라면 다른 곳에 놓아두는 게 좋지 않나 싶어서 소임은 갸우뚱하며 선호에게 물어봤다.

"이거 뭐예요?"

선호가 소임이 집어 든 봉투를 흘깃거리더니 무덤덤하게 답했다.

"아……. 리조트 숙박권."

"리조트 가려고요?"

"지난번에 코드 수정해 준 거 고맙다고 거래처에서 선물로 준 건데 버려도 돼요."

그는 아무렇지 않게 말하고서는 다시 노트북 작업에 몰두했다.

소임은 뭔가 싶어서 봉투 안의 초대권을 꺼내 보았다. 초대권에 적힌 내용을 확인한 그녀의 눈이 휘둥그레졌다. 자신이 잘못 봤나 눈을 몇 번 깜빡여 봤지만, 활자에는 변동이 없었다. 가로로 길쭉하고 빳빳한 고급 용지에는 40만 원 상당의 리조트 1일 숙박료가 대체된다고 쓰여 있었다.

소임은 황당해서 목소리를 높였다.

"이걸 왜 버려요?"

한두 푼도 아니고 무려 40만 원짜리인데 말이다. 게다가 이름만 '리조트'가 아니라 이건 강원도에서 꽤 유명한 리조트였다.

"갈 일 없으니까."

선호의 시큰둥한 반응을 이해하지 못한 소임은 잔뜩 인상을 썼다.

리조트 갈 일이 없긴 왜 없는가.

'나랑 가면 되잖아!'

선호를 살짝 째려본 소임은 초대권을 면밀하게 살펴보았다. 유효기간은 올해 말까지라고 적혀 있었다. 기간이 촉박하긴 하지만 이번 달 안에만 사용하면 되는 것이다.

만약 자신이 이걸 열어 보지 않았다면, 하마터면 40만 원이 쓰레기통으로 사라졌을지도 모른다. 소임은 끔찍해서 몸이 부르르 떨렸다.

'누구는 이런 거 없어서 못 놀러 가는데.'

왜 그는 리조트에 갈 일이 없을 거라고 성급히 판단해 버린 걸까?

'같이 가자고 했으면 내가 설마 거절했겠어?'

애인과 근교로 여행을 가는 것은 소임도 예전부터 긍정적으로 고려하고 있었다. 여행 재밌었다고 자랑하는 친구들을 보며 자신도 언젠가는 애인과 꼭 놀러 가야지 마음을 먹고 있었다. 그동안은 남자 친구가 없어서 못 놀러 갔다.

지금 타이밍이 딱 맞았다. 남자 친구도 있고, 공짜 숙박권도 있으니.

'그다지 멀지도 않고.'

소임은 리조트 주소를 확인했다. 강원도 춘천시, 그 뒤에 붙은 구역명인 '면'과 '리' 때문에 조금 멀게 느껴지긴 하지만 그래도 서울에서 춘천까지 고속도로가 잘 뚫려서 갈 만하다.

무려 40만 원짜리 숙박권인데 날려 버릴 수 없었다. 이 기회에 1박 2일 여행을 재밌게 다녀오면 되는 것이다.

물론 하루를 다른 지역에서 같이 보내고 오는 여행은 큰 결단이 필요했다. 왜냐하면 당연히…….

'같은 방을 쓰게 될 테니까!'

소임은 콧구멍을 벌렁거리며 그를 흘끔거렸다. 코가 간지러워서 재채기가 나올 것 같았다.

음흉한 상상은 하고 싶지 않은데, 예전에 우진이 낄낄거렸던 내용이 문득 떠올랐다. 그가 그때 뭐라고 했던가.

선호를 화장실에서 우연히 마주쳤는데 그의 소중한 부분이 어떻다고…….

소임은 눈을 질끈 감고는 고개를 도리도리 저었다. 시기상조다.

그 생각을 벌써 할 필요는 없다. 아직 여행 가는 것도 확정되지 않은 마당에.

'하여튼…… 여행 가자고 할까?'

소임은 우물쭈물 망설였다. 같이 리조트에 가자고 하면 분명히 선호도 소임이 상상했던 것을 떠올릴 것이다. 그녀는 자신이 너무 적극적으로 들이대는 것처럼 보이지 않을까 걱정했다.

'근데 뭐, 다들 여행가잖아.'

연인이 되면 다들 가볍게 당일치기나, 아니면 1박 2일 정도로 여행을 다녀온다. 그와 자신도 다른 사람들처럼 평범하게 데이트를 하는 것이다.

'그래. 부끄러워할 거 없어. 그냥 단순히 여행 가자는 건데.'

거기서 어떤 일이 벌어질지는 나중의 문제다.

만약 그가 소심해서 차마 소임에게 같이 놀러 가자는 얘기를 못 꺼낸 거라면, 그녀가 용기를 내면 되는 것이다.

소임은 선호 들으라는 듯 가볍게 혼잣말했다.

"여기 내가 가야지."

그는 소임을 잠깐 흘깃거리고 말았다. 별 반응 없는 그의 모습에 소임은 약간 진땀이 났다.

'왜 못 알아듣지? 같이 가자는 건데.'

같이 1박 2일 여행을 가자고 대놓고 제안하기는 민망해서 돌려 말한 거였다. 소임은 눈치를 보다가 그에게 재차 말을 걸었다.

"이거 내가 가질게요. 알았죠?"

"언제 가게요?"

"글쎄……."

TV 옆에 놓인 탁상 달력을 보는 척했지만 사실 당황스러워서 날짜는 눈에 잘 안 들어왔다.

'오늘이 토요일이니까…….'

이번 주는 글렀고. 소임은 고민하는 척하다가 말했다.

"다음 주 금요일?"

만약 가게 된다면 최대한 빨리 가는 게 낫다. 곧 중학교 기말고사 기간이다. 시험 대비를 하면 무척이나 바빠질 터.

"……."

선호가 아무 말 없이 물끄러미 쳐다보기만 하는 통에 소임은 난처했다.

'내 말 이해한 거야, 아니면 모르는 거야?'

그는 돌연 심술 맞은 표정을 짓더니 벌떡 일어나 그녀의 손에서 초대권을 빼앗아 갔다. 갑작스러운 강탈에 소임은 어이가 없었다.

"뭐예요! 나 주기로 했잖아요."

"마음 바뀌었어요. 내가 갈 거예요."

"뭐야……. 내가 간다니까……."

그의 변덕에 소임은 작은 소리로 꿍얼거렸다.

"이 씨 누구랑 갈 건데요."

"혼자."

"그럼 나는요? 나도 거기 가고 싶었는데."

뽀로통하게 노려보니 선호가 시선을 피하면서 대꾸했다.

"그럼 변 씨도 껴요."

소임은 급격히 기분이 좋아졌다. 새어 나오려는 웃음을 참으며 그녀는 새침하게 시선을 아래로 깔았다.

"뭐…… 그럴까요?"

대수롭지 않은 척했지만 실제로는 잔뜩 신이 나서 방방 뛰고 싶었다. 소임은 입술을 꼭 깨물고는 슬쩍 그의 옆에 다가가 앉아, 기분 좋게 종알거렸다.

"그럼 평일에 가는 게 낫겠다. 이 씨도 프리랜서고 나도 딱히 요일에 구애받지 않으니까."

"학원은 어떻게 하게요?"

"나 올해 휴가 한 번도 안 썼어요. 이틀 정도는 스케줄 빼도 괜찮아요. 경지 있으니까."

바라던 대로 선호와 여행 계획이 잡혀서 소임은 몹시 흐뭇했다. 좋아서 히죽거리며 그를 계속 힐끔거리던 소임은 선호의 귀가 약간 붉어져 있는 것을 발견하고 내심 놀랐다.

'설마 긴장한 건가? 나랑 같이 여행 간대서?'

만약 그런 거라면 좀 귀여운 것 같았다.

* * *

소임은 언제까지 그의 집에 있어도 되는 건지 궁금했다. 방문

목적이었던 치킨은 다 먹었고 후식으로 과자도 여러 개 집어 먹었고, 벌써 시간도 새벽 한 시를 넘었다.

선호도 어느새 일을 다 끝마쳤는지 노트북을 덮고 소파에 앉아 TV를 시청하고 있었다. 여행을 확정지은 후 여태 태평하게 있었던 소임은 뒤늦게 긴장했다.

배가 불러서 졸음이 몰려오는데……. 그럼 집에 가야 하나?

소임은 선호를 곁눈질했다. 딱히 집에 가라고 눈치를 주진 않지만 이렇게 언제까지고 계속 TV만 보고 있을 수도 없는 노릇이다. 그도 자야 했으니까.

왠지 부끄러워진 마음에 소임은 입을 꾹 다물었다. 그러다가 갑자기 이를 닦고 싶어졌다. 왜 생각이 갑자기 그런 쪽으로 튀었느냐면, 어쩐지 미리 준비해 놔야 할 것 같은 기분이 들었다.

'왜냐하면 키스하게 될지도 모르니까?'

무의식적으로 그와 농도 짙은 스킨십을 나누는 모습을 상상한 소임은 숨이 막혔다. 심장이 미친 것처럼 쿵쾅쿵쾅 뛰어 대기 시작했다.

그녀가 안절부절못하는 것을 눈치챘는지 선호가 멀뚱히 옆을 바라보았다. 그와 눈이 마주친 소임은 흠칫 놀랐다가 변명하듯 우물거렸다.

"입이 좀 텁텁해서."

그렇게 말했다가 소임은 후회했다. 입 텁텁하다는 여자한테 키스할 일 없을 거 아닌가.

'헉!'

그런데 설마 자신은 선호와의 키스를 열렬히 기대하고 있는 것인가?

아쉬움을 느끼는 이유가 대체 뭐 때문이란 말인가. 소임은 스스로가 낯설어 벌벌 떨었다. 그간 입 맞추는 행위 따위, 세균 교환에 불과하다고 여겼는데 그런 쓸데없는 짓에 혹하다니 정말 이상했다.

소임은 이를 닦고 싶다는 의향을 밝힌 거였는데, 상큼한 걸 먹고 싶다는 뜻으로 알아들었는지, 선호는 냉장고에 딸기 요거트도 있다는 사실을 알려 줬다.

'먹고 싶다고 한 거 아닌데…….'

그래도 소임은 벌떡 일어났다. 그와 가까이 앉아 있는 게 너무 강하게 의식되어서 견딜 수 없었다. 잠시 부엌으로 도피했다가 딸기 요거트와 수저를 들고 슬금슬금 거실로 돌아왔다. 그러고서는 그의 옆에 살포시 앉아 요거트를 퍼먹으면서 그를 힐끔댔다.

혹시 자신만 이렇게 떨리는 건가. 선호도 혹시 이 숨 막히는 긴장감을 느끼고 있나 싶어서 살펴보았는데 그는 아주 멀쩡해 보였다. 졸린 기운도 없이 쌩쌩한 눈으로 TV 화면을 멀거니 바라보고 있었다.

또다시 이유 모를 실망감이 몰려들었다.

'뭐야……. 옆에 나 있는데 티비만 보고 있어.'

부루퉁한 표정으로 요거트를 퍼먹던 소임은 집에 가서 잠이나 자야겠다고 생각했다. 선호는 애인이 옆에 있든 없든 별 상관도 안 하는 것 같은데, 자신은 뭐 때문에 계속 그의 집에 남아 있는 건가 싶었다.

'집에 가서 발이나 씻고 자야지.'

내일 주말이니까 늘어지게 자는 거다. 온종일 뒹굴뒹굴하며 체력 보충이나 해야지. 느긋한 휴일을 계획하며 소임은 소파에서 일어섰다.

"아우, 졸려. 저 이제 가서 잘게요. 야식 잘 먹었어요."

"칫솔 줘요? 한 세트 사다 놨는데."

예상치 못한 상황에 소임의 입꼬리가 꿈틀거렸다. 풋, 하고 웃음이 터져 나오려고 했다.

'내가 여기서 자고 갈 거라 생각하는 모양이지?'

그런 쪽에 전혀 관심 없는 척하더니만 선호는 은근히 별 수작 다 부리고 있었다. 소임은 기꺼이 그에게 장단을 맞춰 주기로 했다. 붙잡는 모습이 나름 귀여웠으니까.

소임은 장난스럽게 그를 타박했다.

"아니, 칫솔은 왜 그렇게 많이 사다 놨대요? 혼자 사는 사람이."

선호가 의아하다는 투로 대꾸했다.

"찬호 왔었잖아요."

"……."

"화장실 거울 안쪽 수납장에 있는 거 꺼내 써요."

소임은 표정 관리에 힘써야 했다.

그냥 대답 안 해도 되지 않나. 자신이 착각하게 두지. 그냥 언젠가 자고 갈 것 같아서 사 두었다고 입발림 소리해도 자신은 모를 텐데. 꼭 진실을 말해야 했나……

소임은 겸연쩍은 마음에 허리에 손을 얹고 부러 심술궂게 그를 몰아갔다.

"이 씨 나 말고 여자들 막 집에 초대하는 거 아니에요? 그래서 칫솔 한 세트씩이나 사다 놓은 거죠?"

별 쓸데없는 소리를 다 듣겠다는 듯, 그녀를 한심하게 바라보던 그가 귀찮은 듯이 대답했다.

"눈치도 빠르네."

소임은 기가 막혔다. 억울해하는 표정으로 애인에게 신뢰를 주지는 못할망정 태연히 농담이나 하고 있다니! 그녀는 그를 찌릿 노려보았다.

"오늘도 원래 다른 여자 집에 오기로 했었죠?"

"이미 와 있습니다."

그가 시큰둥하게 덧붙였다.

"내 방에서 나 오기만을 목 빠지게 기다리고 있네요."

소임은 불만스럽게 코를 씰룩거렸다.

그럴 리 없겠지만, 당연히 장난이겠지만, 그래도 이런 농담을 하는 건 너무하다. 여자들에게 인기 많을 타입인 선호가 이렇게 말하면 진짜처럼 느껴진단 말이다!

"이따 이 닦고 나서 확인해 볼 거예요."

"침대 밑에 꼭 찾아봐요."

소임은 코웃음을 치고는 쿵쿵 발소리를 내며 화장실로 향했다. 양 볼에 알사탕 두 개 넣어 놓은 것 같이 불만 가득히 볼을 부풀렸던 그녀는 칫솔을 찾기 위해 거울 안쪽을 살펴봤다가 깜짝 놀랐다.

'와⋯⋯ 이게 뭐야?'

수납장은 대단히 깔끔했다. 수건도 호텔에서 보는 것처럼 각 잡혀 쌓여 있었고, 그냥 포장지 째로 있을 거라 생각했던 칫솔들도 예쁘게 정리되어 있었다.

'정리를 왜 이렇게 잘해 놔?'

게다가 화장실은 매우 청결했다. 바닥에 머리카락 한 올도 떨어져 있지 않고, 하얀색 타일은 완벽히 새하얬다. 마치 매일 락스를 뿌려 대는 것처럼.

그러고 보니 선호의 집은 유난히 깨끗했다. 물론 그가 깔끔한 성격일 수도 있지만, 지금 생각하니 특이하다시피 말끔했다. 소임은 기억을 더듬어 봤다. 접시들은 늘 한 방향으로 가지런히 정리되어 있었고, 설거지를 마친 싱크대에는 물자국 하나 없었다.

리모컨조차 소파에 아무렇게나 내팽개친 모습이 아니라 거실 테이블 위에 얌전히 일자로 올려져 있었다.

소임은 문득 선호에게 특이한 증세가 있을지도 모른다는 생각이 들었다. 예를 들면 세균 박멸에 병적으로 집착한다든지. 아니면 물건이 삐뚤삐뚤한 것을 참지 못한다든지.

양치를 마치고 거실에 돌아온 소임은 그를 슬쩍 떠보았다.

"혹시 하루라도 청소 안 하면 불안해요?"

그가 뜬금없다는 표정으로 그녀를 쳐다봤다.

"막 모든 물건에 세균이 득실거리는 느낌이 든다든가. 아니면 물건이 어질러져 있는 걸 조금도 참을 수 없다든가."

소임은 자신이 화장실에서 목격한 것들을 근거로 들며 부연했다.

"수건들 완전히 각 잡혀 있던데요? 양치 컵 손잡이랑 손 세정제 입구도 같은 방향으로 돌아가 있고, 로션들도요. 맞다, 면도기도."

"그냥 보기 좋게 해 놓은 겁니다."

소임은 속으로 반박했다.

'그 취향 자체가 좀 특이하다니까? 보통 사람은 물건이 흐트러져 있든 말든 크게 신경 안 쓰는데.'

"물건 모양 흐트러지면 기분 되게 이상하죠? 막 참을 수 없고, 부르르 떨리고, 초조하고……."

"안 그래요."

딱 잡아떼는 모습이 오히려 더 수상했다. 미심쩍게 그를 바라보던 그녀는 제 추측을 검증해보기 위한 행동에 나섰다.

소임은 발로 티 나게 바닥을 쓱쓱 문질렀다. 곧바로 선호의 시선이 따라왔다. 그는 소임이 바닥에 맨발을 문질러 대는 꼴을 물끄러미 바라봤다. 소임은 그의 모습에 승리감을 느끼며 기세등등하게 물었다.

"신경 쓰이죠?"

선호가 눈을 가만히 깜빡였다. 소임은 다 안다는 표정으로 덧붙였다.

"걱정돼서 바라본 거잖아요. 내 발에 세균 많을까 봐."

"……."

"내가 이 씨네 깨끗한 바닥 더럽힐까 봐 초조하죠?"

"아닙니다."

선호가 고개를 확 돌렸다. 회피하는 태도에 소임은 더 확신을 얻었다.

"뚫어지게 봤잖아요. 결벽증 있는 거죠?"

"그런 거 없어요."

"에이, 결벽증 있는 게 뭐 어때서요. 그런 거 있을 수도 있지. 그냥 인정해요."

"예뻐서 봤어요. 맨발 섹시해서."

소임은 하마터면 비명을 내지를 뻔했다.

'으악!'

온몸에 소름이 돋았다.

'세, 섹시하다니. 미쳤나 봐!'

단숨에 얼굴이 화끈 달아오르고 심장이 쿵쿵 뛰었다. 소임의 호흡이 거칠어졌다.

선호가 저러는 것은 분명히 켕기는 구석이 있다는 증거다.

'이상한 칭찬, 즉 마음에 없는 소리를 하면서까지 내 입을 막고 싶은 거지.'

소임은 그에게 특이한 증세가 있다는 것을 확신했다. 하지만 그것의 정체를 더 캐 볼 의욕을 잃고 말았다. 더 상대하다가는 곤란해질 것이다.

여태 맨발인 것에 아무 생각도 없었는데 그의 시선이 닿은 이후로 계속 양말을 신지 않은 게 신경 쓰였다. 마치 벌거벗은 느낌마저 들었다.

그녀는 당황스러운 마음에 발을 꼼지락거렸다. 언급된 게 손이라면 등 뒤로 숨길 수라도 있을 텐데 발이라 감출 수가 없었다.

선호에게서 도망가고 싶은 마음이 굴뚝 같았던 소임은 일단 후퇴하기로 했다. 그녀는 애써 눈을 부릅뜬 채 그에게 시비조로 말했다.

"이 씨 방에 가서 여자 있는지 없는지 확인해 볼 거예요."

"뭘 또 확인해요? 있다니까."

"있으면 돌아와서 이 씨 머리카락 잡고 흔들 거예요."

"나 대머리 되겠네요."

소임은 그를 째려보면서 쓱 뒷걸음질 쳤다.

예전에는 남의 침실에 어떻게 들어가나 했는데 지금은 사귀는 사이니까 괜찮을 것이다. 큰맘 먹고 방에 들어간 소임은 자신의 어지러운 방과 다르게 딱 정돈된 공간을 보고서 혀를 내둘렀다.

이것저것 살펴보려고 해도 딱히 볼 게 없을 정도로 그냥 다 제자리에 놓여 있었다. 제일 먼저 눈에 들어오는 커다란 침대, 그 옆에 놓인 협탁, 스탠드, 벽장 등등……

정말 단순히 침실로만 쓰는지, 자질구레한 물건들은 보이지 않았다. 필기구나 책 같은 것들은 작업실에 두었겠구나 짐작하며 소임은 침구가 검정색 세트인 침대에 홀리듯 다가갔다.

가볍게 걸터앉았는데도 엉덩이가 편안했다.

'침구 좋은 거 쓰네.'

실크처럼 매끄러운 이불을 손으로 쓸어 보다가 소임은 슬쩍 몸을 기울여 침대에 누워 봤다.

'와, 푹신하다.'

매트리스도 비싼 건지 아주 몸이 편안했다. 단순히 그의 침대에 올라와 있을 뿐인데 소임은 괜히 부끄러워서 심장이 콩닥콩닥 뛰었다. 이불에서 선호의 냄새가 나는 것 같았다.

* * *

아득히 느껴지는 감각에 소임은 미간을 찌푸렸다. 칼로 도마를 탁탁거리는 소리, 은은하게 코끝으로 밀려들어 오는 구수한 냄새. 엄마가 된장찌개를 끓이는 모양이었다.

감은 눈 위로 밝은 빛이 쏟아지는 게 느껴졌다. 벌써 해가 중천에 떴나 보다.

달칵, 방문이 열리고 누군가 들어오는 기척이 났다. 소임은 저를 살짝 흔들어 깨우는 손길에 미약하게 반항했다.

"힝……."

눈 뜨기 싫었다. 엄마에게 10분만 더 자겠노라 말하려고 무거운 눈꺼풀을 슬쩍 들었다가 소임은 깜짝 놀라서 숨을 들이켰다.

"헉!"

반사적으로 이불을 꽉 쥐어 잡고 턱 끝까지 올린 그녀는 콩벌레처럼 몸을 웅크린 채 두려움 가득한 음성으로 침입자에게 대항했다.

"왜, 왜 이러세요!"

선호는 손 뻗은 자세에서 정지해 있었다. 그의 복잡 미묘했던 표정이 뚱하게 바뀌는 것은 순식간이었다.

"내가 몹시 나쁜 짓을 한 인간이 된 것 같은데."

아직 잠이 덜 깬 소임은 경계심 가득한 눈빛으로 그를 살폈다.

"거기 내 침대라는 것만 알아 둬요."

"……."

"그리고 밥 먹어요."

선호는 탐탁지 않은 눈으로 소임을 훑어보다가 방을 나갔다.

'응?'

천천히 눈을 끔뻑이던 소임은 자신이 선호의 방에서 잠들었다는 것을 뒤늦게 알아차렸다.

'아! 어제 그대로 잠들었구나.'

잠깐 누워만 있으려고 했는데 눈을 감고 있다가 저도 모르게 잠에 빠져든 듯했다.

원래 한번 잠들면 누가 업어 가도 모른다지만 남의 집에서 이렇게 무방비하게 편히 잠들 줄이야. 소임은 자신의 뛰어난 적응력에 감탄했다. 벌써 옆집을 이렇게나 자신의 집처럼 편히 여기고 있다니.

그런데 사실 따져 보면 자신의 집과 별반 다를 게 없었다. 같은 아파트의 같은 층이니까 위치랑 고도가 같다.

'그래서 낯설어하지 않고 숙면할 수 있었나.'

실없는 생각을 하며 소임은 침대에서 일어나 흐트러진 침구를 손바닥으로 팡팡 펴서 정리했다. 그가 해 놨던 대로 예쁘게 각이 접히진 않았지만 그래도 이리 펴고 저리 펴고 하니 그럴싸한 모양이 잡혔다.

이불 정리를 마친 소임은 뻗친 머리카락을 손가락 사이로 빗어 내리며 부엌으로 갔다. 식탁에는 이미 밥상이 다 차려져 있었다.

남의 집에서 늘어지게 자고 일어난 것도 민망한데 집주인이 차린 밥을 홀랑 얻어먹기만 하다니. '소임이는 누굴 닮아 저렇게 뻔뻔하고 게으른지 모르겠다'라고 푸념하는 엄마의 말이 괜한 타박이 아니라 진실이었음이 밝혀진 것 같아 소임은 얼굴이 좀 벌게졌다.

'숟가락이라도 놓으라고 일찍 깨우지. 미안하게.'

소임은 뚝배기를 인덕션에서 식탁 위로 옮기는 선호의 주변에서 쭈뼛대다가 물었다.

"어젯밤엔 어디서 잤어요?"

"손님방에서."

"불편했겠네……. 자기 방 놔두고 거기서 자려니."

소임은 머쓱해서 바지춤에 손바닥을 비비며 우물거렸다.

"나보고 거기 가서 자라고 하지. 이 씨 침대 뺏으려던 건 아니었는데."

그가 무뚝뚝하게 대꾸했다.

"글쎄요. 변 씨가 내 침대에서 자는 거 보니까 기분 좋던데요."

"……."

소임은 입술을 깨물고 숨을 참았다. 얼굴이 터질 것처럼 달아올랐다. 호흡이 커져서 가슴이 들썩거렸다. 그녀는 괜히 헛기침하면서 더듬거렸다.

"나도 뭐, 괜찮았어요. 매트리스 비싼 건가 봐요? 마음에 들어요."

그냥 개인적인 의견으로, 옆에 한 명쯤 더 누워 있어도 괜찮을 것 같았다. 그의 침대는 아주 널찍했으니까.

소임은 다음에 또 선호의 집에서 자고 가는 일이 생기면, 그렇게 능청을 부려 보리라 다짐하며 의자에 앉았다. 그가 솜씨를 부려 차려 낸 음식들을 맛볼 시간이었다.

17. 커플 여행

"빠진 건 없는지 잘 살펴봐."

"어? 어……."

소임은 당황스러워서 시선을 피했다. 조마조마한 마음으로 해주가 어서 방을 나가기만을 바라고 있는데, 하는 꼴이 못 미더웠는지 해주는 혀를 차면서 아예 소임 옆에 쭈그려 앉았다.

"아휴, 왜 이렇게 짐을 못 싸. 비켜 봐. 이래서 나중에 시집 어떻게 가려고."

해주는 답답하다는 듯이 소임을 밀어내고는 캐리어를 다시 정리하기 시작했다.

소임이 구겨 넣었던 옷들이 도로 튀어나와 하나하나씩 해주의 손길 아래서 곱게 개어졌다. 소임은 입을 쭉 내밀고 엄마가 제 짐을 정리해 주는 모습을 지켜봤다. 선호와 1박 2일 여행을 위한 짐이어서 최대한 몰래 준비하고 싶었는데 일이 안 좋게 풀렸다.

소임의 부모님은 그녀가 학원 워크샵을 간다고 알고 있었다. 왜 평일에 학원 문까지 닫고 워크샵을 가느냐는 질문에 소임은 요목조목 근거를 댔다.

첫째, 우진이 군대 때문에 곧 알바를 그만두는데 그동안 수고해 준 그와 앞으로도 열심히 일해 줄 경지를 격려하기 위한 행사다.

둘째, 그리고 이제 곧 기말고사 준비로 바빠질 테니 차라리 지금 후딱 다녀오는 게 낫다.

셋째, 겨울이 되면 성수기라 펜션 값이 두 배로 뛴다. 평일에 떠나는 것은 비용 절감을 위한 결정이다.

소임의 능변에 해주와 재식은 별 의심 없이 그렇구나 하고 넘어갔다.

"이건 뭐야?"

해주가 손에 든 옷을 앞뒤로 살펴보았다. 찰랑거리는 소재의 짙은 자주색 잠옷에는 소임이 까먹고 제거하지 못한 가격 태그가 달려 있었다. 그것을 확인한 해주의 눈살이 잔뜩 찌푸려졌다.

실용성은 없고 멋내기 용인 데다가 가격이 비싸니 딱 해주가 싫어하는 스타일이었다.

"왜 이런 걸 샀어? 4만 원씩이나 주고? 천 얇은 거 보니 얼마 입지도 못하겠구만. 신축성도 없고."

소임은 가슴이 뜨끔거렸다. 집에서는 매일 목 부근이 늘어난 티셔츠와 해주가 시장에서 사다 준 땡땡이 잠옷만 입기 때문에 리조트에 놀러 가서 마땅히 입을 잠옷이 없었다.

멀리까지 여행 갔는데, 그것도 남자 친구랑 같이 방을 쓰게 될 텐데, 너무 촌스러운 잠옷을 입고 싶지 않았다. 그래서 며칠간 인터넷을 열심히 살펴보다가 주문한 거였다. 많이 야하지도 않고, 그렇다고 너무 점잖지도 않은…… 딱 적당히 섹시하게 목선이 파진 잠옷이었다.

'이래서 독립하려고 했던 거구나.'

친구들이 가족과 함께 사는 것이 불편하다고 한숨 푹푹 쉬며 자취를 꿈꿀 때 소임은 그들의 심정을 온전히 이해하지 못했다. 왜냐하면 그녀에게 부모님과 함께 사는 집은 거의 천국처럼 느껴졌기 때문이다.

엄마가 청소해 주고, 빨래해 주고, 아빠가 용돈 주고, 옷 사 주고, 집에 있는 음식 마음대로 먹고 실컷 TV 보고 와이파이 사용하면서도 땡전 한 푼 내지 않아도 되니 행복하다고만 생각했는데 이 황홀한 케어가 어떻게 보면 또 족쇄가 될 수 있다는 것을 소임은 이번에 새삼 깨달았다.

'사생활이 없잖아?'

고작 잠옷 하나 새로 샀을 뿐인데 해주에게 바로 들키지 않는가.

쓸데없는 소비를 했다고 잔소리를 듣는 것과는 차원이 달랐다. 해주는 소임의 변화가 어디에 기인했는지 빠르게 눈치챌 것이다.

다시 말하면, 소임은 애인의 유무를 부모님께 단번에 파악당하는 것이다!

다른 옷 안 사길 다행이다. 만약 요란한 속옷을 샀다면 즉시 취조당했을 터. 해주가 '너 남자 친구 생겼구나?' 할 가능성이 백 퍼센트라고 생각하며 소임은 능청스럽게 둘러댔다.

"그거 내 거 아니야. 경지가 잠옷 없대서 선물로 하나 샀어. 걔가 고른 건데 강원도 가서 전해 주기로 했어."

소임은 그동안 일관성 있게 유지해 온 이미지 덕을 봤다. 집순이, 게을러서 연애도 못하는 딸. 해주는 소임에게 깊은 신뢰감을 느끼는 모양이었다.

"그래? 경지는 잘 때 이런 거 입는다니? 신기하네."

해주는 더욱 신경 써서 잠옷을 개켰다.

소임은 엄마 몰래 안도의 한숨을 내쉬었다. 가족 몰래 연애한다는 게 쉬운 일이 아니구나. 그동안은 남자 친구가 없어서 몰랐다.

그러나 곧 2차 위기가 찾아왔다.

"옆집 총각도 오늘 친구랑 여행 가는 모양이더만."

이게 무슨 불상사란 말인가. 소임은 표정 관리에 힘쓰며 삐걱거리는 고개를 돌렸다.

"……그래? 그걸 엄마가 어떻게 알아?"

대체 어디서 무엇을 본 것일까. 소임은 초조하게 해주의 답변을 기다렸다. 심장이 쿵쾅쿵쾅 뛰었다.

해주가 캐리어를 닫으면서 여상히 대꾸했다.

"아까 음식물 쓰레기 버리러 지하 내려갔는데 총각이 차 내부 청소하고 있더라고. 트렁크에 배낭도 싣고. 어디 멀리 가느냐고 했더니 부산에 여행 간대. 그래서 '어머, 우리 딸은 오늘 강원도로 워크숍 가는데. 총각이랑 정반대네.' 하고 말았지."

호호 웃는 엄마를 보면서 소임은 죽다 살아난 기분이었다. 천만다행으로 해주는 선호와 소임을 연결 짓지 못하는 듯했다.

남자 친구랑 여행 한 번 가기가 이렇게 어려워서야. 아주 스릴감 넘치는 준비 과정에 소임은 한숨을 내쉬며 겉옷을 걸쳐 입고 나갈 채비를 했다.

안방으로 들어가서 쉬면 좋으련만 해주는 꼼꼼히 소임을 챙겨 줬다.

"택시는 불렀어?"

"아니. 그냥 큰길 나가서 타려고. 캐리어 별로 무겁지도 않으니까."

새임이 첸과 함께 미국으로 돌아갔기에 그녀의 차 키는 다시 소임에게 돌아왔다. 그러나 소임은 선호의 차로 움직일 계획이었다. 해주에게는 경지의 차를 타고 워크숍을 간다고 말해 놨다. 우진의 집과 자신의 집의 중간 지점에서 만나기로 했다고.

소임을 배웅하며 해주가 단단히 일렀다.

"돈 아끼지 말고 먹을 거 많이 사 줘. 일하는 애들한테 잘해 줘야 하는 거야."

알겠다고 고개를 끄덕이며 소임은 집을 나섰다. 엘리베이터에 타고나서야 안심이 됐다.

선호는 차에 시동을 켜 놓고 기다리고 있었다. 소임은 그를 보자마자 불퉁하게 말했다.

"우리 엄마한테 부산 간다고 했다면서요."

그가 소임의 캐리어를 건네받아 트렁크에 넣으면서 무덤덤하게 대꾸했다.

"댁 따님과 강원도 갑니다, 이럴 순 없잖아요."

"아니, 왜 부산을 간다고 해요. 그냥 요 근처 사는 친구네 집 간다고 했어야지. 의심 사면 어쩌려고."

소임은 꿍얼거리며 차에 올라탔다. 그런데 좌석 위에 올라와 있는 비닐봉지를 발견하고 주름졌던 미간이 단숨에 펴졌다.

'과자 사 놨네?'

방금 그가 마음에 안 드는 척은 다 했는데, 눈 깜짝할 사이 기분이 풀려 버렸다.

소임은 선호가 운전석에 타자마자 조잘거렸다.

"가다가 휴게소도 들릴 거죠? 나 버터 알감자 되게 좋아하는데."

네비게이션에 찍힌 운행 예정 시간은 두 시간 정도였지만 그다지 길게 느껴지지 않았다. 선호와 내내 함께일 테니 말이다. 소임은 운전석을 힐끔거리며 슬며시 미소를 지었다. 즐거운 여행이 될 것 같은 예감이 들었다.

* * *

핸드폰으로 춘천 관광 명소를 검색했을 때, 수목원을 추천하는 글이 상단에 떴다.

예쁘게 잘 꾸며 놔서 사진 찍기도 좋고 데이트 코스로 훌륭하다기에 소임은 수목원에 들렀다가 리조트로 넘어가기로 스케줄을 짰다. 어차피 체크인 시간이 오후 3시부터라 여유 시간을 보낼 곳이 필요했다.

선호가 챙겨 온 카메라를 보고 소임은 올라가는 입꼬리를 감출 수 없었다.

'왜 저렇게 좋은 걸 가져왔대?'

뭘 또 번거롭게 무거운 디지털카메라를 가져왔나, 싶으면서도 그가 자신과의 추억을 많이 쌓고 싶어서 만반의 준비를 했다고 생각하니 내심 흐뭇했다. 성의 가득한 모습이 마음에 들었다.

'그래. 아무리 요즘 핸드폰 카메라 화질이 좋대도 전문 카메라는 못 따라가지.'

게다가 선호가 찍는 사진에는 피사체에 대한 애정이 담겨 있을 게 아닌가? 남자 친구가 찍어 주는 자신의 사진이 얼마나 예쁘게 나올지 기대되었다.

소임은 멋스러운 코트를 입고 오길 잘했다고 생각하며 씩씩하게 앞장섰다. 선호가 제 뒷모습을 카메라로 포착할 수 있도록 상황을 만들어 주는 것이다.

그에게 먼저 '나를 이렇게 저렇게 찍어 주세요' 하고서 요구하는 것은 조금 민망했다.

그녀는 일단 그가 사진 찍는 것을 모르는 척한 다음, 나중에 '어머, 나 찍었어요?' 하고서 쑥스러워할 계획이었다. 카메라를 의식하지 않은 것처럼 자연스럽게 찍힌 사진을 얻고 싶었으니까.

소임은 콧노래를 흥얼거리며 나무들을 구경했다. 미세먼지 수치를 신경 써야 하는 도심을 벗어나 푸르른 수목이 가득한 장소를 돌아다니니 숨통이 트이는 듯했다.

"여기 공기 되게 좋은 거 같아요."

특이한 종류의 나무들과 꽃들을 구경하는 재미도 있었고, 수목원이 워낙 널찍하고 산책 코스가 다양하다 보니 평화롭고 조용한 숲속에 둘만 있는 느낌이라 좋았다. 바람이 약간 쌀쌀하긴 하지만 날씨가 쾌청해서 산책하기 즐거웠다.

무엇보다 생활 반경에서 멀찍이 떨어진 곳이라 아는 사람을 마주칠 일이 없으니까 마음이 무척이나 편했다.

입장할 때 받은 안내서를 읽어 보던 소임은 놀라운 정보를 발견하고 입을 크게 벌렸다.

"와, 저 소나무가 1억짜리래요."

안내서에 적힌 정보에 따르면, 소나무는 휘어진 정도에 따라 값어치가 다르다고 했다.

"많이 휘어진 게 비싼 건가 봐요. 저건 거의 무슨 구렁이처럼

커플 여행 173

생겼잖아요. 뱀 움직이는 것처럼."

소임의 시야에 들어온 소나무는 옆으로 누운 알파벳 S처럼 구불구불 휘어져 있었다. 부드러운 물결 모양처럼도 보였다.

"저런 소나무가 비싼 거였구나. 신기하네."

소임은 안내서와 소나무를 번갈아 보며 중얼거렸다.

소나무의 가격 측정 기준은 까다로워 보였다. 너무 심하게 휘어지면 외부 충격이나 자체 무게 때문에 쉬이 부러질 수도 있으므로 무턱대고 많이 휘어졌다고 비싼 건 아니랬다. 또 심미 기준도 존재했다. 그냥 구불거리는 게 아니라, 아름다운 모양으로 구부러져 있어야 가치가 높다고 했다.

그런 복합적인 조건을 따져서 나온 저 소나무의 값어치가 무려 1억이라는 사실에 소임은 혀를 내둘렀다.

7년 전, 나무로 재테크를 하겠다고 큰소리를 뻥뻥 쳤던 외삼촌이 떠올랐다. 그가 소나무 묘목을 심었다가 20년 후에 갖다 팔 거라고 했을 때 참 허무맹랑하다고 생각했는데 전망 있는 사업이었다.

아직 외삼촌이 떼돈 벌었다는 소식이 들려오지 않는 걸 보면 아직 시간이 더 필요한가 싶기도 했지만, 소임은 집에 돌아가면 엄마에게 외삼촌의 근황을 물어봐야겠다고 다짐했다. 일이 잘 풀리면 아무렴 조카에게 용돈 조금 얹어 주지 않겠는가. 그녀는 제게 조금이나마 떨어질 콩고물을 기대했다.

찰칵.

옆에서 카메라 셔터 누르는 소리가 들려왔다. 소임은 반사적으로 선호를 쳐다보았다.

그런데 어쩐지 떨떠름한 것이…… 이번에도 그의 렌즈 방향은 식물을 향해 있었다.

아까부터 선호가 집중하는 피사체는 몽땅 식물이었다. 소임은 그가 자신을 몰래몰래 찍어 놓았겠거니 생각해 보려 했지만, 아무리 기억을 더듬어 봐도 자신을 찍는 듯한 느낌이 전혀 없었다.

어쩌면 그는 수목원에 들른다니까 식물 사진 많이 찍으려고 카메라를 가져온 게 아닐까? 새로운 가능성을 떠올린 소임은 심각해졌다.

'나는 왜 안 찍어 주지?'

그녀는 심통이 났다. 아름답고 생기 넘치는 식물을 보고 싶으면 인터넷에 검색하면 된다. 전문 사진사들이 찍어 놓은 멋진 사진이 이미 가득한데, 선호는 왜 굳이 또 사진을 찍는 것인가?

남들이 잘 안 찍는, 예를 들자면 '변소임' 사진을 찍는 게 훨씬 의미 있지.

'어쩜 사진을 이렇게 잘 찍느냐고 내가 폭풍 칭찬해 줄 수도 있는데.'

소임은 슬며시 자리를 옮겨 그의 사진기 앞을 가로막았다.

"나도 사진 찍어 줘요. 비싼 나무랑 같이 나올래요."

여자 친구에게 먼저 아쉬운 소리 하게 하는 선호도 눈치 없다고 생각하면서 소임은 새침하게 나무에 가까이 다가가 자세를 잡고 그가 셔터를 누르길 기다렸다.

"됐어요?"

그가 고개를 끄덕이자 소임은 날쌘 다람쥐처럼 쪼르르 와서 결과물을 살펴보았다. 그런데 카메라가 화질이 너무 좋아서 그런지, 피부 표현이라든지 얼굴 생김새가 적나라하게 담겼다. 그녀는 껄끄러운 표정으로 카메라 화면에서 시선을 뗐다.

"이거 너무 사실적으로 나오는 것 같아요."

화질이 너무 좋아도 부담스럽다. 아무래도 사진 찍었을 때 예뻐 보이는 것은 핸드폰이다. 소임은 제 핸드폰을 꺼내 카메라 앱을 켠 후 선호에게 건네줬다.

"이걸로 찍어 줘요."

소임은 자세를 바꿔 가면서 여러 번 사진을 찍은 후, 돌아와서 살펴보니 아까 것보다 훨씬 마음에 들었다.

"역시 사람 사진은 핸드폰 카메라가 더 잘 담는 것 같아요."

소임은 뷰티 필터가 적용된 사진이 자신의 실물에 가깝다고 믿었다. 본인이 익히 알고 있는 얼굴이 그대로 사진에 담겼음을 확인한 그녀는 히죽거리며 선호에게 손짓했다.

"저기에 서 봐요. 내가 이 씨도 찍어 줄게요."

"괜찮아요."

소임은 미지근한 태도를 보이는 선호를 재촉했다.

"얼른 가요. 옷도 멋있게 입고 왔으면서. 이럴 때 사진으로 남겨 놔야지."

약간 귀찮아하는 것 같던 선호는 소임이 가리킨 방향과 다른 곳으로 걸어갔다. 어리둥절하게 그를 쳐다보던 소임은 선호의 의도를 알아채고 슬쩍 웃었다.

'나랑 같이 찍고 싶구나?'

멀지 않은 곳에 포토존이 있었다. 색색의 꽃과 나무 덩굴이 하트 모양으로 꾸며져, 나무 의자를 둘러싼 형태였다.

소임은 흔쾌히 그의 옆에 바짝 달라붙어 앉았다. 너무 친한 척하나 싶기도 했지만, 생각해 보면 연인이 되고 나서 처음으로 함께 찍는 사진이었다. 다정한 척해도 괜찮을 것이다. 원래 사진에는 특별한 모습을 담는 거니까.

그녀는 카메라를 셀카 모드로 전환한 뒤 손을 멀리 뻗었다. 그러나 화면 안에 비치는 모습이 별로 마음에 안 들었다.

'내 얼굴 너무 커 보이는데?'

소임은 팔 방향을 이리저리 바꿔 보다가 선호에게 핸드폰을 넘겼다.

"이 씨가 나보다 팔 기니까 핸드폰 들어 줘요."

촬영자를 바꾸니, 소임의 마음에 쏙 드는 구도가 나왔다. 그래, 이 원근법을 원했다. 그녀는 두 손으로 얼굴을 감싸, 볼을 갸름하게 보이도록 만든 후 깜찍한 표정을 지었다. 그러고는 복화술처럼 말했다.

"어서 찍어요."

그녀는 얼굴 각도를 다르게 해서 세 번을 더 찍은 후 핸드폰을 넘겨받아 결과물을 확인했다.

"아, 잘 나왔네."

소임은 만족스러운 미소를 띠었다.

게다가 그녀뿐만이 아니라 선호도 잘 나왔다. 사실 본판이 잘생겼으니 어떻게 찍든 크게 상관없겠지만, 그래도 어색하지 않게 잘 찍혔다.

소임은 본인 얼굴에 집중하느라 선호가 어떤 표정을 짓는지 몰랐는데, 지금 보니 그의 입꼬리도 살짝 올라가 있었다.

소임은 그도 자신과 사진 찍는 걸 좋아한다는 점에 몹시 즐거워졌다. 그녀는 사진을 이리저리 확대하고 축소하며 흐뭇하게 감상했다.

"진짜 잘 나왔다."

소임은 예전에 선호와 같이 벤치에 앉아 사진을 찍었던 것을 떠올렸다. 놀이공원에 놀러 갔을 때는 그와 애인 사이가 될 줄 상상도 못했었다.

그때는 가까이 앉는 것이 끔찍하게 느껴졌었는데 지금은 아예 찰싹 달라붙어 있어도 전혀 기분이 나쁘지 않았다.

"이 씨한테도 사진 보냈어요!"

선호도 소임이 전송해 준 사진이 마음에 드는지, 꽤 오랫동안 구경했다. 소임은 갑자기 한 생각이 떠올랐다.

'배경 사진으로 해 달라고 할까? 어차피 공통 지인도 없는데⋯⋯.'

그의 메신저 프로필에 자신의 사진이 설정되어 있으면 보기 좋을 것 같았다. 지금은 비어 있어서 회색 배경이었으니까.

'배경에는 우리 둘이 같이 찍은 사진을 해 놓고, 앞에 조그마한 프로필 사진 부분에는 내 독사진을 올려놓는 거야. 그럼 이 씨가 연애 중이라는 걸 주변 사람들이 다 알겠지.'

선호가 싱글인 척할 기회를 완전히 차단할 수 있다고 생각하니 소임은 흥분됐다. 그가 바람을 피울 것 같지는 않지만 그래도 모르는 거다. 사진을 올려놓으면 지인들이 그의 연애 상태를 다 알 것이다.

소임은 선호를 떠보았다.

"근데 이 씨는 왜 메신저 앱에 프로필 사진 설정 안 해 놔요?"

"프로필 사진?"

선호가 약간 의아한 듯이 되물었다.

"꼭 해 놔야 합니까?"

"당연하죠! 안 해 놓으면 심심하잖아요."

"그럼 오늘 찍은 소나무 사진 올려 놓을게요. 1억짜리."

소임은 끔찍하다는 듯이 몸서리쳤다.

"절대 안 돼요. 그런 거 해 놓으면 늙어 보여요. 꽃 사진, 등산 사진, 또 뭐지. 아! 명언 사진 절대 금지."

"언제는 나 아저씨라면서요."

"아니…… 나이로는 아저씨 맞긴 하는데……. 얼굴 보면 그래도 오빠라고 부를 수는…….."

소임은 웅얼거리다가 새침하게 시선을 깔았다.

"하여간. 이 씨랑 메시지 주고받을 때 너무 썰렁하니까 사람 사진으로 좀 해 놔요. 셀카 같은 거."

선호가 이해 안 간다는 투로 중얼거렸다.

"본인은 프로필 사진 맨날 먹는 거로 해 놓고서는."

소임은 못 들은 척 딴청을 피우면서 조언하듯 말했다.

"꼭 본인 사진 올릴 필요는 없어요."

그가 소임을 물끄러미 바라보았다. 소임은 조금 민망해져서 덧붙였다.

"이 씨가 셀카 찍는 거 별로 안 좋아한다면 꼭 자기 사진 안 올려도 된다고요."

"……."

"그냥 다른 사람 사진도 괜찮아요."

선호는 그녀의 속내를 알아차린 듯했다.

"변 씨 사진 올려놓으라는 거죠?"

소임은 얼굴이 화끈했지만 그래도 꿋꿋이 대답했다.

"내 사진도 괜찮고요."

"……."

잠깐 침묵하던 선호는 이내 소임이 원하던 대답을 내어주었다.

"알았어요."

소임은 금세 싱글벙글해져서 그에게 질문했다.

"근데 내가 연락처 미리 살펴본다고 하면 좀 별로죠?"

살아온 배경이 다르니 접점이 별로 없을 듯하지만, 그래도 혹시 모르니까 확인해 보고 싶었다.

"혹시 내가 아는 사람 있는지 궁금해서. 너무 통제하는 것 같나?"

"상관없어요."

소임은 선호가 거리끼는 기색 없이 핸드폰을 순순히 넘겨준다는 게 흡족했다.

그녀는 열심히 그의 연락처를 둘러봤다. 예상대로 하나같이 다 모르는 사람들이었다. 게다가 선호는 업무용으로 다른 글로벌 메신저 앱을 쓴다고 했다. 그래서 한국에서 주로 사용하는 메신저에는 저장해 놓은 연락처가 적었다.

"동생들이랑 진수 씨 빼고 한 명도 모르겠다."

소임은 히죽 웃으면서 그에게 핸드폰을 돌려주었다.

"나 셀카 잘 나온 거 골라서 보내 줄게요."

그녀는 제 사진첩 앱을 눌러 수많은 사진을 빠르게 살펴봤다. 최대한 상큼하고 예뻐 보이는 사진을 찾고 싶었다. 선호의 지인들에게 공개되는 첫 사진이니까 말이다.

그런데 이렇게 중요한 일을 벤치에 앉아 대충 처리할 수 없었다. 소임은 그와 함께 카페로 이동해서 사진을 골라 보기로 했다. 물론 목이 마르니까 시원한 음료도 함께 주문하고서.

* * *

소임은 주문한 오곡 라떼를 쭉쭉 빨며 사진첩을 살펴봤다. 바깥 경치가 좋으니 음료도 더 시원하고 달콤하게 느껴지는 것 같았다. 입안 가득 퍼지는 고소한 풍미를 곱씹던 그녀는 괜찮아 보이는 사진 한 장을 발견하고 선호에게 화면을 보여 줬다.

"이거 어때요? 잘 나오지 않았어요?"

"음."

고심하던 그가 핸드폰을 도로 밀었다.

"다른 사진도 봐 봐요."

소임은 진지한 표정으로 고개를 끄덕이며 다시 사진을 골랐다.

'그래. 너무 쨍하게 나오긴 했지.'

강한 조명 아래서 찍었더니 얼굴이 백지장처럼 보여서 부자연스럽나 보다. 그녀는 다른 사진을 그에게 보여줬다.

선호는 이번에도 별다른 감상을 내어주지 않았다.

"음. 다른 것도."

소임은 심각해졌다. 사진빨을 잘 받는 편이라 생각했는데 어쩌면 착각일지도 모르겠다. 이건 무덤까지 가져가야 할 인생샷이라면서 친구들이 다 엄지를 치켜세웠던 회심의 역작을 보여 줬는데도 그는 덤덤했다.

"다른 거."

소임의 심장이 철렁 내려앉았다. 이렇게 되면 그의 프로필에 올려놓을 사진이 없다. 그녀는 믿었던 자산이 바닥나는 기분에 초조해하며 선호에게 조심스럽게 물었다.

"그렇게 별로예요? 나는 잘 나온 것 같은데……."

"다 잘 나왔어요."

소임은 그가 단순히 제 셀카들을 구경하고 있을 뿐이라는 걸 알아차리고는 부루퉁하게 그를 노려보았다.

"뭐예요. 근데 왜 자꾸 다른 거 보여 달래."

"다 예쁘게 나와서 고르기 힘드네요."

소임은 삐죽 입을 내밀고는 밉지 않게 그를 흘겨보았다.

"그래도 실물이 더 낫죠?"

"음료 한 잔 더 시켜 줘요?"

대답을 회피하는 그의 모습에 소임의 입가 근육이 경련했다. 실물이 더 낫다는 말을 듣지 못해서 불만스럽긴 했지만 음료를 한 잔 더 주문해 준다니 봐주기로 했다.

방금 고소한 오곡 라떼를 먹었으니 두 번째 음료는 상큼한 딸기 요거트 쉐이크다. 소임은 금방 제조되어 나온 딸기 음료를 마시며 선호의 핸드폰을 만지작거렸다.

신중히 고른 자신의 독사진을 그의 프로필 사진으로 설정하고, 아까 둘이 벤치에 앉아서 찍은 사진을 뒷배경에 넣었다. 밋밋하던 선호의 프로필이 단숨에 화사해졌다.

설정된 사진을 보자 소임은 히죽 웃음이 나왔다. 자신의 사진 옆에 '이선호'라는 이름이 떠 있는 게 너무 마음에 들었다. 어쩐지 든든하고 자랑스러운 기분이 들었다.

그에게 핸드폰을 돌려준 후 소임은 새콤달콤한 음료를 마시면서 카페 안을 둘러보았다. 수목원 안에 있는 카페는 한적하고 평화로웠다. 애들이 시끄럽게 소리 지르며 뛰어다니는 학원과 분위기가 딴판이었다. 근무 환경에 부러움을 느끼며 그녀는 입을 열었다.

"나도 예전에 카페 차리고 싶었는데."

선호가 천천히 눈을 깜빡였다. 설명을 요구하는 듯한 눈빛에 소임은 이어 말했다.

"근데 창업 자금도 없었고……. 그냥 어린 마음에 막연히 카페 사장님 하고 싶었어요. 커피 내리는 거 멋있어 보였거든요."

"지금은요?"

"지금도 카페 차리고 싶냐고요? 그럼요. 학원에서 벗어나고 싶은데."

소임은 망설임 없이 고개를 끄덕였다. 늘 느끼는 거지만 제게는 학원 강사로서의 사명감이 없었다. 돈을 벌어야 하니까 최선을 다해 아이들을 가르치는 거고, 돈만 많았다면 당장 때려치웠을 것이다.

"근데 나 학원 대출금 남아 있어서. 그거 회수하기 전까지는 딴짓 못하죠. 또 자영업도 함부로 하는 거 아니잖아요. 무작정 카페 차렸다가 망하기 일쑤니까 시장 조사도 해야 하고."

"시간 좀 걸리겠네."

"그렇죠. 근데 나 친한 친구 중에 명진이라고 있거든요? 걔가 지금은 회사 다니는데 한 20년 후에 퇴직하면 두 번째 직업으로 빵집 하고 싶대요. 그래서 걔 옆집에 카페 내면 딱 좋을 것 같다고 생각했는데. 어때요? 괜찮지 않아요? 윈윈이잖아요. 명진이네서 빵 사서 내 카페에서 음료랑 먹고."

"괜찮겠네요."

"그렇죠? 내가 생각해도 괜찮은 거 같아. 승산 있어."

"오픈하면 내가 화환 보내 줄게요. 큰 거로."

"네? 뭐라고요?"

소임은 피식 웃음을 터뜨렸다.

20년 뒤의 약속을 벌써 하면 어쩌자는 건가. 선호는 그때까지도 그들이 만나고 있을 거라고 생각하는 것인가?

'듣기 좋은 말이긴 하네.'

가슴이 몽글몽글 설레는 느낌이 들었지만, 그녀는 별로 감명받지 않은 척, 지나가는 어투로 물었다.

"이 씨는 그때 뭐 하고 있을 것 같아요? 나 카페 차릴 때?"

"20년 후에?"

선호는 잠시 생각하는 듯하더니 고개를 살짝 저어 보였다. 잘 모르겠다는 표현에 소임은 내심 놀랐다. 선호는 운동도 열심히 하고, 일도 잘한다. 자기 관리가 뛰어난 유형이라서 먼 미래까지 착착 계획해 놓았을 줄 알았다.

'그래, 뭐, 특별한 계획 없이 현재에 충실한 사람일 수도 있지.'

선호야 모아 둔 돈이 워낙 많으니 도박이랑 이상한 사업만 안 한다면 굶어 죽을 일은 없을 것이다. 그의 걱정은 조금도 할 필요가 없었다.

'내 코가 석 자인데 누굴 걱정해.'

자신이 어떻게 살아갈지가 문제였다.

소임은 고민에 빠졌다. 하루하루가 색다르게 늙어 가는 기분인데, 언제까지 애들을 가르칠 수 있을 것인가.

'한 10년은 버틸 수 있으려나?'

정말 대안을 생각해 놓을 필요가 있었다.

'카페를 차려야지.'

그런데 또 곰곰이 생각해 보면 카페에 관한 욕심도 크게 없었다. 카페를 운영하면서 돈을 벌 수 있으면 좀 더 행복할 것 같다, 정도였지 꼭 사장님이 되고픈 마음은 없었다. 돈만 많으면 백수로 살고 싶었다.

'내가 이 씨만큼만 부자였으면 당장에 동남아로 이주하는 건데.'

소임은 아쉬운 입맛을 다셨다. 음식 맛있고 물가 싼 나라에 터를 잡고 살아갈 의향이 가득한데 문제는 또 돈이었다. 자산이 넉넉하지 않은 이방인의 삶을 선택해 봤자 황제 놀음은커녕 거기서도 허리띠 팍 졸라매야 할 것이다.

그녀는 돈도 많은데 굳이 노트북을 진득하게 붙들고 있는 선호가 몹시 신기했다. 그는 프로젝트가 끝난 지 얼마 되지도 않았는데 또다시 거래처로부터 일거리를 받아 왔다. 파트너인 진수는 지희와 미국으로 장기 휴가를 떠났는데 말이다.

"이 씨는 앱 개발하는 거 재밌어요?"

"할 만해요."

직업 만족도가 높아 보이는 선호의 모습에 혹한 소임은 관심 있게 캐물었다.

"있잖아요. 혹시 나 지금부터 코딩 시작해도 먹고 살 수 있을까요?"

그에게 과외를 받아 볼까 싶었다. 실력 좋은 남자 친구에게 특별히 교습받는다면 진도가 쑥쑥 나갈 것이다. 소임은 자신이 컴맹이라는 사실을 가볍게 무시하며 희망찬 미래를 구상했다.

"나 토요일이나 일요일마다 쉬니까 그때 이 씨한테 특강 받을까요? 당연히 교습비는 낼 거고요."

"복권이나 사요. 알트랑 컨트롤이랑 구분도 못하던데."

야박하다시피 한 현실적인 조언에 소임은 김이 팍 샜다. 그녀의 입술이 오리 입술처럼 툭 튀어나왔다. 그는 방금 코딩 천재의 탄생을 막아 버린 것이다. 소임은 가자미눈을 하고 볼멘소리를 냈다.

"나 복권 당첨되어도 이 씨한테 아무것도 안 해 줄 거예요. 나 하나도 안 도와줬으니까."

"돈 달라고 안 매달릴게요. 그냥 자랑만 해 줘요."

"근데 만약 내가 진짜로 복권에 당첨이 된다면……."

거액의 복권 당첨금을 받게 된다면 일을 할 필요가 없다. 단지 상상에 불과할 뿐인데도 벌써 행복해졌다. 소임은 살짝 히죽거리며 말을 이었다.

"아무한테도 말 안 하고 잠적할 거예요."

"나도 모르게?"

"음······."

소임은 눈을 가늘게 뜨며 계산했다. 아쉽게도 요즘 복권 당첨금은 예전만큼 크지 않다. 예상 수령액과 선호의 자산을 비교해 보던 그녀는 그에게는 알려도 괜찮을 거라 결론 내렸다. 그가 자신의 돈을 탐낼 것 같지 않으니까.

"그간의 정이 있으니까 이 씨한테는 은밀히 문자를 보낼게요."

"복권 당첨됐으니까 한국 뜬다고?"

"아니죠. 그러면 큰일 나죠. 기록이 남잖아요. 누가 이 씨 폰을 볼지 모르는데. 이런 건 아무도 모르게 해야 해요."

소임은 비밀 얘기를 하듯 목소리를 낮췄다.

"우리끼리만 아는 암호를 정하는 거예요. 남들은 모르는 말로. 내가 그걸 문자로 보내면 복권에 당첨됐다는 뜻이에요."

"아주 치밀하네요."

"당연하죠. 내 돈 내가 잘 지켜야지."

"뭐라고 보낼 거예요?"

"흠······. 평소에 우리가 잘 안 쓰는 말. 근데 남들이 봤을 때도 별로 특이하게 느껴지지 않아야 해요. 느닷없이 너무 튀는 말 하면 '이 사람 신변에 뭔가 새로운 게 있구나.' 하고 의심할 테니까."

소임은 엄지와 검지로 턱을 매만지며 고심했다.

"망고 나무 심으러 간다? 아니야. 이거 너무 티 나는 것 같아. 누가 들어도 복권 당첨돼서 동남아로 황급히 뛰는 것 같잖아요. 새 차 뽑는다? 아냐. 멀쩡한 차 내버려 두고 신차 사면 '아, 저 사람 수중에 돈 좀 있구나.' 하고 생각하잖아요."

가만히 듣고 있던 선호가 한마디 던졌다.

"결혼하자고 해요."

농담일 게 분명한데 소임의 심장이 덜컥거렸다. 선호가 피식 웃으며 시선을 내리깔고는 혼잣말처럼 덧붙였다.

"그럴 리 없을 테지만."

소임은 문득 의문이 들었다.

'내가 복권에 당첨되지 않을 거라는 뜻인가? 아니면 결혼하자고 문자를 보낼 일이 없을 거라는 뜻인가?'

둘 중에 뭐가 되었든, 소임은 선호가 그것이 왜 일어나지 않을 거라고 단언하는지 이해할 수 없었다.

'복권에 당첨되지 않아도 결혼하자는 소리는 꺼낼 수 있지 않나?'

소임은 무의식적으로 그와 같이 살아도 나쁘지 않을 것 같다고 생각했다가 화들짝 놀랐다. 얼마 전까지만 해도 '결혼'이라는 주제가 지긋지긋하다고 여겼는데 자신도 모르게 선호와의 결혼 생활을 상상해 버리다니. 스스로 봤을 때도 변덕스러워서 멋쩍었다.

하지만 선호와 같이 살아도 괜찮을 것 같다는 의견에는 변함이 없었다.

'괜찮을 것 같은데?'

그와 함께 있는 게 즐거웠다. 대화하는 것도 재밌었고, 아무 말 나누지 않아도 좋았다. 선호가 요리를 잘하는 것도 좋았고,

자신이 가만히 앉아만 있어도 먹을 거 알아서 다 챙겨 주는 게 좋았고, 깔끔한 성격인 것도, 그리고 운전을 잘하는 것도, 그의 성격도, 외모도, 어른들에게 예의 바른 것도 하나같이 좋았다.

평소 결혼에 대해 막연히 가졌던 거부감들이 어째서인지 하나도 떠오르지 않았다. 시댁에 관한 걱정도 들지 않고, 오히려 선호의 아버지를 만나 보고 싶었다. 그와 닮았다니까 궁금했다. 선호가 어떤 식으로 늙어 갈지 볼 수 있을 테니까.

'연애 초기라 그런 걸까? 멋있게만 보이네.'

소임은 미간을 좁히고 선호를 샅샅이 훑어봤다. 어째서인지 장점만 보였다. 그에게서 단점을 발견할 수 있을 것 같지 않았다. 아니, 단점은 있는 것 같다.

'가끔 마음에 안 들긴 해.'

하지만 그가 가진 단점이 크게 느껴지지 않았다. 너무 사소해서 하나하나 콕 집을 필요성도 못 느낄 정도였다.

'어떡해? 나 이 씨 되게 좋아하나 봐.'

웬일인지 목이 타는 듯해, 소임은 빨대로 음료를 쭉 빨아 들였다.

* * *

소임은 가족들이랑도, 친구들과도 춘천에 여행 온 적이 있었다. 더군다나 할머니도 외곽 쪽이긴 하지만 춘천시에 살고 계셔서 소임은 웬만큼 굵직한 명소는 다 가 봤다.

그런데 선호는 춘천이 처음이라고 해서 소임은 여행자라면 마땅히 방문해야 할 곳으로 그를 이끌었다. 바로 소양강 스카이워크였다.

"앗, 상품권도 주네."

소임은 횡재한 기분에 함박웃음을 지었다.

"예전에는 안 줬던 것 같은데…… 원래부터 줬었나?"

시에서 운영하는 시설이라 그런지, 스카이워크 입장료를 전통 시장 상품권으로 돌려받게 되었다. 두 명의 입장료를 합하면 호떡과 어묵을 실컷 사 먹을 수 있을 금액이었다.

하지만 전통 시장 상품권은 오늘 당장 사용할 수는 없었다. 일단 리조트로 넘어가 닭갈비 세트를 저녁 식사로 먹기로 예약해 놨기 때문에 배를 비워 놔야 했을뿐더러, 시간상 시장이 거의 파장할 때가 되었다.

"음……."

다행히 상품권의 유효기간이 5년이나 됐다. 5년 안에 춘천에 한 번을 다시 안 놀러 오겠느냐 생각하며 소임은 상품권을 지갑에 잘 챙겨 넣었다.

돈은 선호가 냈는데 상품권을 자신이 챙기는 게 좀 이상하긴 했지만…… 그는 아무 말 없었다.

'나중에 또 같이 오면 되지!'

간단한 해결책을 떠올린 소임은 의자에 앉아 스카이워크에 입장할 준비를 했다. 스카이워크는 바닥이 통유리라서 천으로 된 신발 커버를 신고 들어가야 했다.

준비를 끝낸 소임은 선호와 함께 입장 대기 줄에 섰다. 함께 들어가는 사람들이 열댓 명을 훨씬 넘었다.

통유리를 밟으며 스카이워크에 들어선 지 10초도 지나지 않아 소임은 커플의 애정 행각을 목격했다.

"꺄악! 자기야아, 하지 마아."

"우리 애기 무서워?"

소임은 꺄르륵 웃음소리를 터뜨리는 그들을 멀뚱히 바라봤다. 둘은 서로 껴안고 난리가 났다.

'무서운가?'

소임은 발밑을 내려다보았다. 통유리 아래로 푸른색 강물이 잔잔히 흘러가는 모습이 보였다. 강은 깊을 테니 빠지면 위험할 것이다.

'근데 유리가 튼튼하잖아?'

그래서 소임은 전혀 무섭지 않았다. 스카이워크가 우지끈 무너져서 저 깊은 강물 아래로 빠질 확률은 거의 복권에 당첨되는 것에 가깝다. 아니, 완전히 복권 당첨이었다. 나라에 손해 보상금을 청구하면 되는 것이다.

만약 고소공포증이 있었으면 자신도 무섭다고 비명을 지르며 선호에게 덥석 안겼을까? 저 연인들처럼 애정 행각을 할 기회였을까?

왠지 아쉬운 기분에 쩝, 입맛을 다시던 소임은 자신을 건드는 손길을 느끼고 놀란 표정으로 옆을 바라봤다. 믿을 수 없게도 선호가 손을 잡았다. 그녀는 휘둥그레진 눈으로 그를 올려다보았다.

선호는 별다른 말없이 가만히 그녀를 마주 보았다. 소임은 의미 모를 그의 눈빛에 가슴이 콩닥콩닥 뛰었다. 숨이 막히고, 코가 간질거려서 재채기가 나올 듯했다. 그녀는 일부러 아무렇지 않은 척 그에게 핀잔을 주었다.

"이 씨 설마 무서워요?"

"네."

"아, 뭐야. 다 큰 남자가. 아우, 안 그렇게 생겨서는 겁쟁이네. 덩칫값 왜 이렇게 못해요? 저기 보면 아기들도 잘 걸어가는데."

소임은 그를 살짝 째려보고는 앞만 보고 걸었다. 고개가 저절로 빳빳해지고, 지금 어디를 걷고 있는지도 모르겠고 주변 광경이 눈에 잘 들어오지도 않았다.

그와 맞잡은 손이 의식되어서 긴장됐다. 손에 땀이 나는 것 같았다. 그가 불쾌하게 여기면 어쩌나 걱정되어 손가락을 꼼지락거리는 걸 다른 의도로 받아들였는지 선호가 소임에게 물었다.

"나랑 손잡는 거 싫어요?"

소임은 진땀이 삐질 났다. 싫긴 무슨……. 선호는 왜 쓸데없는 질문을 하는가. 사람 곤란하게. 그녀는 새침하게 대꾸했다.

"그립감이 안 좋긴 해요. 이 씨 손이 너무 크고 딱딱해서. 뭐, 이 씨가 하도 무섭다니까 손잡아 주긴 할 건데, 내가 막 좋아서 잡는 건 아니라는 점 알아 두라고요."

"변 씨 손은 말랑말랑해요. 부드럽고. 따뜻하고."

그가 가볍게 엄지로 제 손등을 쓰는데 소임은 솜털 하나까지 쭈뼛 선 느낌이었다. 민망하고 부끄러워서 숨이 꼴깍 넘어갈 것 같았다. 그녀는 얼굴이 뜨거워지는 것을 느끼며 투덜거렸다.

"사실 고소공포증 같은 거 없고 그냥 나랑 손잡아 보려고 수작 부리는 거죠?"

"잘 알고 있네."

그가 소임의 손을 잡은 손에 더욱 힘을 주었다.

소임은 인상을 쓰고 입술을 꽉 깨물었다. 어쩌면 제게도 고소공포증이 있을지 모르는 일이다. 심장이 너무나 강하게 쿵쾅쿵쾅 뛰고 눈앞이 어질거렸다.

* * *

리조트는 완전히 시골 골짜기에 있었다. 대부분의 휴양 시설이 그렇겠지만, 자가용이 없으면 들어오고 나가기가 힘든 그런 위치. 산 사이에 둘러싸여 있고, 오가는 차량도 별로 없었다.

구불구불한 길을 타고 리조트에 진입하는 동안 소임은 집에 돌아갈 때까지 절대 선호와 싸우지 말아야겠다고 다짐했다. 만약 택시를 탄다면 춘천 시내까지 나갈 때 몇만 원은 훌쩍 나올 테니 말이다.

널찍한 리조트는 한적하고 조용했다. 프론트 데스크 직원이

방긋방긋 웃으며 체크인을 도와줬는데, 고맙게도 뷰 좋은 최상층으로 방을 배정해 줬다.

식사 주문이 가능한 시간이 얼마 남지 않았기 때문에 소임과 선호는 방에 짐만 가져다 놓고 바로 식당으로 향했다.

레스토랑의 베스트 메뉴라는 8만 원짜리 닭갈비 세트를 시키자, 거대한 볶음 팬에 담긴 닭갈비와 더불어 정갈한 밑반찬이 한 상 가득 차려졌다. 선명한 붉은색 양념에 재운 닭고기는 신선한 채소들과 함께 불 위에서 치지직 소리를 내며 맛있게 익어 갔다.

그러나 막상 먹을 때가 되자 소임은 좀처럼 식사에 집중하지 못했다. 매콤한 닭갈비는 분명히 맛있었다. 직원도 친절하고 식당 분위기도 고급스럽고 좋았다.

그런데 밥이 입으로 들어가는지 코로 들어가는지 알 수 없었다. 머릿속에 딴생각만 잔뜩 떠올랐다.

'이제 이거 다 먹으면 방에 가는 거겠지?'

캐리어를 놓을 때 언뜻 둘러본 방은 너무나 아늑하고 깔끔했다. 게다가 데스크 직원이 눈치껏 연인용 방으로 준 모양인지, 침실에는 싱글 베드 두 개가 나란히 놓인 게 아니라 두세 명이 함께 굴러도 충분할 만큼 큰 더블베드가 떡하니 놓여 있었다.

그런 방에서 앞으로 선호와 단둘이 있을 거라고 생각하자, 소임은 콧김이 씩씩 나오고 마구마구 가슴이 떨렸다.

그녀는 갑자기 수줍어진 스스로가 낯설었다. 남자 친구와 방

같이 쓰는 게 뭐가 대수라고. 종일 쌩쌩 선호와 잘 돌아다니다가 뒤늦게 부끄럼 타는 제 모습이 웃겼다.

별거 아닌 일 때문에 이 맛있는 음식들을 못 즐긴다면 바보다. 방 같이 쓰는 것에 크게 긴장할 필요 없다.

스스로를 안심시키려 했지만, 시간이 지날수록 심장이 빠르게 떨려 왔다.

퍽 긴장한 소임과 다르게 선호는 아무렇지 않아 보였다. 평소와 다를 바 없이 느긋하게 식사를 마친 그는 메뉴판을 훑어보더니 가볍게 제안했다.

"여기 생맥주도 파는데 좀 사 갈까요? 이따 방에 가서 먹게."

밤, 술, 남녀……. 자연스럽게 야릇한 상상을 하고만 소임은 잠겨 버린 목을 큼큼거리며 대답했다.

"네."

새침하게 눈을 내리깐 채, 젓가락을 내려놓았지만 실은 식탁 아래 다리가 달달 떨렸다. 소임은 비명을 지르고 싶은 마음을 억누르려 어금니를 꽉 깨물었다.

'별거 아니야!'

세상 살면서 힘겹고 어려운 일이 얼마나 많은데 고작 이런 일로 벌벌 떠는가?

소임은 평정을 유지하려고 했으나, 방에 오자마자 던져진 선호의 말에 다시금 흠칫 놀랐다.

"나 먼저 씻을게요."

소임의 얼굴이 벌게졌다.

이건 별 뜻이 아닐 거다. 휴식을 취할 때가 되었으니 얼른 씻고 새 잠옷으로 갈아입겠다는 의도고. 또 운전하느라 피곤했을 테니 일찍 잠들고 싶은 마음일 텐데.

그러니까 저 말은 그냥 단순히 몸을 물로 씻고 싶다는 뜻이다. 전혀 소임과 어떻게 해 보고 싶다는 의지가 담긴 유혹의 언어가 아니었다.

그런데 어째서 긴장이 되고 입이 바짝 마르는지 모를 노릇이었다.

"나는 짐 정리나 하고 있어야지."

소임은 딴청을 피우며 중얼거렸다. 그러나 시선이 본능적으로 욕실에 향했다.

욕실은 특이하게도 방과 통유리로 연결되어 있어서 안이 훤히 들여다보였다. 정말 연인들이 와서 머물 만한 곳이었다. 서로의 샤워하는 모습을 지켜볼 수 있으니까.

이제 곧 선호의 샤워 모습을 보게 되는가.

꿀꺽, 마른침을 삼켰던 소임은 선호가 버튼을 눌러 하얀색 블라인드를 내리는 것을 보고 목소리를 높였다.

"아니, 그걸 왜 닫아요?"

지이잉.

블라인드가 다시 올라갔다. 선호가 덤덤히 대꾸했다.

"나 샤워한다니까."

"그러니까! 이 씨 샤워하는데 그걸 왜 내리냐고요."

소임은 그가 꼭 자신이 욕실 안을 훔쳐볼 게 분명해서 블라인드를 닫는 것처럼 느껴져서 그에게 따지고 말았다.

물끄러미 바라보는 시선에 그녀는 자신이 과민 반응 했다는 것을 뒤늦게 깨달았다. 소임의 얼굴이 붉게 달아올랐다.

야릇한 구조의 욕실이 가져다줄 기쁨을 조금 기대했던 건 사실이어서, 그가 블라인드를 내리니까 자신의 음흉한 속셈이 간파당한 것 같아 당황스러웠다. 다시 말하면, 찔리는 마음에 괜히 성질을 부려 본 거였다. 마치 방귀 뀐 사람이 성내는 것처럼.

"내가 볼 것 같냐고오오."

"그럼 안 내릴게요. 대신 변 씨도 블라인드 없이 샤워해요. 알았죠?"

언뜻 보면 공평한 듯하지만 실제로는 소임에게 불리했다. 운동 열심히 하는 선호는 군살 없이 멋진 몸을 자랑할 수 있을 테지만 소임의 경우에는 창피하기만 했다.

그리고 어떻게 맨몸을 보여 줄 수가 있는가. 아무리 애인 사이라도 아직 어색한데.

그녀는 얼굴을 붉히며 소리쳤다.

"아, 싫어요!"

선호가 상의를 벗으려고 했다. 다급해진 소임은 벌떡 일어나 욕실 쪽으로 다가가 유리를 쾅쾅 두드렸다.

"블라인드 다시 내려요!"

그런데 선호는 못 들은 척 계속 옷을 벗으려고 했다. 그의 티셔츠 아래 감춰졌던 복근이 드러나는 모습에 소임은 거의 실성할 듯했다.

그가 이렇게 한다면 자신도 이따 공평하게 그가 보는 앞에서 옷을 벗어야 할 것 아닌가. 상상만으로도 부끄러워서 정신을 잃어버릴 것 같았다.

그녀는 거의 비명을 지르다시피 소리치며 두 눈을 손으로 가렸다. 그의 몸을 보고 싶지 않았다. 정확히 말하면 보고 싶긴 한데, 그 대가로 제 몸을 그에게 보여 주고 싶지 않았다.

"아악! 블라인드 내리라고요!"

소임이 경악하는 게 재밌었는지 선호가 가볍게 웃음을 터뜨렸다.

지이잉.

블라인드가 내려가는 소리에 소임은 그제야 안도했다. 하아, 깊은 한숨을 내쉬며 요란법석 떨리는 심장을 안정시키고 있는데 통유리 너머로 선호의 태연한 음성이 울려 퍼졌다.

"들어올래요?"

소임은 얼굴이 새빨개진 채로 버럭 소리쳤다.

"거길 내가 왜 들어가요!"

"어차피 그쪽도 씻을 텐데. 시간 절약되니까."

소임은 거의 숨이 꼴깍 넘어갈 뻔했다. 지금 선호는 설마 같이 샤워하자고 제안하는 것인가? 미쳤나 보다. 그녀는 목소리를 쥐어짰다.

"내가 왜, 왜 이 씨랑 샤워를 같이하고 싶을 거라고 생각하는 거예요? 씻더라도 혼자 씻을 거거든요?"

"그냥. 혹시나 해서."

저 느긋한 음성은 자신을 놀리는 게 분명하다. 소임은 씩씩거리며 하얀색 블라인드를 노려보았다.

"하여튼 마음 있으면 편하게 들어오라고."

"저 아저씨가 진짜 미쳤나 봐!"

꽥 소리를 지른 후 소임은 뒤돌아 양볼을 부여잡았다. 열이 올라 뜨거웠다.

"아…… 어떡해……."

그녀는 정신 나간 사람처럼 중얼거리며 캐리어를 열어 잠옷을 꺼내 봤다.

"가위 어디 있지?"

일단 가격 태그를 제거해야 했다. 그런데 방 안에 날카로운 것은 보이지 않았다. 난감해하던 소임은 그냥 이빨로 태그를 뜯어냈다.

"휴……."

이따 샤워하고 이 잠옷으로 갈아입는 거다. 머릿속으로 앞으로의 계획을 세우는데, 호흡이 빨라졌다.

'나도 미쳤나 봐.'

왜 자꾸 몸에 열이 오르는지 모를 일이다.

소임은 정신 사납게 방 안을 계속 돌아다녔다. 이가 딱딱 마주칠 정도로 긴장이 되고 초조해서 제자리에 가만히 있을 수가 없었다.

게다가 욕실에서 들리는 저 소리. 쏴아아 시원하게 쏟아지는 물소리에 소임은 자신도 모르게 샤워하고 있을 선호의 모습을 상상했다. 어차피 블라인드 때문에 보이는 것도 없는데 자꾸 욕실 쪽으로 시선이 갔다.

'안 되겠다.'

소임은 싸늘한 밤공기를 맞으면 조금 진정될까 싶어서 테라스에 나가 봤다. 그런데 밤이라고 공기가 유달리 싸늘했다. 추워서 코를 훌쩍거리던 소임은 도로 방에 돌아왔다.

물소리가 멈춘 것을 보니 아마 지금쯤 머리를 감고 있거나, 샤워 볼로 몸을 닦고 있을 것이다. 아니면 샤워를 다 끝내고 수건으로 몸을 닦고 있거나.

소임은 무의식적으로 또 그의 샤워 상황을 짐작했다가 아차 싶었다. 볼이 뜨겁게 달아올랐다.

'아, 술을 마셔야 할 것 같아.'

소임은 제가 선호를 미친 듯이 의식하고 있다는 것을 깨달았다. 긴장이 되어서 참을 수가 없었다. 가슴께에 장작불이 활활 타오르는 것처럼 목이 메고 지독한 갈증이 일었다.

소임은 술이 간절해졌다. 아까 식당에서 포장해 온 생맥주가 눈에 띄었다. 한 잔을 단숨에 비워 버린 것은 자의가 아니었다. 자신도 술을 미리 마시기 싫었는데…….

왜냐하면 술을 마시면 스스로를 통제할 수 없을 테니까.

하지만 너무 갈증이 나서 견딜 수 없었다.

"왜 먼저 마시고 있어요?"

그가 욕실에서 샤워 가운 차림으로 나오자 소임은 까무러쳤다. 당황하지 않으려고 했는데 끈을 느슨히 묶어서 벌어진 가운 사이로 그의 탄탄한 가슴근육이 보이자 소임은 자신도 모르게 비명을 질렀다.

"꺄악!"

그녀는 이불 위 베개를 집어 그에게 던졌다.

어차피 인터넷이나 TV에서 남자들 상반신 탈의한 건 자주 본다. 그런데 왜 이렇게 과민반응하는지 그녀 스스로도 알 수 없었다.

선호는 소임의 공격에 뜬금없다는 표정을 지으며 베개를 잡아 도로 침대 위에 던졌다. 소임은 꽥 소리만 질렀다.

"왜, 왜 가운만 입고 나와요! 변태예요?"

선호가 유난 떤다는 식으로 그녀를 바라보았다.

"까먹고 욕실에 옷 안 가져갔는데."

"옷을 안 들고 가면 어떡해요! 바보예요?"

"가운 입었으면 됐지."

그는 수건으로 머리를 털며 테라스 쪽으로 다가가 탁자 위에 놓인 초콜릿을 하나 까먹었다. 소임은 반사적으로 그에게서 멀찍이 물러났다. 그녀는 쿵쿵 뛰는 가슴을 부여잡으며 그를 매섭게 흘겨봤다.

'진짜 그렇게 안 봤는데.'

선호에게도 음흉한 기가 있는 것 같았다.

'아닌 척하면서 은근히 변태야.'

그리고 그는 확실히 짓궂었다.

'왜 이렇게 진도를 확 나가?'

온종일 붙어 다녔는데 그동안 뽀뽀라도 미리 한 번 해 줬으면 소임이 이렇게 당황했겠는가? 중간 단계는 확 건너뛴 후에 몸 보여 주겠다느니, 같이 샤워하자느니 하니까 깜짝 놀란 거지.

'뭐든지 기초 단계가 중요하다는 것을 모르나.'

소임은 속으로 구시렁거리며 화장을 지울 도구와 샤워 후에 바를 로션을 챙겨 욕실로 들어갔다.

선호가 샤워한 직후라 욕실 내엔 후끈거리는 기운이 감돌았다. 수증기가 눈앞을 가리자 소임은 어지러워졌다. 빈혈도 전혀 없는 튼튼한 몸인데 오늘따라 자꾸 정신을 놓아 버릴 것 같았다.

비누 냄새가 참 향긋했다.

소임은 침을 꿀꺽 삼켰다. 뜨거운 물을 끼얹기도 전인데, 몸이 더워지는 것 같았다. 그녀는 뱀이 허물 벗듯 제자리에서 옷을 훌렁 벗으면서 샤워 부스 안으로 들어갔다.

수도꼭지를 돌리자 뜨끈한 물이 콸콸 쏟아졌다. 수압 좋은 물줄기 아래에 몸을 위치시킨 후 기계적으로 몸을 씻으면서 소임은 고민에 잠겼다.

'어떻게 자연스럽게 행동하지?'

심장이 이렇게 떨리는데 말이다. 본래의 박자로 호흡할 수 없었다. 또 고작 맥주 한 잔 마셨는데 술기운까지 도는 것처럼 머리가 어지러웠다. 그리고 상기된 얼굴은 좀처럼 진정되지 않았다.

'다른 사람들은 다 이런 걸 어떻게 견디는 거지?'

소임은 처음 느껴 보는 떨림에 너무나 당황스러웠다. 절대 태연하게 행동할 수 없었다.

'남자 친구랑 같은 방을 대체 어떻게 쓰는 거지? 숨 막혀 죽을 것 같은데.'

뜨거운 물 아래에서 샤워하니, 더 숨이 갑갑해졌다.

소임은 샤워하고 나갔을 때의 대처법을 구상했다. 일단 아무렇지 않게 행동하며 침대에 앉는 것이다.

'침대?'

심장이 쿵 내려앉았다. 침대에 앉으면 그를 유혹하려는 의도로 보일 수도 있었다. 하지만 그렇다고 바닥에 앉을 수도 없는 노릇이다.

'어떡하지?'

과연 선호가 먼저 다가올 것인가? 앞으로의 상황이 어떻게 흘러갈지 한 치 앞을 가늠할 수 없었다.

'왠지 느낌상 큰일이 벌어질 것 같긴 한데.'

근심에 잠긴 소임은 수건으로 몸의 물기를 꼼꼼히 제거했다.

뭐, 어쨌든 그냥 자연스럽게 일이 흘러가도록 두는 것이다.

인간은 운명에 순응해야 한다.

소임은 복잡하게 생각하지 않기로 했다. 일단 욕실을 나가는 것이다. 선호가 자신보다 3살이나 더 먹었으니 조금이라도 연륜을 발휘해 주겠지 싶었다.

'그럼 이제 옷 좀 입어 볼까.'

소임은 회심의 미소를 지으며 고개를 돌렸다. 새 잠옷을 개시할 때가 된 것이다.

그런데.

"아……."

아뿔싸.

소지품을 올려 둔 곳에는 로션과 메이크업 리무버밖에 없었다. 그녀는 낭패감에 눈앞이 깜깜해졌다.

그렇다. 그를 아까 타박했는데…… 볼썽사납게도 저 역시 잠옷을 안 가져와 버린 거였다.

* * *

"저기요."

소임은 개미 똥구멍처럼 자그마한 목소리로 선호를 불렀다.

욕실 문을 손 한 뼘 만큼 열어 놓고 그 사이로 얼굴을 들이민 상태였다.

"저기, 이 씨."

왜 대답이 없는 것인가. 물소리도 그쳤는데. 절대 안 들릴 리 없을 터인데.

소임의 눈이 불만으로 가늘어졌다. 지금 시아에서는 신발장밖에 안 보여서 선호가 뭐 하고 있는지는 알 수 없었다. 부루퉁히 볼을 부풀리고 있던 그녀는 좀 성난 음성으로 그를 다시금 불렀다.

"이선호 씨!"

"왜요."

어쨌든 대답이 돌아왔다는 것에 안도감을 느끼며 소임은 다시 상냥하게 목소리를 꾸며 냈다.

"저기…… 나 그 캐리어 위에 올려둔 잠옷 좀 가져다줄래요?"

"왜 안 가져갔습니까?"

그가 시큰둥하게 덧붙였다.

"나한테는 뭐라고 하더니만."

소임은 코를 씰룩거렸다.

'사람이 실수할 수도 있지.'

자신도 피해자다. 선호 때문에 당황해서 옷을 제대로 못 챙겨 왔으니까.

게다가 욕실에 비치되어 있던 샤워 가운은 그가 입고 나가 버리지 않았는가. 그가 가운을 입지 않았다면 자신이 그걸 입었을 터. 그러면 그에게 잠옷을 가져다 달라고 요청할 필요도 없었다. 입고 들어왔던 옷을 다시 걸치고 나갈까 싶기도 했지만, 불행히도 그럴 수 없었다.

아까 자신이 잠옷을 가져왔을 거라 확신하고 아무 생각 없이 옷을 벗어 버렸다. 바닥에 물기가 흥건하기도 했고, 소임이 샤워하면서 워낙 물을 튀기는 성향이기에 옷가지는 물에 흠뻑 젖어 버렸다.

소임은 새침하게 요청했다.

"빨리 가져다 줘요. 추워 죽겠어요."

"나 지금 못 가져다 주는데."

"왜요? 귀찮아서요?"

소임은 꽁한 마음에 입을 삐죽거렸다.

'더 간절히 부탁해 주길 바라나 보지?'

선호는 진짜 남한테 아쉬운 소리 하게 하는 것에 능력이 있다. 하지만 그녀의 예상과 한참 빗나간, 덤덤한 대꾸가 돌아왔다.

"아니. 나 지금 술 따다가 손 베여서."

깜짝 놀란 소임은 하마터면 뛰쳐나갈 뻔했다. 제가 몸을 수건 한 장으로 가리고 있다는 사실을 잊지만 않았다면 당장 그에게 달려가고도 남았다. 그녀는 불안하게 눈을 깜빡였다.

"헉! 어떻게 해요. 많이 베였어요?"

"그냥. 조금."

소임은 축축한 옷이라도 다시 입어야 하나 고민했다.

'아니면 이 씨한테 눈 감고 있으라고 할까?'

그가 잠깐 눈을 감고 있는 동안 슬쩍 잠옷을 가져와서 입으면 될 것 같았다. 갈팡질팡하던 소임은 선호가 지금 제게 옷을 가져다

줄 수 없는 상황이니, 아무래도 제가 떠올린 방법이 최선이겠노라 생각했다.

"저 지금 나갈 건데. 눈 잠깐 감고 있을래요?"

"네."

대답이 너무 순순히 나오니까 소임은 약간 미심쩍었다. 하지만 그도 지금 손을 다쳐 위급한 상황이었다. 이럴 때까지 장난치지는 않을 터. 소임은 최대한 잽싸게 움직이기로 다짐하며 욕실 문을 더 열었다.

"내가 옷 빠르게 입고 지혈 도와줄게요."

"고마워요."

소임은 수건으로 앞섶을 잘 가리고, 고양이처럼 살금살금 발을 내디뎠다. 코너를 돌면 바로 침대가 있으니까 그 아래에 둔 캐리어에서 잠옷을 어서 빼 오는 거다.

조금의 지체도 없이 빠르고 정확하게 임무를 수행하려 몇 번이고 머릿속으로 계획을 검토했다.

하지만 몇 걸음 떼지도 못하고 소임은 제자리에 얼어붙어 버렸다. 합의한 바와 다르게 선호는 눈을 감고 있지 않았다. 욕실 통유리에 기대어 있던 그가 소임을 보고 피식거렸다.

"잘 속네."

"꺅!"

소임은 제가 절대로 낼 수 있을 거라 예상하지 못한 가녀린 비명을 내며 앞으로 쓰러졌다.

당황해서 그런지 다리 힘이 완전히 풀렸다. 균형을 잃은 그녀를 선호가 껴안듯 붙잡았다.

소임의 눈이 동그래졌다.

"……."

"……."

남자와 이렇게 친밀히 포옹하는 것은 평생 살면서 처음이었다. 그리고 선호의 얼굴을 이렇게나 가까이서 보는 것도 처음인 것 같았다.

소임은 놀란 마음에 눈을 깜박이지도 못한 채 그를 쳐다봤다.

그가 원래 이렇게 생겼었나. 가까이서 보는 선호는 그녀가 생각하던 것보다 섬세했다. 속눈썹이 길었고, 날카로운 눈매는 의외로 눈꼬리가 살짝 처져 있었다.

또…… 기분 탓인지, 그의 눈동자가 기이한 빛을 띠고 있는 것 같았다. 짙은 밤색 눈동자는 평소보다 더 색이 어둡고 강렬했다.

소임은 어쩐지 그에게 빨려 들어가는 느낌이었다. 선호의 유혹적인 눈빛에 단단히 흘려서, 그를 멍하니 쳐다보는 것 말고는 다른 행동을 할 수가 없었다.

귓가가 멍해졌다. 쿵쿵 뛰는 제 심장 소리가 너무 강하게 느껴졌다. 이러다가 팡 터져 버리는 게 아닐까 싶을 정도로.

여기가 어딘지, 주변에 뭐가 있는지도 모르겠다. 아득하게 의식이 멀어지는데 눈앞에 있는 남자의 존재감만큼은 너무 뚜렷했다.

맞닿은 몸에서 뜨거운 열기가 전해졌다. 그의 스킨 냄새가 너무 선명히 느껴졌다.

소임은 입 안이 바짝바짝 말랐다. 가슴 속에 나비 천 마리가 바쁘게 돌아다니는 것처럼 속이 울렁거리고, 목에 무언가가 탁 걸린 것 같고, 바늘로 콕 찌르는 것처럼 심장이 찌르르 아파 왔다.

정말 너무 어지러운 것 같았다.

"되게 축축한데……."

소임은 그의 나직한 목소리에 흠칫 놀라 침을 삼켰다. 가슴이 마구 뛰어 댔다. 그녀는 눈을 동그랗게 뜨고 이어질 말을 기다렸다.

"수건 치워도 돼요?"

그의 손이 소임의 맨 허리를 부드럽게 배회했다. 아찔한 기분에 그녀는 눈을 질끈 감았다.

"모, 몰라요."

목 부근에 뜨거운 입술이 와 닿는 게 느껴졌다. 소임은 가슴이 떨려서 견딜 수가 없었다. 온 신경이 바짝 곤두선 것 같았다. 호흡마저 급격히 가빠졌다.

숨 막히는 밤이 시작되고 있었다.

18. 아버지와 아버지

ATP 학원의 귀염둥이, 그간 강사들의 평균 연령을 낮춰 주는 것에 크게 이바지한 우진이 마지막으로 근무하는 날이 도래했다. 학원의 초창기 멤버로서 동고동락한 그가 학원을 떠난다니 소임도 섭섭했다.

소임은 아이들과 치킨을 나눠 먹으며 종파티를 하고 있는 그를 따로 원장실에 불렀다.

"자, 이거 선물. 휴가 나올 때 신어."

쇼핑백에 인쇄된 로고를 볼 때부터 휘둥그레졌던 우진의 눈은 신발 박스 안을 확인하고는 거의 튀어나올 듯 변했다.

"헐! 쌤……. 저 이거 진짜 갖고 싶었는데."

감동한 표정으로 신발을 가슴에 꼭 껴안는 우진을 보고 소임도 코끝이 찡했다.

'그래, 그 신발이 비싸긴 하더라.'

그녀는 이해한다는 표정으로 그를 향해 고개를 끄덕이며 다정히 말했다.

"그동안 열심히 일해 줘서 고마웠어. 몸 건강히 다녀와."

"소임 쌤……."

우진은 곧이라도 '와앙' 하고 울어 버릴 것처럼 입을 삐죽거렸다. 소임도 감상에 젖었다.

어린 중학생 제자가 어느새 훌쩍 자라 대학생이 되어서 알바도 하고 군대도 가다니. 시간이 속절없이 흘러간다는 생각이 새삼스레 들었다.

그녀는 한숨을 내쉬며 우진의 어깨를 토닥였다.

"잘 다녀와. 시간 금방 간다."

"휴가 나오면 꼭 찾아뵐게요."

우진의 결연한 음성에 소임은 머리카락이 쭈뼛 섰다. 군인이 황금 같은 휴가에 왜 자신을 만나러 온단 말인가. 그러면 자신이 그를 융숭히 대접해야 하지 않는가.

우진이 자신에게 빨대 꽂을 것을 직감한 그녀는 황급히 만류했다.

"응? 아니야. 굳이 그럴 필요는 없어. 친구들이랑 가족들이랑 좋은 시간 보내."

"사랑해요……."

못 들은 척 저를 껴안으려고 시도하는 그에게 경악하며 소임은 우진을 밀어냈다. 기특하고 고마운 제자여도 그와 포옹하고 싶지는 않았다.

"으, 징그러워. 저리 가렴."

"에이, 잘생긴 제자 찐하게 한번 안아 주세요."

"잘생기긴 무슨. 그리고 나 임자 있는 몸이란다. 이제 함부로 엉겨 붙지 마렴."

"네?"

잠깐 놀란 표정을 짓던 우진은 이내 오징어가 바다를 자유로이 유영하는 것처럼 열 손가락을 음흉하게 꿈틀거리며 느물거렸다.

"에잉, 우리 소임 쌤. 왜 이렇게 튕겨요? 좋으면서. 싱글끼리 안겨요. 누구랑 또 포옹하겠어요?"

소임은 불만 가득한 눈빛으로 우진을 바라보았다.

'왜 좋아할 거라고 생각하는 거야?'

우진은 잘생기지도 않았다. 게다가 치킨 먹고 와서 입은 기름으로 번들거리고 옷에는 튀김 부스러기도 붙어 있는데, 소임이 그와의 포옹을 반길 거라고 여기는 건 너무 양심 없지 않나.

소임은 심드렁히 대꾸했다.

"너랑 포옹해 봤자 뭐가 좋니? 잘생긴 내 애인 껴안는 게 좋지."

우진은 풉, 웃음을 참는 표정을 지었다. 소임의 눈매가 새초롬해졌다.

'나 애인 있는 거 안 믿는 거지?'

그는 아무래도 소임이 농담을 한다고 생각하는 듯했다. 소임은 조금 억울해졌다. 그간 사귀는 사람 있다고 티를 안 내긴 했었지만 이렇게 대놓고 비웃을 건 뭐람.

"애인이요? 누구요? 설마 저요?"

소임은 우진의 허리를 힘껏 꼬집었다.

"아악!"

고통에 몸을 배배 꼬던 우진이 킬킬대며 물었다.

"아니, 진짜. 누구요? 소임 쌤 애인 누군데요?"

"네가 누군지 말하면 알아?"

소임은 턱을 치켜들고 도도하게 그를 바라봤다.

'너도 아는 사람이야! 옆 사무실 남자야!'

마음으로 힘껏 외쳤지만, 겉으로는 시치미를 뚝 뗐다.

선호와 사귀는 것을 굳이 밝히고 싶지 않았다. 우진이 호들갑을 떨 테니까. 곧 군대로 사라질 아이에게 친히 놀림거리를 제공할 필요 없다.

소임이 진지한 기색으로 꿋꿋이 주장하니까 우진도 이상한 낌새를 눈치챈 모양이었다. 그는 긴가민가하며 고개를 갸웃거렸다.

"쌤 매일 학원에 있었잖아요. 언제 남자를 만났어요?"

"나 주말에 선보러 다녔잖아. 그거 잘 돼서 지금 만나고 있지."

우진의 입이 충격으로 벌어졌다. 그는 갑작스럽게 해고를 당한 것처럼 황당하고, 이해할 수 없고, 믿을 수 없다는 표정을 지어 보였다.

"헐. 말도 안 돼."

소임은 그를 찌릿 째려보았다. 왜 말이 안 된단 말인가. 가끔 우진은 진짜 쥐어박고 싶을 정도로 얄밉게 굴 때가 있었다.

"언제부터 사귀었는데요?"

"글쎄다. 한 두어 달 됐나."

그가 인상을 찡그리며 중얼거렸다.

"와……. 그럼 나 헤어지고 나서 얼마 안 됐을 즈음이잖아."

그는 꺼내 들었던 새 신발을 박스 안에 곱게 넣어 놓으며 구시렁거렸다.

"누구는 실연의 아픔에서 헤어나오지 못하고 있는데……. 난 그래도 소임 쌤 믿었는데. 나 몰래 막 연애하고 있었어. 배신자."

소임은 그의 투덜거림을 못 들은 척했다.

"하여튼 우진아, 너 머리 깎으면 단체 톡에 사진 올려 줘. 얼마나 못생겼는지 보자."

"대박이네……. 소임 쌤이 연애한다니."

우진은 넋이 나간 것처럼 혼잣말을 하며 원장실을 나갔다. 그녀가 선물해 준 신발이 담긴 쇼핑백을 소중히 품에 꼭 껴안은 채였다.

"아무리 생각해도 말이 안 돼."

소임은 기가 막혔다. 그동안 우진은 남자들이 어째서 매력

만점인 소임을 안 좋아하는지 모르겠다고, 소임 쌤은 돈도 많고, 예쁘고, 쿨한데 아무래도 남자들 눈이 다 삔 게 분명하다고 열변을 토했었다. 그러면서 나중에 소임 쌤과 사귀는 남자는 완전 복 받은 거라고 알랑방귀를 뀌었다.

오늘로써 그것들이 다 영혼 없는 빈말이었다는 게 드러났다. 소임이 정작 애인이 생겼다고 하니까 그가 지었던 황당한 표정을 보라. 행복을 축하해 주기는커녕 끝끝내 소임이 연애 중이라는 사실을 수긍하려 들지 않았다.

어쨌든 상관없다. 소임도 이제 새로운 알바생을 찾아서 정을 붙일 것이다. 선우진은 안녕이다. 그녀는 콧방귀를 뿡 뀌면서 책상에 앉아, 인쇄해 둔 이력서를 살폈다.

'누굴 뽑을까······.'

한시바삐 강사를 충원해야 했다. 이제 곧 겨울방학이라 특강반을 개설할 예정이었다.

소임은 자기소개서를 꼼꼼히 읽으며 성실해 보이는 후보들을 몇몇 골랐다. 해당 학생들에게 전화해서 다음 주에 시범 강의를 하러 올 수 있느냐고 일정을 잡고 있을 무렵, 그녀는 문가에서 서성이는 사람을 발견했다. 한 중년의 남자가 문에 난 유리창을 통해 원장실을 살펴보고 있었다.

'학부모 상담 왔나?'

소임은 전화를 마무리한 후 손님을 맞기 위해 자리에서 일어났다.

"안녕하세요! 상담 오셨나요? 들어오세요!"

문을 열고 활기차게 방문객을 맞이했는데, 막상 가까이서 마주하니 소임은 그의 정체가 모호해졌다. 중년의 남자는 중학생 자식을 두고 있을 것 같지 않았다. 눈가 주름이 확연히 보이는 것이 나이 대가 조금 있어 보였다.

그렇다고 매우 늙은 건 아니었다. 할아버지가 되기에는 이른 듯한 나이 대였다.

늦둥이 자식이 있는가 보다 짐작하며 소임은 그에게 안으로 들어오라고 손짓했다. 그러나 그는 가만히 제자리에 서 있기만 했다. 위화감을 느낀 소임은 눈을 깜빡이며 남자를 살폈다.

'상담하러 온 게 아닌가?'

키가 매우 큰 남자는 이목구비가 뚜렷했다. 눈매가 옆으로 길게 찢어져 있었고 눈빛이 예리했다. 그는 고급스러워 보이는 양복을 입고 있었는데 전체적으로 점잖고 지적인 분위기를 풍겼다.

'영업하러 왔나?'

가끔 보험이나 신용카드가 필요하지 않으냐며 찾아오는 영업사원들이 있었다. 그런데 눈앞의 남자는 그런 부류도 아닌 듯했다. 만약 영업할 의도가 있다면, 지금 딱 밝게 웃으면서 명함을 건네줘야 했다.

중년의 방문객은 소임을 찬찬히 살필 뿐이었다.

뜻밖의 상황에 직면한 소임은 당황스러웠다. 그가 학원 원장실까지 찾아온 의도를 가늠할 수 없어서 난감했다.

꾹 다물려 있던 남자의 입이 열렸다.

"원장님이신가요?"

풍부한 저음은 그의 뚜렷한 외모만큼이나 중후한 멋이 있었다. 소임은 어리둥절하면서도 질문에 싹싹하게 대답했다.

"네. 제가 ATP 학원 원장, 변소임입니다."

"……."

소임은 저를 뚫어져라 보는 시선에 뻘쭘함을 느끼며 어색하게 눈을 굴렸다. 그녀가 난감해하는 것을 눈치쳤는지 남자는 이내 말을 건넸다.

"다음에."

그는 한 박자 쉬었다가 이어 말했다.

"같이 오겠습니다."

끝까지 소임을 유심히 살피던 남자는 단호히 몸을 돌려 학원을 떠났다. 소임은 떨떠름한 채로 그의 뒷모습을 멍하니 바라보았다.

'응? 뭐야?'

이상하다 싶었지만 사실 학원 분위기나 강사들이 수업하는 모습을 확인하고 가는 학부모들이 종종 있었다. 그런 것처럼 저 중년의 남자도 일단 학원에 눈도장만 찍고 나중에 아이랑 같이 본격적으로 상담하러 오려는 것일 수도.

학원비나, 커리큘럼이나, 강사 스타일도 아니고, 원장 얼굴을 확인하고 가다니 좀 특이한 사람처럼 보이긴 했지만. 사람마다 학원을 고르는 기준은 다양한 법. 저 아버지만의 독특한 기준이 있겠거니 생각하며 소임은 책상 자리에 돌아와 다시 전화기를 들었다. 면접 일정을 상의할 학생이 아직 한 명 남아 있었다.

퇴근할 시간이 가까워져 오자 소임은 촐랑거리면서 짐을 정리했다. 아까 선호에게도 같이 퇴근하자고 메시지를 보내 놨다. 오늘은 그와 같이 저녁을 먹고 집에 들어갈 계획이었다.

'수제비 먹자고 해야지!'

날씨가 쌀쌀하니 뜨끈뜨끈한 국물이 땡겼다. 학원가 주변에 새로 오픈한 수제비 전문 식당에 들러 보는 것도 좋을 것 같다고 생각하며 그녀는 가방을 어깨에 메고 원장실을 나섰다.

경쾌한 발걸음으로 학원을 빠져나가 옆 사무실로 향하는데 시야에 이상한 모습이 포착됐다. 진수가 사무실 문밖에 나와 있었다.

진수나 선호가 사무실 밖에 나와 있는 모습은 흔히 볼 수 있었다. 일이 잘 안 풀린다거나, 그냥 별일 없이도 둘은 곧잘 밖을 돌아다녔다. 테라스에 나가 있을 때도 있었고, 그냥 건물 복도를 서성이면서 주의를 환기할 때도 있었다.

그러나 지금은 평소와 조금 다르게 느껴졌다. 휴식을 취한다고 보기에는 자세가 어정쩡했다.

'저건 마치……'

소임의 눈이 가늘어졌다.

그는 마치 쫓겨난 사람처럼 굴고 있었다. 어차피 자기 일터인데 왜 저렇게 밖에서 안의 정세를 살펴보는 것처럼 행동하는가? 진수는 유리창을 통해 사무실 안을 들여다보고 있었다.

"진수 씨!"

"어, 소임 씨."

그는 무언가를 들킨 것처럼 움찔하더니 빙긋 웃어 보이며 돌아서서 소임을 마주했다. 문을 막고 선 모양새였다.

소임은 아무 생각 없이 가볍게 물었다.

"왜 안 들어가고 계세요?"

진수가 어색하게 입꼬리를 움찔거리면서 대답했다.

"아…… 선호 아버지 오셨거든요. 편하게 얘기 나누시라고 저는 잠깐 나와 있어요."

"어머, 진짜요? 아버지 원래 영국에 계시지 않아요?"

호기심이 돈 소임은 발꿈치를 훌쩍 들어 사무실 안을 살폈다. 유리창을 통해 안쪽을 바라본 그녀는 곧 놀라서 입을 막았다.

"헉."

안에는 두 명이 서 있었는데 뒤통수가 보이는 쪽은 선호였고, 그와 마주 보고 있는 남자는 그녀가 이미 한 번 본 얼굴이었다.

충격에 빠진 소임의 모습에 진수는 즉각 근심 가득한 표정으로 그녀를 따라 사무실 안을 살펴봤다가, 별다르게 특이한 점을 찾지 못했는지 고개를 갸웃거렸다.

"왜요?"

"저분이 아버지였구나. 전혀 몰랐네. 저 아까 저분 뵀거든요."

진수는 놀란 듯 눈을 크게 떴다.

"학원에도 가셨었어요?"

"네. 한 30분 전인가. 잠깐 원장실 왔다가 금방 가셨어요. 난 상담하러 온 학부모인 줄 알았는데."

중년 남자의 정체가 밝혀졌지만 소임은 더욱 의아해졌다.

'왜 자기소개를 안 했지?'

선호의 아버지가 굳이 학원에 들러 소임을 보고 갔다. 그건 이미 그가 선호와 소임이 교제한다는 사실을 알기 때문이리라. 자식 둔 아비로서 마땅히 제 아들과 사귀는 여자가 궁금할 수 있는데, 어째서 자신이 선호의 아버지라는 점을 안 밝혔을까?

의문을 느끼면서도 소임은 기계적으로 핸드폰의 카메라 기능을 켜서 얼굴 상태를 확인했다.

'나 오늘 괜찮나?'

자고로 사람은 첫인상이 중요하다. 소임은 처음 뵙는 선호의 아버지에게 자신의 인상이 활기차게 보였길 바랐다.

다행히 오늘은 상태가 괜찮았다. 어젯밤 푹 자서 그런지 다크서클도 짙지 않았다. 유난히 예쁜 것은 아니었지만 특별히 기운 딸려 보이지도 않았다.

진수가 머뭇거리더니 조심스럽게 질문했다.

"저어, 소임 씨. 오늘 혹시 선호랑 약속 있으세요?"

"아, 네. 오늘 같이 밥 먹고 집에 들어가기로 했어요."

"그렇구나."

그는 곤란한 기색을 보이면서 덧붙였다.

"근데 얘기가 좀 길어질 것 같은데. 제가 이따가 대화 끝나면 선호한테 소임 씨 왔었다고 말씀드릴 테니까……."

소임은 진수의 의도를 단박에 이해했다.

'먼저 가라는 거구나.'

생각해 보면 그게 나을 것 같긴 했다. 갑작스럽게 아버지가 한국에 오셨으니, 어차피 선호는 소임과 저녁 약속을 미룰 수밖에 없을 것이다. 그러니 소임은 그를 기다릴 필요가 없었다.

'이 씨도 곤란하겠네.'

한 시간 전에 저녁 약속 잡을 때 선호가 별말 없었던 것을 보면, 그도 아버지의 방문을 예상하지 못한 듯했다. 아무래도 수제비는 다음에 먹어야겠다고 생각하며 소임은 고개를 끄덕였다.

"네. 그러면 저 먼저 집에 갔다고 전해 주세요."

그때, 사무실에서 쿵 소리가 났다.

소임은 눈을 살짝 찌푸리며 진수에게 물었다.

"방금 무슨 소리 나지 않았어요?"

방음이 잘되는 편인데도 소리가 난 것을 보면, 무언가 무게가 나가는 물건이 바닥에 떨어진 듯했다. 예를 들면 프린터나 컴퓨터?

'그런데 책상 위에 잘 올려 둔 게 떨어질 리가 있나.'

고의로 집어 던진 게 아니라면 그렇게 무게 나가는 기기가 떨어질 리가 없었다. 아마 다른 물건이 갑작스레 떨어진 모양이다.

떨어질 만한 게 있었나 싶어서 소임은 발꿈치를 들어 사무실 안을 보려고 시도했다. 그때, 진수가 이크, 하는 표정으로 막아섰다. 그녀는 이상행동을 하는 진수를 의아한 눈으로 쳐다봤다.

진수가 힐끔 눈을 돌려 사무실을 보면서 입술을 핥았다. 무의식적으로 나온 행동 같았다. 소임은 갑자기 떠오른 생각에 미간을 좁혔다.

"혹시 둘이 지금 싸우는 거예요?"

진수가 황급히 부정했다.

"아뇨. 싸우는 건 아니고. 그냥 선호 아버지께서 조금 화나신 게 있어서."

"화나셨다고요?"

소임은 혼란스러워졌다. 화낼 일이 무엇이 있다는 말인가. 면전에서 화내려고 영국에서 온 것도 아닐 거고. 이제 막 입국해서 아들 보러 온 것일 텐데.

'잠깐, 나를 보고 갔잖아?'

머릿속에 뭉게뭉게 위험한 상상이 피어났다. 설마 '너는 왜 하필 그런 여자를 만나느냐!' 하고 화내시는 걸까?

하지만 그건 절대 말이 안 됐다. 내가 어때서. 어엿하게 돈벌이도 하고 있고, 선호보다 세 살이나 어리고, 더군다나 참하게 생겼는데.

마지막 표현은 임의대로 붙인 거지만 하여튼 그녀는 선호의 아버지가 화난 이유를 짐작조차 할 수 없었다.

"선호 씨가 뭐 잘못했어요?"

"음…… 선호가 잘못한 건 딱히 없는데. 그, 지금 선호가 아버지랑 좀 의견이 안 맞는 부분이 있긴 하거든요."

적당한 말을 고르느라 애쓰던 진수는 한순간 눈을 질끈 감더니 신음했다.

"으으."

곤란해 보이는 모습에 소임은 오히려 답을 얻었다.

'싸우는 게 맞구나.'

아버지와 오랜만에 회포를 푸는가 했더니 다투는 거였다. 소임은 진수가 자신의 등장에 당황했던 이유를 이제야 알 것 같았다. 친구로서 선호를 도와주고 싶었나 보다.

'가족이랑 싸우는 모습 보이고 싶지 않긴 하지.'

소임 역시도 부모님께 잔소리를 듣거나 혼나는 모습을 남들에게 보이고 싶지 않았다. 특히 애인인 선호에게 그런 모습을 들킨다면 더욱 창피한 감정이 들 것 같았다.

"알겠어요. 저는 이만 가 볼게요."

"네. 아무래도 그러시는 게 좋을 것 같아요. 선호한테는 제가 이따가 꼭 말할게요. 소임 씨한테 전화하라고."

소임이 고개를 끄덕이며 돌아서는데, 이번에는 절대 무시할 수 없는 소음이 문틈으로 새어 나왔다.

쨍그랑!

소임은 심각한 표정으로 돌아섰다.

"그런데 안에서 좀 이상한 소리 나지 않아요? 위험한 거 아니에요?"

아무래도 들어가서 말려야 하는 게 아닌가 싶었다. 아무리 가족이라도 저렇게 큰 소리를 내면서 싸우는 거면 위험했다. 소임은 닫힌 문을 걱정스럽게 바라보았다.

그때, 예고 없이 문이 확 열렸다. 문을 열어젖힌 선호의 등 뒤로 매서운 호령이 꽂혔다.

"이선호! 당장 돌아오지 못해?"

소임은 깜짝 놀라서 휘둥그레진 눈으로 그를 쳐다봤다.

선호의 뺨은 한눈에 보기에도 확연히 붉어져 있었다. 마치 맞은 것처럼. 게다가 소임의 눈길을 빼앗은 것은 그뿐만이 아니었다. 그녀는 검지를 들어 그의 입가를 가리켰다. 입술이 살짝 터져 있었다.

"……피 나는데."

얼어붙은 채 소임을 바라보던 선호의 가슴이 크게 들썩였다. 그의 이글거리는 눈빛 속에서 정체를 알 수 없는 감정들이 성난 파도처럼 일렁거렸다. 소임이 그의 입매가 일그러졌다는 것을 인식함과 동시에 문이 확 닫혔다.

"어?"

사무실 안으로 도로 사라져 버린 그의 모습에 소임은 심장이 쿵 내려앉았다. 당황한 그녀가 문손잡이를 잡고 다시 열려고 하자, 진수가 땀을 뻘뻘 흘리며 그녀를 떼어냈다.

"소임 씨는 일단 집에 가시는 게 좋을 것 같아요. 제가 들어가 볼 테니까⋯⋯."

진수가 워낙 사정사정하는 탓에 소임은 하는 수 없이 자리를 떠났다. 선호를 두고 가는 게 마음에 걸렸지만, 그가 자신을 봤을 때 지었던 표정을 떠올려 보면, 확실히 선호는 자신을 반기지 않는 듯했다.

* * *

'신경 쓰이네.'

소임은 답답한 마음에 저녁도 거르고 방 안에 틀어박혔다. 선호의 붉게 달아올랐던 뺨과 상처받은 눈빛이 뇌리에서 떠나지 않았다.

장성한 아들을 때릴 이유가 대체 무엇이란 말인가. 겉모습이 점잖고 똑똑하고 괜찮아 보였기에 더욱 실망스러웠다. 선호의 아버지가 대학 교수라는 것을 떠올린 소임은 자신이 할 수 있는 방식으로 그를 매도했다.

아마 학생들에게 인기 하나도 없을 것이다. 수업도 지루할 것이고.

하지만 그렇게 생각한다고 답답한 속이 풀리지는 않았다. 소임은 인상을 팍 찡그렸다. 걱정거리가 있으니 소화마저 안 되는 느낌이었다.

"엄마, 나 배 아파."

배를 부여잡고 끙끙대며 거실로 나가니 해주가 걱정스러운 기색으로 소임을 살폈다.

"왜 아파? 너 집에 와서 먹은 것도 없잖아."

"몰라."

"아니, 이유가 있을 거 아냐. 배가 어떻게 아픈데. 뭐 잘못 먹었어?"

"몰라아. 그냥 아파."

소임이 앓는 소리에 해주가 한숨을 푹 쉬었다.

"어휴, 배가 왜 또 말썽이라니. 기다려 봐. 엄마가 매실 진하게 타 줄게."

역시 매실은 만병통치약이다. 변 씨 집안에서는 속이 안 좋든, 소화가 안 되든, 감기에 걸리든, 무슨 일이 있든 일단 진하게 탄 매실액을 마셨다.

소임은 해주가 건네준 매실 물을 꿀꺽꿀꺽 마셨다. 단숨에 한 잔 비워 낸 후, 그녀는 비척비척 소파로 걸어갔다. 몸에 힘이 없으니 누워서 쉬어야 했다.

그때, 안방에 있는 재식이 큰 목소리로 소임을 불렀다.

"딸! 이리 와 봐."

소임은 눈을 감은 채 대꾸했다.

"왜?"

"아빠가 뭐 줄게."

"……."

솔깃한 제안에 잠깐 고민하던 소임은 무거운 몸을 일으켰다.

'용돈 주나? 연말이니까 보너스 받았으려나?'

그녀는 배를 살살 쓰다듬으며 안방으로 향했다.

"왜? 뭔데?"

재식은 소임에게 더 가까이 오라고 손짓하더니 방귀를 부우웅 뀌었다. 그러고서는 허공에 퍼진 방귀를 잡아 소임의 얼굴에 던지는 시늉을 했다.

"옜다. 선물이다."

소임은 인상을 찌푸리며 코를 쥐어 잡았다. 재식은 고기를 먹었는지 방귀 냄새가 아주 지독했다.

"뭐야. 아, 짜증 나."

그녀가 진저리치는 게 마음에 드는지 재식은 껄껄 웃었다. 소임은 싸늘하게 그를 노려보았다. 딸한테 방귀 먹이는 아빠라니. 아주 짜증 날 정도로 경박스러웠다.

"어떠냐. 아빠 방귀 맛이."

턱을 두 겹으로 만든 채 히죽거리는 재식이 그렇게 얄미울 수가 없었다. 소임은 씩씩대면서 손으로 재식의 엉덩이를 팡팡 쳤다. 그는 딸에게 맞아도 좋은지 껄껄댔다.

소임은 그를 탐탁지 않게 흘겨보고는 안방을 나왔다. 재식이 주책없게 느껴지면서도 한편으로는 아빠의 친근한 행동에 기분이 싱숭생숭해졌다.

‘보통 아빠들은 이렇지 않나.’

자식에게 장난만 치지, 어떻게 때릴 수 있는가? 소임은 부모님께 전혀 매를 맞은 적이 없었다. 그렇기에 선호가 더욱 신경 쓰였다.

‘아, 진짜 왜 때린 거야.’

우울해 보이던 그 눈빛. 자신을 피하듯 도로 문을 닫았던 그가 자꾸 떠올라 마음이 무거웠다.

* * *

부르르 울리는 진동 소리에 소임은 팔을 뻗으며 핸드폰이 놓인 곳을 더듬었다. 처음에는 알람인 줄 알았는데 화면 중간을 여러 번 쳐도 진동이 꺼지지 않아 실눈을 떠서 바라보니 전화였다. 발신자를 확인한 소임은 잠이 퍼뜩 깨는 듯했다.

“이 씨?”

–…….

그녀는 눈을 비비며 상체를 일으켰다. 선호는 대답이 없었다. 어쩐지 보이지도 않는 수화기 건너편에서 울적한 기운이 감돌았다.

“여보세요?”

소임은 전화가 꺼졌나 싶어서 다시 화면을 확인해 봤다. 통화는 계속 연결되어 있었다.

“여보세요?”

귀를 기울이니, 건너편에서 ‘야, 뭐 해.’라고 누군가 말하는 소리, 그다음에는 전화기를 빼앗어 가는 소리, 그리고 이내 익숙한 목소리가 들렸다.

-여보세요? 소임 씨?

"진수 씨?"

소임은 쏟아지는 하품을 막으며 시간을 확인했다. 새벽 세 시였다.

"지금 둘이 같이 있어요?"

-아, 네. 저 선호 집에서 같이 술 좀 마셨어요. 밑에 대리 기사님 오셔서 이제 나가려고요. 선호가 갑자기 전화했네. 야, 야. 선호야. 침대 가서 자. 아니야. 끊었어. 어. 지금 주무신대.

그러다가 전화가 뚝 끊겼다.

소임은 눈을 끔뻑끔뻑했다. 어느새 잠이 달아났다.

'진수 씨랑 술 마셨다고?'

왠지 마음이 싱숭생숭했다. 소임의 입에서 곧 불만이 터져 나왔다.

"옆집에 애인 두고 왜 남의 집 가장 불러서 술 마신대?"

참 이해할 수 없었다. 그녀는 선호가 자신에게 아무것도 털어놓지 않는 게 서운했다. 자신도 고민 같은 거 다 들어줄 수 있는데 말이다. 그러라고 애인 있는 거 아닌가? 가깝게 감정을 공유하려고.

"뭐, 본인이 말하기 싫다는데 내가 어떻게 해."

소임은 다시 이불을 덮고 자려고 했다. 하지만 이미 한번 잠을 설친 몸이라 눈을 감고 있어도 잠이 오지 않았다.

"아이씨."

소임은 구시렁거리며 일어났다. 선호가 신경 쓰여서 도통 잠들 수 없었다.

그래, 목마른 사람이 우물 판다는 말이 괜히 있는 게 아니었다. 만약 지금 자신이 하는 짓을 부모님이 아신다면 까무러칠 거라고 생각하며 소임은 슬금슬금 방을 벗어났다.

또 새벽에 집을 탈출하게 된 거였다.

* * *

그새 진수는 집에 가 버렸는지 1202호에는 인기척이 느껴지지 않았다. 불이 다 꺼져서 어두컴컴한 실내에 조심스럽게 발을 들이밀면서 소임은 고개를 돌려 동향을 살폈다. 거실에는 아무도 없었다.

'방에서 자고 있나?'

비밀번호 누르고 들어오는 소리도 못 들은 거 보니까 깊게 잠든 듯했다. 술도 많이 마셨다고 하니까.

선호가 잘 자고 있는지만 확인하려고 했는데, 소임은 그의 방문을 열었다가 이크, 하고 굳었다. 그는 침대에 가만히 앉아 상체를 숙이고 있었다.

"어, 그냥 와 봤어요. 아까 나한테 전화 걸고 아무 말 없어서, 걱정돼서."

"……."

반사적으로 변명하던 소임은 대답이 돌아오지 않는 상황에 난감해하다가 슬며시 그의 옆에 다가가 침대에 살짝 걸터앉았다.

"속 안 좋아요? 진수 씨랑 술 마셨다면서요."

"……."

"물 갖다 줄까요?"

"……."

그는 묵묵부답했다. 눈치를 보던 소임은 선호가 자신을 달갑게 여기지 않는다 판단하고 어색하게 자리에서 일어났다.

"어, 난 다시 가 볼게요."

"……."

그가 우울하게 중얼거렸다.

"나한테 실망했죠."

"네?"

"아까 봤잖아요."

어리둥절하던 소임은 이내 그가 가리키는 내용을 깨닫고 황급히 머리를 도리도리 저었다.

"아니에요. 이상하게 생각 안 했어요."

"나 별로라고 생각할 거잖아요. 문제 있는 집 아들이라고."

"아니, 내가 왜 그러겠어요. 내가 봐 온 이 씨가 있는데. 그냥 아버지랑 의견 차이가 있었나 보다, 하고 생각했어요. 다른 생각은 절대 안 했어요. 그냥 진짜 그뿐이에요. 그저 잠깐 의견이 안 맞았나 보다고."

선호가 떨리는 목소리로 물었다.

"진짜로 실망하지 않았어요? 다 큰 아들한테도 손찌검하는 아버지 둔 남자잖아요."

"그건…… 그냥 아버지가 화를 주체를 못 하셨던 거니까……. 근데 그건 이 씨 잘못이 아니잖아요."

"뭔가 저 집은 이상하다, 가까워지면 안 되겠다, 그런 생각 안 했어요?"

소임은 쩔쩔매면서 대답했다.

"아니에요. 그런 생각은 절대 안 했어요."

"우리 집 되게 이상한데……."

"전혀 이상하게 안 봐요. 모든 집에 다 나름의 가정사가 있는 걸요. 티가 안 날 뿐이지. 우리 집도 친척끼리 크게 다툰 적도 있고 그래요. 할아버지 유산 때문에. 그때 못 볼꼴도 많이 봤어요. 서로 멱살 잡고 따귀 날리고. 어제까지는 형님, 동생 하던 사람들인데."

"그렇지만."

선호는 자신 없이 웅얼거렸다.

"우리 집은 많이 이상해요. 진짜로."

그는 무슨 말을 하려는 것처럼 입을 달싹거렸다가 이내 입을 꾹 다물었다. 소임은 그가 힘들어하는 모습에 연민을 느끼면서 조심스럽게 말을 건넸다.

"말하고 싶지 않으면 안 말해도 돼요."

"……."

"근데 말하고 싶으면 말해도 돼요."

"……."

소임은 난감한 마음에 입술을 깨물었다. 오늘만치 자신이 위로에 소질이 없는 것이 안타까웠던 적이 없었다.

"아까 맞은 데는 괜찮아요?"

소임은 다시 침대에 걸터앉아 그의 뺨에 손을 가져갔다. 살짝 쓸어 보니까 아직 부어 있었다.

"어떡해. 아파겠다."

소임은 속상한 마음이 들어서 선호의 뺨을 어루만졌다. 선호가 그녀 쪽으로 천천히 고개를 돌렸다. 감정에 일렁이는 눈동자로 소임을 한참 동안 바라보던 그가 불쑥 입을 열었다.

"찬호 왔을 때."

소임은 조심스럽게 대꾸했다.

"네."

"……."

소임은 인내심 있게 기다려 줬다. 입술을 물어뜯던 그가 갈라진 목소리로 말을 이었다.

"그 주에 새어머니 생일이 있었거든요."

"네에."

"그런데 아버지는 내가 일부러 걔 한국으로 불러들인 줄 알아요. 찬호는 대학원 일정 때문에 온 건데. 그걸 변명이라고 생각하는 것 같아요."

"……."

"이번에 아버지가 화난 건…… 민호랑 세영이 결혼식 때문인데. 민호가 결혼할 때 아버지 안 부른다고 했거든요. 엄마 자리에 그 여자 앉히기 싫다고. 부모님 자리 차라리 비워 놓겠다고. 근데 아버지는 그것도 내가 나서서 그렇게 시킨 줄 알아요."

"……."

"내가 일부러 앙심을 품고 이간질한다고 생각해요."

선호가 한숨을 쉬었다.

"왜 내가 그런다고 생각하는지 모르겠어요. 앙심 품은 적 없는데. 그냥 없는 사람처럼 생각하고 살고 있었는데."

"……."

"우리한테 해 준 것도 없는데 왜 이제 와서 아버지 노릇 하려고 하는지 모르겠어요. 애들이 아빠 필요로 할 때 자기는 그 여자랑 따로 나가 살고 있었으면서."

사람의 약한 모습을 보면 괜히 마음이 약해지는데 하물며 자신이 좋아하는 사람이니, 소임은 더욱이 가슴이 아팠다. 그녀는 깊은 한숨을 내쉬었다.

"아, 진짜……."

그녀의 콧등이 시큰해졌다.

"이런 우울한 얘기 듣기 싫죠. 미안해요."

소임은 선호가 자신감이 없어 보여서 더욱 가슴 아팠다. 이 정도는 그냥 말해도 충분히 들어 줄 수 있었다.

그런데 오히려 실망해도 어쩔 수 없다는 식으로 지레 체념하는 게 안쓰러웠다. 그동안 혼자서 끙끙 앓았을 게 뻔히 보여서 소임은 울컥 감정이 차올랐다.

"아뇨. 그냥 이 씨가 힘들었을 것 같아서 걱정했어요."

소임은 어둠 속에서도 울적해 보이는 그의 눈동자를 마주하고 가슴이 쓰라렸다. 소임은 그의 손등 위로 자신의 손을 얹으면서 부드럽게 말했다.

"나한테는 말해도 돼요. 들어 줄게요. 이 씨가 어떤 말을 해도 이상하게 절대 안 볼 거니까. 말하고 싶은 거 있으면 어떤 거든지 편하게 말해요. 나는 이 씨 편 할게요."

소임을 물끄러미 보던 선호가 고개를 돌리고 한숨을 내쉬었다.

"나는 아버지가 엄마한테 나쁘게 행동하는 거 알았으니까…… 그래서 더 엄마한테 잘해 주고 싶었는데. 엄마가 나 보면 화내다가 울었어요. 나 아버지 닮았다고. 나는 하나도 안 닮은 것 같은데."

그가 목메는 듯 잠시 멈췄다가 다시 말을 이었다.

"동생들은 엄마가 죽고 나서 아버지가 재혼한 줄 알아요. 그때 어렸거든요. 찬호는 한 살, 민호가 세 살이었으니까. 근데 그거 아니거든요. 아버지가 이혼하재서 엄마가 죽은 거예요."

"……."

"아버지는 엄마가 찬호 임신하고 있을 때 어린 여자랑 바람 났어요. 자신이 가르치던 대학생 제자랑."

소임은 차마 대꾸하지 못하고 그의 손을 꼭 잡아 주었다.

"그럴 거면 애초에 엄마랑 왜 결혼했는지 모르겠어요. 평생 사랑하겠다고 서약했으면서. 어차피 또 다른 여자를 찾을 건데."

선호는 힘이 빠져 가는 목소리로 중얼거렸다.

"너무 싫었어요. 그래서 나는…… 절대 그러지 않으려고. 그 사람이랑 똑같이 살고 싶지 않으니까……."

소임은 선호의 손을 더욱 꾹 잡았다. 그의 상처를 깊이 어루만져 줄 위로의 말은 못 건네더라도 곁을 지켜 줄 수는 있었다.

* * *

헉.

소임은 깜짝 놀라서 일어났다.

'어디지?'

두리번거리던 소임의 머릿속에 어젯밤 일이 떠올랐다. 선호를 위로하다가 그새 같이 잠들어 버린 모양이었다.

'몇 시야?'

시계를 보니까 다행히 오전 7시.

해주는 아침마다 등산을 간다. 밥 먹으라고 소임을 부르는 것은 오전 열한 시 정도. 그전까지만 방에 들어가면 해주는 소임이 새벽에 집을 나갔던 것을 전혀 모를 것이다.

'이 씨는 일어났나?'

소임은 침대가 비어 있는 것에 의문을 느끼며 슬쩍 방을 나가 보았다. 선호는 부엌에서 물을 마시고 있었다. 무표정한 그를 보고 소임은 잠시 멈칫했다.

'어제 일 때문에 난감하겠지?'

그가 자신이 가정사를 들었다는 것에 껄끄러움을 느낄 수도 있으니까 웬만하면 모른 척해 줘야겠다는 생각이 들었다.

"잘 잤어요?"

소임은 입을 가리고 하품하면서 그의 곁으로 어색하게 다가 갔다.

"나도 뭐 마셔야겠다. 뭐 마시지?"

선호가 냉장고를 여는 소임을 물끄러미 바라봤다.

소임은 뭘 마실까 고민하다가 오렌지 주스를 꺼내 들었다. 그러고는 선반에서 컵을 가져와 오렌지 주스를 따라 입에 가 져갔다.

"으음."

주스가 아주 시원하고 달콤하다는 듯이 엄지를 치켜들었다가, 너무 과장하나 싶어서 슬쩍 다시 손을 내릴 즈음이었다.

소임을 빤히 바라보던 선호가 갑자기 입을 열었다.

"새어머니는 나보다 고작 열 살 많아요."

푸흡, 소임은 하마터면 뿜을 뻔한 것을 간신히 참아 냈다. 그녀는 당황한 기색으로 반문했다.

"네, 네?"

"어제 나이는 말 안 해 준 것 같아서."

소임은 뜻밖의 상황에 깜짝 놀랐다. 숨기고 싶어 할 것 같았는데 본인이 직접 털어놓다니. 괜찮은 것인가?

당황스러워서 어버버하고 있었는데 선호가 무심하게 빈 잔에 물을 다시 채우면서 덧붙였다.

"애들 밥도 안 주고, 우는 거 시끄럽다고 짜증 많이 부렸어요. 특히 민호랑 찬호는 친엄마 닮았다고 되게 싫어했어요. 나한테는 조금 잘해 주다가 내가 자기랑 안 친해지니까 나한테 말도 안 걸었어요."

"……."

"왜 같이 욕 안 해 줘요?"

"네?"

"내 편 들어 준다고 했잖아요."

소임은 눈을 데구루루 굴렸다. 욕을 해 달라고 했을 때 정말 맞장구쳐도 되는 걸까 갈팡질팡했다.

"나는 이 씨 편이에요."

"나는 아버지 싫어요. 그 여자도요."

그녀가 어색하게 미소를 짓고 있으니 선호는 피식 웃으며 물을 들이켰다.

"이런 말 해도 나 이상하게 보지 않을 거잖아요. 그쵸?"

"네? 네, 그럼요."

"변 씨가 괜찮다고 했어요. 나 다 기억해요."

어쨌든 선호는 어제만큼 우울하지 않아 보였다. 소임은 안도감을 느끼면서 다시 컵을 입에 가져갔다. 그가 자신에게 속마음을 털어놓아서 조금이나마 부담감을 덜게 된 거면 좋을 것 같았다.

19. 듣고 싶은 말

선호의 사무실에 놀러 온 소임은 과자를 까 먹으면서 그가 일하는 모습을 구경했다.

사실 모니터를 봐도 어떤 메커니즘으로 코드가 짜여지는지 이해할 수 없지만, 그냥 그가 길쭉한 손가락으로 키보드를 타닥타닥 누르고, 잠시 고민하다가 다시 또 키보드를 치는 모습을 지켜보는 것만으로도 재밌었다.

소임은 멍하니 선호를 바라보며 기계적으로 감자칩을 집어 먹었다. 바삭하고 짭짜름해서 자꾸 손이 갔다.

띠리링.

진수의 핸드폰이 요란하게 울렸다. 그는 얼른 전화를 수락했다.

"어어. 자기야. 방금 링크 눌렀어."

―어때? 뭐가 더 나을 것 같아?

진수가 스피커폰으로 통화를 하는 탓에 소임은 의도치 않게 부부의 대화 내용을 엿듣게 됐다. 지희는 겨울 코트를 하나 장만하려는데, 회색 민무늬 코트와 갈색 체크무늬 코트 중에서 고민하는 중이라 진수의 의견을 듣고 싶은 모양이었다.

"아……. 잠깐만."

진수는 대답을 미룬 채 마우스를 달칵달칵 누르더니 이내 부드럽게 대꾸했다.

"두 개 다 결제했어."

깜짝 놀란 소임은 과자 집은 손을 입가에 가져간 채로 멈추었다.

'오, 재력 장난 아닌데?'

당사자도 감동했는지, 지희가 콧소리를 내며 말끝을 늘였다.

―어머, 자기야. 진짜? 하나만 사도 되는데에.

"우리 지희한테 잘 어울릴 만한 거 생각해 봤는데, 두 개 다 잘 어울릴 것 같더라고. 지희가 예쁜 코트 입은 거 보고 싶어졌지 뭐야?"

―고마워. 잘 입을게. 사랑해.

소임은 어떻게 사람이 저렇게 사랑스러운 말투를 구사할 수 있는지 진지하게 고민했다. 자신은 죽었다 깨어나도 지희처럼 조곤조곤 사랑을 고백할 수 없을 것 같았다.

자신이 '사랑해'라고 말하는 모습은, 장군이 전쟁에서 이기겠다는 의지를 표현하는 것 같이 '사랑해!' 하고 우렁차게 외치는 것밖에 상상이 안 됐다.

게다가 무엇보다 자신이 누군가에게 '사랑해'라는 말을 하는 것 자체가 오글거렸다. 만약 가족이 아닌 다른 사람에게 그런 말을 해야 한다면, 그 대상은 마땅히 애인인 선호가 될 텐데. 낯간지러워서 그에게 어떻게 그런 소리를 하나.

—집에 언제 올 거야?

"지금 바로 갈게. 어서 우리 예쁜 지희 보고 싶다."

소임은 켁, 목이 막혔다. 먹었던 감자칩이 살짝 올라오려고 했다. 그녀는 저와 딴 세상에 사는 듯한 진수와 지희가 신기했다.

알콩달콩한 부부가 신기하게 느껴지는 것은 저쪽도 마찬가지인가 보다. 소임은 진수와 지희에게 이목을 뺏긴 것이 저뿐만이 아니라는 사실을 알아차렸다. 선호도 어느새 일하던 것을 멈추고 물끄러미 진수를 바라보고 있었다.

"도착하기 10분 전에 전화할게."

그가 자상한 어투로 통화를 마치자마자 소임이 가볍게 말을 건넸다.

"진수 씨 통 크네요. 그 브랜드 코트 하나에 적어도 칠십만 원짜리 아니에요?"

"칠백짜리라도 사 줘야죠. 우리 지희가 갖고 싶다면."

진수는 인심 좋은 미소를 지어 보이더니 기지개를 켜며 의자에서 일어났다.

"으아, 그럼 저는 이만 집에 가 볼게요. 내일 봬요, 소임 씨.

이선호, 나 간다."

그는 선호에게 가볍게 눈짓을 해 보인 채 옷가지를 챙겨 들고 경쾌하게 사무실을 떠났다.

'칼퇴다, 칼퇴.'

소임은 미련 없이 퇴근하는 그에게 감탄하며 감자칩을 씹어 먹었다.

지난 1년간 봐 온 바. 진수는 정말 일관성 있고 성실하게 매번 일찍 퇴근했다. 빠르면 오후 세 시. 늦으면 다섯 시. 그가 여섯 시 이후까지 사무실에 남아서 일을 하는 경우는 정말 손에 꼽았다. 게다가 프리랜서라서 굳이 출근해야 할 필요도 없으니까 진수는 아주 유연하게 재택근무했다.

'지희 씨는 남편이 일찍 들어오는 게 좋을까?'

남편과 같이 시간을 보내는 게 좋아서, 그래서 결혼한 거겠지만……

사실 해주는 재식이 야근이 잦아서 좋다고 했다. 집에 잘 안 들어오니까 편하다고.

소임은 자신의 엄마가 부러워하는 대상이 옆 동 사는 효재 아주머니라는 점을 떠올렸다. 효재 아주머니는 남편이 베트남으로 1년간 장기 출장을 간 상태다. 애들도 다 커서 독립했기에 효재 아주머니는 넓은 집에 혼자 산다.

'나는 어떤 걸 좋아할까?'

그녀의 시선이 자연스럽게 선호에게 향했다.

만에 하나, 자신이 선호와 결혼하게 된다면?

'이 씨도 진수 씨처럼 빠르게 퇴근하려나?'

선호의 일상은 꽤 규칙적이고 단조로운 편이었다. 소임은 이미 그의 생활 스타일을 다 파악했다.

그의 하루는 소임의 것과 별반 다르지 않았다. 거의 집과 직장만 오가는 소임의 루트에 휘트니스 클럽 하나만 더 추가되었을 뿐이다.

드라마나 영화도 잘 안 보고, 책은 좀 읽는 것 같은데⋯⋯. 딱히 운동 빼고는 취미가 없어 보였다. 게임도 자주 하긴 하는데 푹 빠져서 한다기보다는 그냥 직업에 관련되어 있으니까 예의상 하는 듯했다. 비교하자면 소임이 더 중독자 수준이었다.

'하여간 운동은 되게 열심히 하지.'

소임은 선호를 빤히 바라보며 생각했다.

'저런 남자랑 살면 좋을 것 같은데⋯⋯.'

그는 쓸데없이 돈을 낭비하는 스타일도 아니었고, 밤에는 군것질도 하지 않는다. 건전한 생활 습관을 지니고 있었다. 게다가 집안일도 깔끔하게 잘한다.

봉지를 더듬던 손에 집히는 게 없었다. 소임은 눈을 찡그리며 봉지 안을 살펴보았다.

'헐. 그새 다 먹었나.'

과자 봉지 안에는 부스러기 몇 개만 남아 있을 뿐이었다. 소임은 아쉬움을 느끼며 감자칩 가루가 묻은 손가락을 쪽 빨았다.

"우리 저녁에 파스타 먹을까요? 나 크림소스 파스타 먹고 싶은데."

"……."

무표정으로 소임을 쓱 훑어보던 그가 툭 내뱉었다.

"변 씨 옷 이상해요."

갑작스러운 공격에 소임은 인상을 와작 찌푸렸다.

'뭐야…….'

소임은 자신의 옷차림을 재빨리 훑어보았다. 털이 보드라워서 자꾸 쓰다듬고 싶은 무지개 색 앙고라 니트 상의에 하얀색 바지를 입었다. 그리고 포인트로 목에 붉은색 스카프를 둘렀다. 특별할 게 없었다.

'뭐가 이상하다는 거야? 예쁘기만 하구만.'

지난주에 똑같이 입었을 때는 아무 말 없더니만, 왜 오늘 이상하다고 지적하는 것인가?

소임은 불만스럽게 그를 노려보았다. 자신도 똑같이 그의 옷이 이상하다고 트집을 잡고 싶은데 솔직히 그의 옷차림은 트집을 잡으려야 잡을 수가 없었다.

선호는 짙은 초록색 니트에다가 무난한 검정색 바지를 입고 있었다. 단순한 옷차림인데 어깨가 넓고 체격이 좋아서 그런지 멋있어 보였다.

차마 그를 지적할 수 없었던 소임은 심통 난 목소리를 냈다.

"나는 내 옷 마음에 들거든요?"

선호가 힐끔 소임을 바라보고는 혼잣말처럼 중얼거렸다.

"이상해."

소임의 입이 툭 튀어나왔다. 이상하면 어쩌란 것인가. 이미 이렇게 입고 왔는데. 벗을 수도 없고.

'왜 시비야? 남의 옷 갖고.'

그녀는 선호를 흘겨보면서 새침하게 대꾸했다.

"이상하면 본인이 예쁜 거 사 주든가. 왜 나보고 뭐라고 그래?"

"알았어요. 백화점 갑시다."

선호가 벌떡 일어나서 겉옷을 입었다. 갑작스러운 상황에 소임은 미간을 좁히며 고민했다.

'그 정도로 이상한가? 차라리 옷 사 준다고 할 정도로?'

그녀는 인상을 쓰고 제 옷을 내려다보았다. 보다 보니까 또 선호의 평가가 그럴듯하게 느껴지는 것 같기도 했다. 무지개색이 차분하지 못하고 약간 촌스러워 보였다.

사실 몇 년 전에 샀던 거라 요즘 트렌드에서 조금 벗어나긴 했다.

'눈썰미가 조금 있긴 한가 보네.'

소임은 입술을 삐죽 내밀며 일어섰다.

'뭐, 자기가 옷 사 준다니까…….'

안 그래도 지난주에 엄마랑 쇼핑하다가 백화점에서 봐 놓은 예쁜 옷이 있는데, 그걸 사야겠다고 생각했다. 선호는 돈도 잘 버니까 흔쾌히 사 줄 것이다.

소임은 완전히 들떴다. 선호는 그녀에게 옷을 무려 네 개나 사 줬다.

원래 소임은 원피스 하나만 사려고 했다. 예쁘고, 질 좋고, 제 돈 주고 사기는 조금 망설여졌던 비싼 옷. 그녀는 선호에게서 옷을 선물 받을 기회를 제대로 활용하려고 신중히 옷을 고르고 골랐다.

그런데 소임이 쇼핑할 동안 내내 아무 말 없던 선호는 막상 결제를 끝내고 매장을 나올 때 '원피스보다는 상의가 필요하지 않겠느냐'는 말로 그녀를 고민에 빠지게 했다.

그러고 보니 원피스가 좀 튀긴 했다. 고급스럽고 예뻤지만 너무 눈에 띄는 디자인이라 매일 입기에는 적당하지 않았다.

"그럼 환불하고 다른 거 살까요? 좀 자주 입을 수 있는 거로. 니트 같은 거."

"그냥 하나 더 사요."

그의 너그러운 반응에 소임은 편하게 입을 수 있는 갈색 목 티도 하나 새로 샀다. 두께는 얇은데 캐시미어라서 부드럽고 따뜻했다.

그런데 직원이 그 목 티랑 같이 입으면 너무 잘 어울린다며 체 크무늬 카디건을 하나 추천해 줬다. 소임이 보기에도 디자인이 예뻤다. 포근하고 따뜻해 보이는 것이 어떤 옷 위에 걸쳐도 잘 어 울릴 듯했다.

혹시나 해서 '이것도 사도 돼요?' 하고 물어봤는데 선호가 흔쾌히 고개를 끄덕였다. 그래서 소임은 카디건도 샀다.

"바지는 있어요?"

생각해 보니 같이 입을 바지가 없었다. 소임은 하는 수 없이 바지 매장에도 들렀다. 이왕 그가 옷을 사 준다는데 예쁘게 갖춰 입어야 하지 않겠는가.

그렇게 두 시간 만에 구매한 옷이 무려 네 개였다. 지출에 전혀 개의치 않는 표정을 보니, 왠지 소임이 운을 떼면 더 사 줄 것 같은 느낌이었는데, 어느새 백화점이 폐점할 시간이 되어 나와야 했다.

평소 소임은 적어도 일주일 정도는 텀을 두고 매장을 다시 방문했다. 브랜드 옷이라서 가격대가 나갔으니까. 이렇게 갑작스럽게 옷을 구매하는 일은 드물었다.

구매한 옷들의 가격을 머릿속으로 대충 셈해 본 소임은 정말 깜짝 놀랐다.

'와, 돈 많이 썼다.'

제게 비싼 옷을 사 주는 사람이 아빠랑 엄마밖에 더 있던가. 그녀는 새로운 충격에 빠졌다.

'남자 친구가 돈 잘 버니까 이렇게 좋구나.'

소임은 새삼 선호에게 매력을 느꼈다. 히죽 웃음이 나왔다. 사 달라는데 다 사 주니까 좋았다.

그녀는 콧노래를 흥얼거리며 아이스크림을 날름 핥아 먹었다.

선호는 옷뿐만이 아니라 먹을 것도 잘 사 줬다. 그래서 아주 마음에 들었다.

"안 추워요?"

"원래 아이스크림은 겨울에 먹는 거죠. 완전 맛있어요. 한입 먹어 볼래요?"

소임은 친근하게 아이스크림콘을 내밀었다가 아차 싶었다.

'아…… 같이 안 먹지?'

그런데 선호는 소임의 권유에 응했다. 소임은 그가 아이스크림을 살짝 베어 먹는 모습에 적잖이 놀랐다.

'내 침 묻었는데…… 괜찮은가?'

소임은 그와 아이스크림도 나누어 먹는 사이라는 게 만족스러워서 킥킥 웃다가 괜히 장난스레 핀잔했다.

"사람이 왜 그렇게 조금 베어 먹어요? 이 시린가?"

"많이 먹으면 변 씨가 싫어하니까."

소임은 그를 흘겨보았다.

"웃기시네. 이 시린 거면서. 아저씨네. 완전."

"하나도 이 안 시리거든요."

"우리 아빠도 매일 그렇게 말하는데 잇몸 전용 치약 써요."

소임은 콧방귀를 뀌며 아이스크림을 할짝 핥아 먹었다. 그가 베어 먹은 부분을 먹을 때는 왠지 부끄러운 느낌이 들었다.

이대로 집에 귀가할 줄 알았더니 선호는 돌연 반지를 맞추러 가자고 제안했다.

"아, 무슨 유치하게 그런 걸 맞춰요."

일단 푸하하 웃었다가 소임은 뒤늦게 혹했다.

잠깐, 커플링?

그런 건 맞춰야 할 것 같았다. 애인 사이라면 그런 커플템 하나 정도는 있는 게 좋지 않은가. 결속력이나 동지애, 하여튼 그런 둘만의 친밀감을 더욱 강하게 다져 줄 테고.

그녀는 적극적으로 의견을 표했다.

"백금이 좀 예쁘긴 하던데. 종로로 갈까요? 거기 귀금속 상가 있잖아요. 아! 나 은지가 예물 맞춘 데, 거기 되게 사장님이 잘해 준다고 했거든요? 은지한테 주소 물어봐야겠다."

계약서를 쓰고 나온 소임은 흐흥, 콧소리를 내며 제 왼손을 바라보았다. 아직 맨손이었지만 아까 봤던 디자인의 반지를 낀 모습을 상상하니 벌써 뿌듯했다.

어서 빨리 반지가 나왔으면 했다.

"아! 기분 좋아요."

소임은 선호와 헤어지기 직전까지도 신나게 재잘댔다.

"나 다음 주에 수요일 오프거든요. 같이 반지 받으러 가요. 나한 5시에 수업 끝나니까. 이 씨 혼자 가지 말고. 알았죠?"

"알았어요."

이제 집에 들어가도 되는데, 그는 소임을 빤히 바라보고만 있었다. 그녀는 활짝 웃으면서 물었다.

"왜요?"

"그냥."

양손에 두 개씩 나눠 든 쇼핑백은 깃털처럼 가볍게 느껴졌다. 소임은 어서 집에 들어가 오늘 산 옷들을 다시 입어 보고 싶었다. 해주가 왜 또 돈을 많이 썼냐고 제 등을 치겠지만, 입을 옷이 없어서 샀다고 우기면 되는 것이다.

"하여튼 옷 사 줘서 진짜 고마워요! 내일 원피스 입고 학원 가야지."

"……."

싱글벙글 웃던 소임은 그가 미동 없이 자신을 물끄러미 내려다보기만 하자 위화감을 느꼈다.

'왜 안 가지?'

어리둥절하던 소임은 곧 감을 잡았다.

'아!'

소임은 그의 속내를 알아차리고 슬며시 웃었다. 선호는 고맙다는 뻔한 인사 말고 다른 것을 원하는 듯했다. 다른 말을 듣고 싶어서 계속 버티는 것이다.

'아후, 이 씨도 참.'

어쩜 남자들은 이렇게 다 똑같은가.

속이 너무 빤히 들여다 보여서 고개를 절레절레 젓고 싶었지만 그녀는 흔쾌히 그의 비위를 맞춰 주기로 했다. 오늘 아주 즐거운 시간을 보냈는데, 그가 원하는 간단한 말 한마디 못하겠는가.

소임은 그에게 양 엄지를 치켜들며 발랄하게 외쳤다.

"이 씨 능력 짱! 완전 멋있어! 최고!"

"……."

한순간 선호의 눈가가 파르르 떨리더니 그가 퉁명스럽게 내뱉었다.

"됐어요."

그는 홱 몸을 돌려 집으로 들어가 버렸다. 소임은 어리둥절하게 눈을 깜빡였다.

'왜 저래?'

돈 많이 쓴 게 뒤늦게 후회되는 것인가?

선호가 왜 저렇게 삐진 것처럼 구는지 모르겠다고 생각하며 소임은 신나게 집으로 들어갔다. 뭐가 됐든 자신의 기분은 최상이었다.

* * *

"소임아! 밥 먹어."

소임은 비몽사몽 침대에서 몸을 일으켰다. 사실 이름을 부르는 소리보다 밥 먹으라는 소리에 반사적으로 잠에서 깼다.

늘어지게 하품하며 부엌으로 향한 소임은 상차림을 보고 눈을 크게 떴다. 미역국이 식탁에 올라와 있었다.

변 씨 집안에서 미역국을 좋아하는 사람이 아무도 없는 탓에 미역국이 상에 올라오는 것은 딱 한 가지를 뜻했다.

'누구 생일인가?'

날짜를 떠올려 보던 소임은 곧 놀라운 사실을 알아차렸다.

"헉! 오늘 내 생일이네?"

요 근래 바쁘게 지내는 통에 소임은 자신의 생일마저 깜빡 잊고 있었다.

"그래. 오늘 집에 일찍 와. 아빠가 너 좋아하는 대게 쪄 온대."

생일에는 온 가족이 모여 저녁 식사를 함께하는 게 변 씨 집안의 전통이었다.

'이 씨랑 갈비 못 먹겠네.'

소임은 선호와의 약속을 미뤄야겠다고 생각했다. 자신의 생일이 가까워졌다는 것을 아예 인지하지 못한 상태라서 오늘도 그와 저녁을 같이 먹기로 했었다.

그래서 그를 만났을 때 아쉽지만 약속을 미뤄야겠다고 말했다.

"몰랐는데 오늘 내 생일이래요."

선호는 뜬금없다는 눈빛으로 소임을 빤히 바라보았다.

"그걸."

그가 손목시계를 흘깃거렸다.

"오후 네 시 삼십육 분에 말해 주네요."

소임은 머쓱하게 목덜미를 긁었다.

"아까 아침에 전화한다는 걸 까먹었어요. 오늘 학부모들이 무슨 단체로 상담 왔거든요. 진짜 바빠서."

선호의 표정이 묘해졌다. 소임은 좀 눈치가 보였다. 그가 무덤덤하게 중얼거렸다.

"나는 변 씨 생일에 아무것도 안 해 준 사람 됐네⋯⋯."

소임의 양심이 콕콕 찔려 왔다. 어쩐지 제대로 그를 바람맞힌 느낌. 하지만 고의는 아니었다. 자신도 오늘 제 생일이라는 것을 완전히 까먹고 있었다. 그녀는 다급히 상황을 수습해 보려고 시도했다.

"아! 괜찮아요. 뭐 생일이 특별한 날도 아니고. 그냥 일 년 중 하루인데. 저 원래 생일 잘 안 챙겨요."

선호가 속눈썹을 내리깔고 혼잣말처럼 중얼거렸다.

"일 년 중 하루. 그럼 난 내년까지 기다려야겠네."

"아니! 아직 안 지났잖아요. 지금 생일 축하한다고 말해 주면 되죠."

그가 말없이 소임을 가만히 바라보았다.

소임은 입안이 바짝 말랐다. 어째서인지 그의 눈빛이 가련하게 느껴졌다. 자신이 어마어마하게 잘못한 느낌.

거꾸로 생각해 보면, 자신도 서운할 것 같기는 했다. 만약 선호의 생일을 몰랐다면, 혹은 늦게 알아서 아무것도 못 해 줬다면.

하지만 그건 자신의 경우일 뿐, 선호가 미안해할 필요는 없었다. 그는 자신에게 매일 밥도 사 주고, 머리핀도 사 주고, 게다가 지난번에는 심지어 꽃다발도 선물해 주지 않았나. 이미 해 줄 수 있는 것은 다 해 줬다.

선호는 제게 최대한의 성의를 보였는데 여기서 뭘 더 해 주려는 건가.

소임은 그를 안심시키기 위해 적극적으로 나섰다.

"진짜 괜찮아요. 생일이라고 뭐 안 해 줘도 돼요. 진심이에요. 부담 갖지 마요."

하지만 그는 다른 것을 원했던 듯했다.

"나도 변 씨랑 같이 밥 먹고 싶은데."

"아…….. 근데 생일은 가족이랑 보내야 해서."

그의 표정이 대번에 뚱해졌다.

"아. 나는 가족이 아니라서? 변 씨 생일에 함께할 자격이 없다?"

"아니, 왜 그렇게 받아 들여요."

소임은 땀을 삐질 흘리면서 변명했다.

"그냥 단순한 하루일 뿐이잖아요. 내일 밥 같이 먹어요. 후식까지. 한 서너 시간 길게 풀코스로 먹어요. 그럼 되잖아요."

"생일은 오늘이잖아요."

괜스레 고집을 피우는 그의 모습에 소임은 난감했다.

'어쩌지?'

입술을 꾹 깨물고 이 난관을 타파할 묘안을 떠올리던 그녀는 하는 수 없이 배 째라 식으로 나갔다.

"그럼 와요!"

소임은 결연한 표정으로 덧붙였다.

"이 씨도 우리 집 와서 저녁 먹어요! 그럼 되잖아요? 우리 부모님이랑 같이 넷이서 오붓하게 식사하는 거예요. 아빠가 대게 사 온다고 했거든요? 그러면 이 씨가 거기서 대게 껍데기 까는 거예요. 집게 다리 안 까지는 거 가위 뒤쪽으로 열심히 부숴서, 게살 발라 낸 거 우리 아빠 주고, 우리 엄마 주고. 이 씨는 가장 마지막으로 먹고."

선호가 물끄러미 소임을 바라보았다.

"그리고 우리 부모님이 하는 질문에 성실히 대답하는 거예요. 아마 모아 둔 재산 뭐 있는지, 지금 하는 일이 뭔지, 학력 어떤지, 가족 관계 어떤지, 다 물어볼 건데. 열심히 대답해야 해요."

"……."

"그렇게 하고 싶으면 우리 집 와서 저녁 같이 먹어요."

솔직히 이판사판이었다. 이렇게까지 말했으니 선호는 절대 오지 않을 것이다. 사람들은 원래 뭔가 하고 싶은 티를 내도, 막상 판을 깔아 주면 부담을 느끼지 않나.

선호도 그럴 줄 알았다. 애인의 가족과 식사하는 자리는 당연히 불편할 테니까.

그는 확실히 무표정했다.

말수가 없어졌길래 소임은 자신의 계략이 통한 줄 알았다. 선호는 애인의 가족과 함께하는 식사에 지레 겁을 집어먹은 것이다.

하지만 소임은 그가 말이 없던 이유는 부담을 느꼈기 때문이 아니라, 그저 자신의 제안에 동의했을 뿐이었다는 것을 뒤늦게 깨달았다.

그게 언제쯤이었냐면, 바로 1201호의 초인종이 딩동 하고 울렸을 때.

"누구지?"

별생각 없이 인터폰 화면을 확인한 소임의 심장이 덜컥 내려앉았다.

다른 사람 다 와도 된다. 사이비, 잡상인, 심지어 물 한잔 얻어먹을 수 있느냐는 땡중마저도. 그런데 옆집 사는 남자만은 집에 오면 큰일 난다.

그런데 인터폰 카메라에 잡히는 사람은 선호였다.

왜 왔단 말인가. 소임은 손이 벌벌 떨리기 시작했다.

'이 사람이 들킬 작정으로 온 건가.'

굳어 있는 소임의 등 뒤로 해주의 의아한 목소리가 꽂혔다.

"왜? 누구니?"

"아, 아니야."

소임은 재빨리 잔머리를 굴렸다.

집에 없는 척하는 거다.

그녀는 인터폰의 음량을 0으로 줄여 놨다. 그가 초인종을 눌러도 들리지 않게. 응답하지 않으면 선호도 어쩔 수 없이 집에 돌아갈 것이다.

소임이 후들거리는 발을 움직여 부엌으로 가려는데 현관에서 들리는 소음이 그녀의 발목을 잡았다.

쿵쿵.

선호가 현관문을 두드리면서 크게 외쳤다.

"안녕하세요! 저 옆집 청년입니다!"

소임은 속으로 비명을 질렀다.

'악! 미쳤나 봐.'

안절부절못하고 있는데 그녀의 사정을 전혀 모르는 해주가 호기심 가득한 얼굴로 부엌에서 나왔다.

"응? 옆집 청년이 웬일이지?"

소임의 심장이 쿵 떨어졌다. 엄마가 밥 먹다 말고 일어났으니 이제 들키는 것은 순식간이다.

소임은 현관에 나가 보는 해주의 등 뒤에서 식은땀을 뻘뻘 흘리고 있었다.

"안녕하세요."

선호가 꾸벅 인사했다.

다행히 그는 정장 차림은 아니었다. 차려입고 왔으면 아마 제 숨이 꼴깍 넘어갔을 거라고 생각하며 소임은 그에게 조용히 신호했다.

절대 이상한 소리 하지 마라. 그러면 우리 둘 다 죽는다.

그녀는 눈을 크게 뜨고 손날로 목을 긋는 시늉을 해 보였다. 그러나 선호는 소임의 필사적인 신호를 가볍게 무시했다. 고개를 확 돌리고 일부러 그녀 쪽을 쳐다보지 않았다.

소임은 가슴이 조마조마했다. 선호는 정말 모르나 보다.

'여자 집에 함부로 오는 거 아닌데.'

해주와 재식은 아직도 소임이 10년 전에 사귀었던 남자 친구의 학번과 학과, 그리고 이름을 기억한다. 그들이 만약 선호가 소임과 교제한다는 사실을 안다면, 그의 모든 정보를 뼈에 각인할 것이다. 과장이 아니라 정말이었다.

'결혼 적령기의 딸을 둔 부모가 얼마나 예민한지도 모르고.'

선호가 만약 '언제 우리 딸과 결혼할 거냐'는 그들의 성화에 퍼뜩 부담을 느껴 해외로 도피한다고 해도 앞으로 한 10년 동안은 변 씨 집안의 식사 시간마다 그의 이름이 빈번히 화두에 오를 것이다.

선호는 '소임과 결혼할 뻔했던 남자'가 되는 것이다.

그러니 단순한 치기로 집에 오면 안 된다. 지금 선호는 본인을 죽여 달라고 적장에 갑옷도 없이 맨몸으로 돌진하고 있는 거였다.

"어머나. 이게 뭐야? 전복 찜 아냐?"

해주는 선호가 내민 냄비를 보고 입을 크게 벌렸다.

"부족한 솜씨지만 한번 요리해 봤습니다. 매번 챙겨 주시는 것이 감사해서요. 맛있게 드십시오."

"어머, 그렇다고 이렇게 귀한 걸. 새임 아빠! 나와 봐. 자기가 환장하는 거야."

해주는 감동한 듯이 재식을 불렀다. 어리둥절하게 현관으로 나와 본 재식은 선호가 가져온 것을 보고 좋아서 뒤집어졌다.

"헉. 내가 전복 좋아하는 것은 어떻게 알고. 어후, 이 향긋한 냄새. 술이랑 같이 먹으면 끝내주겠다. 자네는 어쩜 우리 집사람보다 요리 실력이 더 좋은 것 같아? 전복 탱탱한 것 좀 봐. 이거 자연산인가?"

재식이 침을 튀기며 감탄하는 동안 겸손하게 눈을 내리깔고 있던 선호는 넌지시 아는 척을 해 왔다.

"그런데 누구 생신이신가요? 다들 고깔모자를 쓰고 계시네요."

소임은 그가 시치미를 뚝 떼는 모습을 보고 소름이 돋았다. 그가 자신과 교제한다는 사실을 안 밝혀서 다행이긴 하지만…… 저렇게 입에 침 한번 바르지 않고 자신을 모르는 척하니 그것도 무서웠다.

'철면피 아니야?'

그녀가 선호의 놀라운 재주에 경악하는 와중에 재식은 잘됐다는 표정을 지어 보였다.

"어. 우리 딸 오늘 생일인데. 자네도 밥 한술 들고 가. 초코 케이크도 있어."

"아닙니다. 어떻게 특별한 가족 행사에 제가……."

말끝을 흐리면서 흘끗 눈치를 보는데 얼마나 예의 바르고 착해 보이던지. 소임은 제가 딸 가진 부모였어도 당연히 그를 집안으로 끌어들이고 싶었을 거라 생각했다.

해주는 반가워하면서 선호의 팔을 덥석 잡았다.

"그래! 총각도 같이 먹자."

"따님이 불편하실 것 같은데……."

"어머! 아니에요. 우리 소임이도 손님 되게 좋아해요. 우리끼리 파티하면 재미없지. 그치, 소임아?"

눈을 부릅뜨는 해주의 모습에 소임은 켁, 숨이 막혔다. 엄마의 매서운 눈빛에는 어떠한 반발도 허용하지 않겠다는 강력한 의지가 담겨 있었다.

해주는 선호에게 팔짱을 끼다시피 하며 그를 집안으로 이끌었다. 선호는 어른이 권하니까 차마 거절할 수 없다는 태도로 신발을 가지런히 벗고 거실까지 들어왔다.

"그러면……."

누가 시키지도 않았는데 선호는 거실 탁자에 놓여 있는 여분의 고깔모자 하나를 스스로 집어 들어 머리에 썼다.

"제가 열심히 손뼉 치겠습니다."

그의 앙큼한 행동에 소임은 기가 막혀 뒤로 넘어갈 뻔했다.

* * *

어쩐지 손님맞이 파티가 되어 버린 것 같은 식사 후에 선호는 1202호로 돌아갔다.

소임은 조금 텀을 두다가, 생일 파티를 하고 나온 쓰레기를 버리고 오겠다며 자원해서 집을 빠져 나왔다. 그러고는 선호에게 놀이터로 내려오라고 문자를 보냈다.

"평소에 과묵한 사람이 어째 오늘은 별말을 다 해요?"

소임은 선호를 째려보았다.

그는 정말 오늘 무슨 작정이라도 한 건지, 소임의 부모님과 열심히 대화했다. 그들의 호기심 어린 질문에 짧게 대답만 하는 게 아니라 별걸 다 말했다. 소임이 생각하기에는 아주 뜬금없는 것까지.

아까 좋은 소식을 들어서 너무 기쁩니다. 제 동생이 다시 애인하고 얘기가 잘 됐다고 합니다. 원래 동생이 이 집에 들어오기로 했었는데…….

아무래도 선호는 자신에 관한 헛소문을 바로잡으려고 의도한 것 같았다. 1202호 총각은 결혼식을 2주 남기고 파혼한 남자다, 라는 소문 말이다.

그 시도는 굉장히 효과적이었다. 그때 해주의 반응이 어땠던가. 자세한 내막을 알게 된 그녀는 찡한 표정으로 가슴에 손을 얹고서 고장 난 기계처럼 중얼거렸다.

어머나, 잘됐다. 너무 잘됐다…….

그게 과연 민호의 결혼이 다시 성사되어서 잘됐다는 건지, 아니면 옆집 청년이 '결혼 및 파혼'과 전혀 관계없는 완벽한 싱글이라는 사실이 밝혀져서 반갑다는 것인지 모호했다. 해주가 식탁 밑으로 소임의 허벅지를 꼭 잡은 것을 보면 후자일 가능성이 컸다. 그녀에게 눈치를 주는 것이다.

봐라, 저 남자는 마음에 걸릴 것 없는 최상급의 미혼남이다. 그러니 잘해 봐라. 하지만 그때 소임은 엄마의 애절한 신호를 꿋꿋이 모른 척하고 음식을 먹었다.

"변 씨 생일이라서 분위기 좀 띄어 봤어요."

몹시 만족스러운 기색의 그는 소임의 눈초리에도 별로 쩔쩔매지 않고 느긋했다.

소임은 불만스럽게 종알거렸다.

"이 씨는 진짜 사람 난감하게 하네요. 사전에 합의도 않고 냅다 침입하는 게 어디 있어?"

그런데 솔직히 말하면 기분이 크게 나쁘지 않았다. 어째서인지 화가 안 났다. 그가 이 상황이 마음에 든다는 듯이 즐거운 미소를 짓고 있으니까 소임의 입꼬리도 따라서 씰룩거렸다.

당시에는 혼비백산했었는데 또 지금 생각하니까 나름 재미있는 해프닝 같기도 했다.

선호가 부모님과 어색하지 않게 잘 어울리는 것을 보니 내심 안심되기도 하고, 부모님이 그를 예뻐하시니까 괜히 자신도 뿌듯했다. 소임은 결국 비죽 웃어 버렸다.

"아, 진짜 깜짝 놀랐잖아요. 인터폰 화면에서 이 씨 얼굴 봤을 때 나 심장마비 오는 줄 알았다니까요."

키득거리던 소임은 곧 돌아온 대꾸에 동상처럼 굳었다.

"나도 매일 놀라요. 예쁜 변 씨 볼 때마다."

잠시 얼어붙었던 소임은 닭살 돋는다는 듯이 어깨를 쓰다듬으면서 그를 째려보았다.

"내 생일이라고 립서비스하는 거예요? 그런 거 하나도 필요 없거든요?"

"립서비스 아닌데. 아까 변 씨 아버님도 '세상에서 제일 예쁜 우리 딸' 하고 불렀잖아요."

"그건 우리 아빠니까. 당연히 딸 예뻐 보이겠지."

"내 눈에도 예뻐 보여요."

소임은 얼굴이 달아오르는 것을 느끼면서 투덜거렸다.

"아니, 이 아저씨가 오늘 진짜 왜 이래? 느끼하게."

"오늘 보니까 변 씨 부모님이 항상 행복해 보이는 이유를 알 겠더라고. 집에 예쁜 변 씨가 있으니까. 그래서 나도 변 씨 우리 집에 데려다 놓고 싶었어요. 그럼 밥 안 먹어도 배부를 텐데."

소임은 뭐라 더 말하지 못하고 입을 꾹 다물었다.

'왜 빈말을 저렇게 진지하게 하는 거야?'

민망해서 얼굴이 터질 것 같았다. 그에게는 정말 사람 부끄 럽게 하는 재주가 있다고 생각하며 그녀는 고개를 확 돌리고 종알거렸다.

"보면 이 씨는 사기꾼 기질이 있어요. 말을 너무너무 잘하고. 아주 청산유수고."

당황해서 그런지 머릿속이 뒤죽박죽이었다.

"근데 우리 엄마가 언변에 능한 남자는 좋지 않다고 했어요. 사실 우리 외삼촌이 말을 뻔지르르 잘하거든요? 얼굴도 나름 괜찮아서 예전부터 여자 여럿 울리고 다녔는데."

머리로는 '그만 말하자'라고 생각하고 있는데 입이 제멋대로 움직였다.

"어쨌든 말을 하도 잘해서 사람들을 잘 홀리는데 사업 능력은 별로 없고. 그래서 누가 봐도 사기꾼인데. 나도 어릴 때 외삼촌한테 세뱃돈 준 적 있었고."

소임 본인조차 무슨 말을 하는지 잘 알 수 없었다. 선호가 고개를 살짝 저으면서 엷게 웃었다.

"변 씨는 헛소리 좀 잘하는 것 같아요."

소임은 부루퉁하게 그를 노려보다가 흥, 소리를 내며 고개를 돌렸다.

선호가 갑자기 그녀를 와락 껴안았다. 소임은 황당해서 웃음을 터뜨렸다.

"아, 왜 이래. 뭐 하는 거예요. 빨리 떨어져요."

"우리 집 가요."

소임은 키득거리면서 고개를 좌우로 저었다.

"안 돼요. 엄마한테 분리배출만 하고 금방 온다고 했어요. 나 집에 가야 해요."

"그럼 이따가 몰래 새벽에 우리 집 와요."

"싫어요. 내 방에서 잘 거예요."

선호가 뚱한 목소리로 투덜거렸다.

"좀 불공평한 거 같아요. 우리 집도 같은 평순데 거기는 세 명 살고, 우리 집에는 한 명 있으니까. 아무래도 변 씨가 우리 집에 와야 균형이 맞겠는데."

수작 부리는 그가 깜찍하게 느껴져, 소임은 풋 웃었다.

"쓸데없는 소리 하지 말고 빨리 집에나 들어가요."

"입 맞춰 줘요. 안 그러면 집에 안 들어갈 거예요."

"뭔 뽀뽀예요. 징그럽게."

"빨리."

그는 답지 않게 고집을 부렸다. 웃음을 참느라 소임의 콧구멍이 벌렁거렸다. 냉담하다고 생각했던 남자가 더없이 어린아이처럼 굴고 있었다.

"아니……. 나이 서른넷 먹어서 왜 이렇게 보채. 애도 아니고."

소임은 질색이라는 표정을 지어 보이면서 그를 눈으로 흘겼다.

사랑에 빠진다면 유치해진다는 말이 진짜였나. 그가 말도 안 되는 소리를 하고 있다는 생각이 뻔히 드는데도 장단을 맞춰 주고 싶었다.

소임은 생색을 부려 보았다.

"내가 뽀뽀해 주면 이 씨는 나한테 뭐 해 줄 건데요?"

"키스."

"네? 키스해 준다고요?"

"아니. 뽀뽀 말고 키스해 달라고. 해 달라고 하는 건 다 해 줄 테니까."

그가 반쯤 내리깐 눈으로 소임을 바라보면서 그녀의 허리에 팔을 감아 제게 가까이 끌어당겼다.

그가 왜 무표정하다고 생각했을까? 이렇게 표정이 다채로운 남자인데.

소임은 선호를 멀거니 쳐다보다가 괜히 부끄러운 마음에 새침을 떨었다.

"안돼요. 여긴 너무 탁 트여 있잖아요. 공공장소에서 그런 거 하면 별로예요."

"그럼 우리 집에 가요."

그가 짐짝 옮기듯 소임을 번쩍 들어 올렸다.

"아! 왜 이래요. 내려놔요."

소임은 앙탈을 부리면서 키득거렸다.

"진짜 안 된다니까? 나 집 가야 해요."

"나도 혼자 집 들어가기 싫어요."

그를 못 말린다는 듯이 쳐다보던 소임이 하는 수 없이 그에게 손짓했다.

"정 그러면 고개 숙여 봐요."

선호가 넙죽 고개를 숙였다. 소임은 가까워진 그의 뺨에 손을 대고 반대쪽 볼에 슬쩍 입술을 스치고는 황급히 떨어졌다.

"됐죠?"

그가 불만족스럽다는 듯이 눈을 가늘게 좁히더니 조르듯 말했다.

"다시."

소임은 부끄러움을 꾹 참고 그의 다른 쪽 뺨에도 가볍게 뽀뽀를 했다.

"그래도 너무 부족한데."

작게 한숨 쉬던 그가 소임을 세게 껴안았다.

소임은 슬며시 웃으며 눈을 감았다. 이번에는 공공장소에서 왜 이러냐며 밀어내고 싶지 않았다.

사람 품이 원래 이렇게나 따뜻하고 포근한 건가?

이대로 계속 있어도 좋을 것 같았다. 편안하고, 안전한 느낌. 심장이 기분 좋게 두근거렸다.

평화로운 감정에 푹 빠져 있던 소임은 어느 순간 그의 어깨너머로 보지 않았으면 했던 사람을 발견했다.

'오, 주여.'

소임은 무신론자임에도 저도 모르게 신을 찾았다.

꽤 떨어진 거리에서도 그 사람이 입 벌리고 경악하는 모습이 보였으니, 아마 상대방도 소임의 얼굴을 정확히 봤을 것이다.

소임과 직격으로 눈이 마주친 사람은, 바로 충격받은 표정의…… 김말숙이었다!

20. 득녈과 펑님

발 없는 말은 천 리도 간다는데, 과연 수다쟁이 동 대표의 입을
탄 가벼운 소식 하나가 마크팰리스 단지 내를 휙 도는 데는 얼마나
걸릴까?

답은 사흘이었다.

역시 말숙은 대단했다. 시간으로 따지면 그날 밤으로부터
만 65시간도 채 지나지 않았을 무렵, 2동 1201호 사는 김해
주 씨의 둘째 딸에 관한 소문은 당사자의 집에까지 흘러 들어
왔다.

"얘, 너 연애한다며?"

해주가 놀라움 반 호기심 반 섞인 눈으로 소임을 바라봤다.

목욕탕 간 지 한 시간도 안 됐는데 헐레벌떡 귀가한 엄마의

모습에, 우려하던 일이 벌어졌음을 직감했으면서도 소임은 일단 오리발을 내밀어 봤다.

"나 만나는 사람 있대? 누구?"

"그걸 네가 알지, 내가 아니?"

"아니, 있으면 내가 당장 엄마한테 자랑했지. 누가 내 남친이래?"

"방금 말숙 씨한테 들었는데. 며칠 전에 요 앞에서 너랑 어떤 남자랑 서 있는 거 봤다던데? 늦은 시간에. 저기 벤치 앞에서."

해주가 선호를 '어떤 남자'라고 지칭하는 것은 소임에게 불행 중 다행이었다.

그때 선호가 말숙에게 등을 지고 있기도 했고, 거리가 조금 떨어져 있어서 말숙은 소임이 껴안고 있는 남자의 정체가 1202호 총각이라는 사실을 알아차리지 못한 듯했다.

그런데 사실 그의 얼굴을 봤대도 말숙은 긴가민가했을 것이다.

말숙에게 소임은 매일 소파에 누워 빈둥거리는 게으른 아가씨인 반면, 선호는 예의 바르고 부지런히 운동 다니는 성실한 총각이다. 그러니 성향이 완전히 다른 두 남녀가 연애한다는 사실을 믿기 힘들 터.

어쨌든 소임은 빠져나갈 구멍이 있다는 것에 속으로 쾌재를 부르며 알겠다는 표정을 지어 보였다.

보아하니 말숙이 해주에게 소임을 본 게 딱 사흘 전, 그러니까 소임의 생일날이었다고 정확히 짚지는 않은 듯했다. 그러면 날짜를 거짓말 쳐도 해주가 모를 터.

소임은 평상시처럼 학원에서 퇴근한 척하기로 했다.

"아! 나 학원 끝나고 집에 데려다준 거 봤나 보다."

"만나는 사람 있긴 있나 보네? 대체 누구야?"

상기된 얼굴. 기대하는 눈빛. 해주의 맞잡은 두 손은 가슴께까지 올라와 있었다. 잔뜩 고취된 엄마의 모습에 소임은 약간의 부담을 느끼며 시치미를 뚝 뗐다.

"어. 경지가 괜찮다고 소개해 준 사람인데. 얼마 안 됐어. 두 번 만났나."

"어머나, 결혼할 거니?"

터무니없이 급격한 도약에 소임은 폭소했다.

"에이, 엄마. 요즘 세상에 데이트 한두 번 했다고 누가……."

하지만 해주의 얼굴을 본 순간, 소임은 당황했다.

해주의 다부진 눈빛에서는 정체 모를 남자를 기어코 소임의 약혼자로 확정 짓고 말겠다는 강력한 의지가 엿보였다.

'결혼 생각 없다고 하면 큰일 날 것 같은데.'

일이 생각보다 간단하게 풀리지 않을 듯했다.

엄마가 기대하는 범위에서 벗어난 대답, 예를 들어 '결혼을 전제로 만나는 건 아니다'라고 대답했을 때의 상황이 눈앞에 훤히 그려졌다.

'어머! 네 친구들 진작에 다 시집갔는데, 너는 왜 그렇게 느긋하니? 안 되겠다, 얘. 당장 그 남자랑 헤어져.'

해주가 또 맞선 자리를 마련할지도 모른다.

그렇다고 소임이 '나는 결혼하고 싶은데 남자가 안 원하는 것 같아' 하고 변명할 수도 없었다. 그러면 해주가 속상해할 테니까.

그리고 해주는 그 말을 듣고 절대 가만히 있지 않을 것이다.

'세상에.'

부르르 입술을 떨며 시작한 문장은 '남자들은 손해 보는 게 없어. 늦게 결혼해도 괜찮으니까. 걔는 너랑 재미만 보고 싶은 거야. 이런 나쁜 놈이 어디 있니? 남의 귀한 딸 혼삿길 막으려고 작정을 했네. 당장 그놈을 내 앞에 데려와!'까지 불어날 것이다.

소임은 펄펄 뛰는 엄마의 모습을 쉽사리 상상할 수 있었다. 해주를 안심시키는 게 나을 것이다. 그녀의 혈압 건강을 위해서 여지를 남겨 놓는 거다. 아주 살짝만.

"어…… 좋은 쪽으로 생각하면서 만나자고는 했는데. 글쎄, 모르겠네. 일단 나는 조심스럽게 지켜보는 중이야."

원래 사람은 오래 지켜봐야 하지 않느냐. 소임은 어물쩍 말끝을 흐렸다.

해주는 소임이 희대의 명언을 읊기라도 한 듯 감동했다.

"그렇지. 결혼할 사람은 더 꼼꼼히 살펴봐야지."

벌써 상상 속에서 소임에게 웨딩드레스를 입혀 본 그녀는 부드러운 미소를 짓더니 득달같이 물었다.

"직업은? 뭐 하는 남잔데? 대기업 다니니?"

"아니⋯⋯. 음, 자기 사업 하는 것 같던데?"

해주는 대놓고 실망스러워하며 너무하다는 식으로 소임을 째려봤다.

"소임아, 엄마가 사업하는 남자는 만나지 말라고 했잖아. 재산 있는 거 없는 거 다 끌어다 쓰다가 결국 나중에 처자식 길바닥에 나앉게 한다니까?"

틈만 나면 '이번에는 정말 대박 아이템이다'라면서 돈 좀 꿔 달라고 전화하는 남동생을 둔 해주는 사업에 거부감이 심했다.

"어쩜 엄마 말을 하나도 안 들어. 그렇게 입이 닳도록 말했는데."

소임은 한심하다는 해주의 눈초리에 당황하다가 우물쭈물 해명했다.

"거창한 사업병 걸린 사람은 아니고⋯⋯. 그냥 자그맣게 자기 일 하는 사람이야. 내가 말을 잘못했네. 사업이 아니고 자영업. 조 그만 거. 절대 망할 일 없는 거. 안전해. 투자금 들어간 게 별로 없어서 손해날 건 없어."

그런데 뜻밖에도 해주가 더욱 실망스러워했다.

"남자가 이왕 사업을 할 거면 좀 크게 해야지. 밴댕이 소갈딱 지처럼 소심하게 그런다니?"

소임은 당혹스러웠다.

아, 대체 어느 장단에 맞추란 말이냐.

바짝 마른 입술을 혀로 핥은 그녀는 해주의 인식을 전환하려 다시 한번 기를 썼다.

"음, 집이 잘살더라고? 집안에 재산 좀 있는 듯하던데. 세 형제가 다 해외에서 대학 나왔어. 그리고 한 명은 스물여섯 살인데 박사 공부하는 중."

"어머, 그래?"

흡족한 대답이었는지, 해주의 낯에 화색이 돌았다.

"아들 공부 오래 시키는 거 보니까 집안 형편이 여유로운가 보다. 그 남자는 첫째야?"

"응."

"아유, 소임이는 복도 많네. 시부모님이 재산 많이 물려주시겠다."

"아! 엄마 그런 소리 하지 좀 마. 항상 왜 그런 것부터 생각해?"

소임은 민망해서 얼굴이 시뻘게졌다. 눈을 흘기는 딸의 모습에도 내내 흐뭇한 미소를 짓던 해주가 부드러이 재촉했다.

"어떻게 생겼어? 엄마한테 사진 보여 줘. 인상 좀 보자."

큰일 날 소리. 해주가 당장에 쌍수 들고 옆집으로 '우리 사위!' 하면서 뛰쳐 들어가는 모습을 보고 싶지 않았던 소임은 단호히 고개를 저었다.

"그런 거 없어."

"셀카 같이 안 찍었어?"

"아, 무슨 셀카를 같이 찍어. 그런 거 안 해. 애들도 아니고."

"이상하다. 요즘 애들 사진 많이 찍는데."

고개를 갸웃거리던 해주는 방향을 바꿔 남자의 정보를 캐물었다.

"그 남자는 몇 살인데?"

"서른넷."

"나이는 괜찮네. 결혼할 때도 됐고."

소임은 은근한 압박감에 꿀꺽 침을 삼켰다. 해주가 곧이어 질문했다.

"키는 커?"

"응. 나보다 한 이만큼?"

성의 없이 그냥 손을 허공에 높이 올려 흔들어 보였는데도 해주는 만족스러워했다.

"괜찮네. 얼굴은 잘생겼어?"

"어. 좀?"

"아후, 사진을 봐야 하는데."

백문이 불여일견인데 해주는 사진을 못 봐서 많이 답답한 듯했다. 그녀는 눈을 찡그리면서 자기 나름대로 기준을 세워 보려고 시도했다.

"그 왜, 옆집 총각보다 괜찮아?"

소임의 가슴이 뜨끔거렸다.

'그놈이 그놈입니다, 어머니.'

그녀는 간지러운 입을 꾹 참고서 태연하게 대꾸했다.

"훨씬 낫지."

해주의 입이 함지박처럼 벌어졌다.

"어머, 진짜? 아유, 우리 딸. 인기도 많지. 잘했다."

해주가 대견하다는 듯이 소임의 엉덩이를 팡팡 쳤다. 엄마가 너무 기뻐하는 모습이 불안했던 소임은 슬쩍 연막을 쳤다.

"엄마, 근데 아직 어떻게 될지 모르니까 이거 아무한테도 말하지 마."

"알았어."

"아줌마들한테 말하면 안 돼. 이제 막 알아 가는 사이야. 어떻게 될지 모르잖아."

"얘는! 엄마 안 말한다구."

밉지 않게 눈을 흘기는 해주의 모습에 소임은 안도했다.

'그래, 엄마도 조심스럽겠지.'

아무리 딸 근황 얘기를 쉬이 꺼내는 해주라도 이번 일은 괜히 남들에게 떠벌리고 다니지 않을 것이다. 소임은 이제 고작 남자 한 명 사귀었을 뿐이다. 결혼 날짜까지 잡았다가 깨지는 커플도 종종 있는 와중에 이걸로 김칫국 마시는 소리를 하기는 어려울 터.

게다가 아직은 새임의 결혼 소식만으로도 충분하다. 해주는 부자 중국인 사위를 얻게 되었다고 목욕탕 부녀회에서 인기 스타가 되었다.

위기를 무사히 넘겼다는 것에 안도한 소임은 방에 들어가려고 걸음을 뗐다.

그런데 몇 발자국 걷지도 않았는데 뒤에서 수상한 소리가 들렸다.

"어, 연재 씨. 나 해주. 근데 지난번에 명숙 씨 딸 어느 웨딩홀에서 결혼했다고 했지?"

"악! 엄마!"

해주는 핸드폰 마이크 부분을 손으로 막고 소임을 째려보았다.

"엄마 통화하잖니. 이따가 말해."

해주는 마치 귀찮은 파리를 쫓아내는 모양새로 소임 보고 방에나 들어가라며 손을 휘이휘이 저었다.

"아니. 나 큰딸은 다른 데서 하기로 했는데 그으냥……."

살짝 뜸들이던 해주는 기쁨이 묻어나는 어투로 속삭였다.

"좋은 소식 있으면 나중에 말해 줄게. 하여튼 거기 최소 하객 몇 명이야? 밥은 뷔페식인가?"

소임은 잔뜩 질린 기색으로 고개를 절레절레 저으면서 방에 들어갔다.

저건 누가 들어도 집안에 또 다른 경사가 있음을 짐작할 수 있는 얘기가 아닌가. 엄마의 주책은 정말 못 말린다.

'에휴.'

소임은 일이 걷잡을 수 없이 번져 나가는 느낌이 들었다.

이런 식이라면 해주가 목욕탕 가서 아무 말도 안 하겠는가. 딸에게 물어봤는데 만나는 사람이 있긴 하다더라, 하면서 아주머니들의 관심에 대응할 터.

'이러다가 어떻게 되는 거지?'

해주는 분명히 재식과도 이 기쁜 소식을 공유할 것이다. 그동안 결혼 안 한다, 튕겼던 소임이 남자 친구를 몰래 사귀고 있었다고.

그럼 재식은 소임의 애인을 보고 싶어서 성화를 부릴 것이다.

게다가 여태까지는 안 들켰지만…… 해주와 같은 등산 멤버인 아주머니나, 말숙이 그랬던 것처럼, 선호와 그녀가 함께 있는 모습을 목격하는 사람이 생길 수도 있는 거다.

최대한 조심한다고 해도 예상치 못한 일이 벌어진다.

'그렇다고 아예 안 만날 수도 없고.'

과연 선호는 이 상황을 어떻게 생각할까?

괜히 그에게 투정을 부리고 싶은 마음이 들었다. 소임은 침대에 배를 깔고 엎드려서 선호에게 문자를 보냈다.

[소문 다 났어요.]

답장은 금방 도착했다.

[변 씨가 어제 짜장면 세 그릇 먹은 거요?]

소임은 인상을 팍 찡그리고 즉각 반박했다.

[두 그릇이거든요!]

[이 씨도 같이 먹었잖아요. 내가 덜어 줬는데.]

[그리고 그 중국집 원래 양 적어요.]

씩씩거리며 전투적으로 문자를 세 통이나 연달아 보내 놓고 소임은 뒤늦게 아차 싶었다.

'아…… 이거 아닌데.'

이런 것에 쓸데없이 기력을 낭비할 시간이 없었다. 상의해야 할 중요한 화제가 있지 않나.

마음을 가다듬은 소임은 상세하게 상황을 설명하는 문자를 작성했다.

[밀숙 아줌마가 나 남자랑 있는 거 봤다고 우리 엄마한테 말했어요. 그래서 우리 엄마가 나한테 그거 진짜냐고 꼬치꼬치 캐물었어요. 아무래도 단지 내에 소문 다 난 듯.]

과연 선호는 어떻게 반응할 것인가. 소임은 눈을 가늘게 좁히고 답변이 돌아오기를 기다렸다.

하지만 그의 답장은 맥이 빠질 정도로 짧았다.

[그래서?]

불만스럽게 볼을 부풀린 소임은 감정을 실어 손가락을 움직였다.

[그래서는 뭐가 그래서예요.]

[그래서 어머니한테 뭐라고 했냐고요.]

[내가 뭐라고 해요.]

소임이 빙빙 말을 돌리는 게 답답했는지 그가 직설적으로 물어왔다.

[만나는 사람 있다고 했어요?]

[몰라요.]

먼저 건성으로 답변하긴 했지만 막상 그로부터 답장이 오지 않자 소임은 기분이 나빠졌다. 부루퉁하게 화면을 노려보던 소임은 또다시 문자를 보냈다.

[있다고 말하긴 했어요. 그랬더니 엄마가 벌써 웨딩홀 알아본다구요.]

[알아보시게 내버려 둬요.]

음? 소임은 가만히 그 내용을 곱씹어 봤다.

'이거 무슨 뜻이지? 설마 나랑 결혼하고 싶다는 뜻인가?'

입꼬리가 슬쩍 올라가고 콧구멍이 벌렁거렸다. 소임은 입술을 깨물고는 괜히 별로 안 끌리는 척 그에게 본심을 숨기고 답장했다.

[웨딩홀 알아봐서 뭐하는데요ㅋ]

[? 어머니 호기심 채우시라고.]

기대와 동떨어진 대답에 소임은 짜증이 났다.

"뭐야……."

입을 삐죽이던 소임은 현재 자신의 기분을 제일 잘 설명하는 이모티콘을 전송했다.

[ㅡㅡ]

한 5초 지났을까. 화면이 반짝거렸다.

갑작스러운 그의 통화 요청에 소임은 화들짝 놀랐다.

'뭐야?'

그가 이모티콘 보고 기분 상했나 싶어 괜시리 심장이 쫄렸다.

하지만 기죽을 필요 없다. 기분 상한 건 이쪽도 마찬가지다. 만약 선호가 뭐라고 하면 자신도 기분 나쁜 티 팍팍 내겠다고 생각하며 그녀는 큼큼, 목소리를 가다듬고 심드렁하게 응답했다.

"왜요?"

-어디 웨딩홀 알아보시는데요?

"웨딩홀이요?"

아까 언뜻 문 너머로 '스텔라'라는 단어가 들렸던 것도 같다. 소임은 은근슬쩍 덧붙였다.

"스텔란가, 뭐시긴가. 하여튼 난 잘 몰라요."

-아아.

타닥타닥 키보드 치는 소리가 전화를 타고 넘어왔다.

'뭐야? 물어봐 놓고 왜 딴짓해?'

심술이 돋은 소임은 괜히 틱틱거렸다.

"어떡해요. 우리 엄마가 아줌마들한테 전화하고 난리 났다고요."

-변 씨는 스텔라 가 봤어요?

뜬금없는 질문에 소임은 미간을 찌푸리며 반문했다.

"스텔라 가 봤냐고요?"

-네.

"아직 갈 일 없었는데."

-그럼 식장 어떻게 생겼는지 모르겠네.

왜 당연한 소리를 하는가. 소임은 삐죽 입술을 내밀었다.

"거기 넓고 예쁘다고는 들었어요. 밥도 호텔이랑 연계해서 진짜 잘 나오고."

-괜찮은 거 같아요?

제 의견은 왜 물어보는 건가. 거기 데려가 줄 것도 아니면서. 그녀는 퉁명스럽게 대답했다.

"글쎄요. 대관료랑 식대 되게 비싸다던데."

-그런 거 생각하지 말고.

"어떻게 가격 고려를 안 해요? 그게 제일 중요한데."

소임이 부러 토를 달자, 그가 어이없다는 듯 중얼거렸다.

-내가 돈이 없나…….

소임의 입꼬리가 반사적으로 꿈틀 올라갔다.

아니, 근데 대체 누구랑 한다는 건가.

그녀는 새침하게 눈을 내리깔고는 일부러 속을 긁듯이 툭 내뱉었다.

"결혼할 여자도 없으면서."

선호 역시도 그녀를 따라 시큰둥하게 대꾸했다.

-알았어요. 신부 구하고 다시 물어볼게요.

"네에."

소임은 뾰로통하게 전화를 끊었다.

"뭐야, 이 인간? 한번 물어봤으면 끝장을 봐야지."

부르르, 순간 손에 쥔 핸드폰에서 진동이 느껴졌다. 선호가 다시 전화를 건 것이다.

마지막에 구시렁거리는 소리를 들었나! 아까 자신이 통화 종료 버튼을 제대로 안 눌렀나 싶어 소임은 쭈굴거리며 통화를 연결했다.

"여, 여보세요?"

-변 씨 잘 자요.

"네? 아, 이 씨도요."

-내일 봐요.

전화는 다시 뚝 끊어졌다.

소임은 멍하니 핸드폰을 내려다봤다. 그냥 잘 자라고 전화했던 건가. 얼떨떨하면서도 왠지 모르게 아쉬웠다.

* * *

오후 세 시가 넘어 느지막이 출근한 진수는 자신의 사무실보다 먼저 소임의 학원에 들렀다. 그의 손에는 지희가 챙겨 줬다는 드라이플라워 캔들이 들려 있었다.

소임은 매번 선물을 챙겨 주는 지희의 마음 씀씀이에 감동하며 그가 전해 주는 캔들을 감사하게 받았다.

유난히 싱글벙글해 보였던 진수에게는 확실히 놀라운 소식이 있었다. 그가 자랑스럽게 입을 열었다.

"지희 임신했어요."

"어머나! 축하해요."

"시간 되실 때 선호랑 같이 저희집에 놀러 오세요. 지희가 소임 씨 뵙고 싶어 해요."

"네. 그럴게요."

소임은 흔쾌히 약속했다. 선호와 사귀게 된 이후로 그녀는 진수 부부와 함께 어울려 자주 밥을 먹었다.

저 혼자만 자랑한 게 조금 민망했는지 진수가 소임에게 질문했다.

"소임 씨는 좋은 소식 없어요?"

소임은 기억을 더듬어 봤다.

근래 그녀의 일상은 아주 평화로웠다. 학원도 아주 잘 굴러가고 선호와의 애정 전선에도 이상이 없었다. 무소식이 희소식이라지만, 딱히 콕 집어서 진수에게 자랑하거나 한탄할 만한 거리가 없었다. 말썽 피우는 학생들과 깐깐한 학부모는 언제나 존재하기에 그건 별로 특별한 일이 아니었다.

"저는 그냥 건강해요."

소임의 느긋한 대꾸에 진수가 키득거리면서 되물었다.

"선호가 최근에 앱 선물해 주지 않았어요?"

"아! 맞아요."

소임은 웃으며 고개를 끄덕였다.

그녀가 색연필로 애들 시험지 채점하느라 손목이 뻐근하다고 지나가듯 말했던 것을 용케 기억했는지, 선호는 채점 앱을 따로 만들어 줬다. 학생들이 시험지를 사진으로 찍어 올리면 소임이 미리 입력해 놓은 답으로 자동으로 채점되어 점수가 기록되었다.

"요즘도 소임 씨 거 매일 작업하던데. 돈 받고 하는 프로젝트보다 더 열심히 하더라고요."

소임은 어리둥절해서 반문했다.

"또 뭐 만들어요?"

"아, 그건 아직 말 안 했나?"

진수가 좋은 건수를 잡았다는 듯 활짝 웃었다.

"선호 걔 소임 씨 준다고 게임 앱 만들잖아요. 소임 씨 나무늘보 좋아한다면서요? 나무늘보가 과일 따 먹는 게임 만들고 있어요."

소임은 뜻밖의 소식에 놀라서 눈을 크게 떴다.

"그래요? 티 전혀 안 내던데."

"여자 친구만을 위해서 앱까지 만들고, 참 지극정성이다 싶더라고요. 제가 지희랑 사귈 때도 그런 짓은 안 했는데."

진수가 과장되게 고개를 양옆으로 혀를 끌끌 찼다.

"제가 나무늘보 디자인한 거 안 예쁘다고 까서 이렇게 복수하는 건 아니에요. 저 그렇게 속 안 좁거든요. 그냥 고객의 니즈가 충족되지 못했구나, 생각하고 제가 잘 아는 동물 캐릭터 디자이너 소개해 줬어요. 소개 수수료 좀 떼어먹고. 하여튼 제가 봤을 때 너무 티가 나더라고요."

그의 능청스러운 표정에 소임은 웃음을 터뜨렸다.

"같은 사무실이니까 당연히 뭐 하는지 볼 수 있잖아요!"

"그렇긴 한데, 선호는 지금 소임 씨 환심 좀 사 보려고 눈 뒤집힌 상태 같아요."

키득거리면서 원장실을 나가던 진수가 지나가듯 덧붙였다.

"원래 중요한 제안하기 전에는 상대방한테 원래 공을 많이 들여놔야 하잖아요. 그래서 지금 열심히 준비하는 거겠죠?"

그가 이르듯 목소리를 한 톤 얄밉게 올렸다.

"지희 부모님께 인사드리러 갈 때 어떻게 했냐고, 뭐 사 갔냐고, 부모님께서 바로 허락해 줬느냐고. 막 묻더라고요. 당시에는 궁금해하지도 않더니만. 어때요? 감 좀 잡히지 않아요?"

멀뚱히 진수를 보고 있던 소임의 입가에도 미소가 퍼졌다.

아무래도 선호가 자신에게 청혼하려나 보다.

'잠잠하더니만 속으로 그런 깜찍한 계획을 하고 있었구나.'

소임은 아무것도 모르는 척하고 있어야겠다고 다짐했다. 게임 앱이니 뭐니, 혼자서 무언가 열심히 준비하고 있는 선호가 기특해서라도.

* * *

"소임이 이리와 봐."

재식이 훈장님처럼 무게를 잡고 소임을 불렀다.

"여기 앉아 봐."

근엄하게 구는 그의 모습에 소임은 자신이 뭘 잘못했나 머리를 굴렸다. 식탁에서 밥 먹고 빈 그릇 안 치워서 혼나는 것인가? 아니면 방 안 치워서 또 잔소리를 듣게 되는 것인가?

그러나 재식이 그녀를 부른 이유는 따로 있었던 듯하다.

"남자 친구 언제 보여 줄 거냐?"

소임은 팍 눈을 찡그리며 항변했다.

"무슨 소리야. 사귄 지 고작 반년 됐는데."

"사귄 날짜가 뭐가 대수냐. 너희 엄마랑 나랑도 세 번 만나고 결혼했어. 그래도 지금 같이 잘 산다."

재식은 만난 횟수보다 통하는 느낌이 중요하다고 일장 연설을 했다.

"그 누구냐, 아빠 친구 딸도 남자 친구랑 7년 만나더니 헤어지고 선본 남자랑 두 달 만에 결혼했어."

"그니까 결혼은 나 혼자 하냐고."

소임도 재식의 재촉에 기분이 상했다.

'누구는 안 하고 싶냐고.'

진수에게 들은 말이 있어서 내심 기대하고 있었는데 선호는 그새 마음이 바뀌기라도 한 것인지 한 달째 감감무소식이었다. 게임도 만들다 엎어 버렸는지 전혀 얘기가 없었다.

"인연이면 결혼하는 거고, 아니면 안 하는 거고."

꿍얼거리면서 자리를 뜨는 소임을 재식이 답답하다는 듯이 팔을 잡았다.

"앉아 봐. 너도 올해 서른두 살인데 미래 계획 좀 잘 세워 놔야지."

재식은 염려 가득한 표정으로 소임을 쳐다봤다.

"딱 봐서 결혼 안 할 것 같으면 그놈이랑 헤어져. 그리고 신정우 만나."

소임은 짜증 난다는 듯이 인상을 쓰고 재식을 노려봤다.

"아! 무슨 신정우야. 그 사람 나한테 관심 개미 똥꾸멍만큼도 없다니까."

"아빠가 다시 잘 꼬셔 볼게, 응? 그놈 요즘에 구 과장이 눈독 들이고 있어서 아빠는 애가 타. 구 과장 딸이 애인 잘 사귀다가 헤어졌다네. 소임이 네가 신정우 만나고 싶다 하면 어떻게든 내가 구 과장 훼방 놓을게."

"됐어. 필요 없어."

소임이 재식을 흘겨보면서 뚱하게 있자, 재식은 초조하게 그녀를 구슬렸다.

"정우 만한 놈 없어. 진짜 진국이여. 얼마 전에 신입 또 뽑았는데 자기 후배라고 얼마나 잘해 주는지. 성격도 좋고, 성실하고. 처자식 안 굶길 놈이야."

"아, 몰라아."

소임은 재식을 뿌리치고 방으로 피신했다.

왜 다들 결혼을 재촉하는지. 서른두 살이 어때서.

부루퉁해서 침대에 엎드린 소임은 습관적으로 핸드폰을 집어 들었다가 문자를 확인하고 눈을 깜빡였다. 선호의 문자는 30분 전에 도착해 있었다.

[이거 해 봐요.]

문자에는 링크가 하나 삽입되어 있었다.

'아! 이게 그건가?'

자신을 위해 만들었다는 게임.

링크를 누르니 예상대로 앱 다운로드가 실행됐다. 진수가 귀띔해 준 것처럼, 앱에는 나무늘보 캐릭터가 박혀 있었다.

'다 완성했나 보네?'

소임은 단번에 기분이 좋아져서 바로 게임을 실행했다. 그가 자신을 위해 만들었다고 생각하니 흡족했다.

'설마 이걸로 프러포즈하는 건가?'

앱 개발자 남자 친구를 두어서 이런 식으로 또 특별하게 청혼을 받는 것인가. 소임의 심장이 기분 좋게 두근거렸다.

로딩된 화면을 보고 소임은 비명을 질렀다.

"으아! 귀여워."

나무늘보는 진짜 귀여웠다. 웃는 표정에다가 통통한 몸, 그리고 기다란 발톱까지. 그리고 현실성 있게 정말 움직임이 느렸다.

나무늘보가 나무를 타고 올라가 나무에 열린 열매를 따 먹는 게임이었는데, 그냥은 움직이지 않고, 주어진 문제를 맞혀야 했다.

첫 번째 문제는 무척이나 쉬웠다.

"'생물 활동의 중요한 에너지원으로서 아데노신 3인산이라고도 불리는 이것은?' 아, 뭐야. 너무 쉽네. 힌트 볼 필요도 없다."

소임은 킥 웃으며 답을 입력했다.

"당연히 ATP지."

나무늘보는 고작 다리 하나를 움직였다. 나무를 올라가려면 아직도 많은 문제를 풀어야 했다. 소임은 의욕적으로 문제를 풀어 나갔다.

"호주 수도? 당연히 멜버른 아닌가."

삑.

"아니네. 어디지? 아아, 캔버라."

간단히 클리어 할 줄 알았는데 생각보다 시간이 걸렸다. 왜 이렇게 어렵게 만들었는지. 사자성어 문제가 나올 때마다 소임은 인터넷에 검색해 봐야 했다.

그래도 나무늘보 캐릭터도 귀엽고 통통 튀는 배경음도 좋아서 소임은 시간 가는 줄 모르고 게임했다. 스테이지가 열 개나 있었다.

마지막 문제를 앞둔 그녀는 꽤 긴장했다.

이제 드디어 본론이 나오는 것인가.

[삶은 병아리콩, 큐민, 고수잎, 양파 등등을 갈아 만든 반죽을 동그랗게 빚어서 기름에 튀긴 중동 음식. 힌트: 변 씨가 예전에 샌드위치 안에 다섯 개 넣어 달라고 주문한 거.]

"팔, 라, 펠."

열심히 한 글자 한 글자 입력한 소임은 기대하면서 정답 확인 버튼을 눌렀다.

'드디어!'

이걸 보기 위해 거의 꼴딱 밤을 지샜다.

기대로 가슴이 잔뜩 부풀었던 소임의 가슴은 이내 푸시식 가라앉았다.

[CLEAR!]

엔딩 화면에는 기뻐하는 나무늘보 세 마리가 천천히 춤출 뿐이었다. 설마 싶어서 소임은 화면 이곳저곳을 눌러 봤다. 숨겨진 키가 있을지도 모른다.

'없잖아? 왜 이러지? 다시 해 볼까?'

소임은 자신이 무언가 놓쳤겠거니 생각하면서 처음부터 문제를 다시 풀어 봤다. 그런데 게임을 다시 해 봐도 별반 다른 엔딩이 나오지 않았다.

"뭐야, 이게."

그녀의 눈빛에 못마땅함이 잔뜩 배었다.

이렇게 짜증 나는 기분은 올해 들어서 처음이었다. 올해 초에 서른두 살이 되었다고 학생들한테 한바탕 '원장 쌤 3학년 2반!'하고 놀림을 당했을 때도 그냥 그러려니 했는데 지금은 정말 속에서 열불이 났다.

소임은 앱 화면을 매섭게 노려보았다.

"왜 이렇게 만들었지? 별점 하나 받고 싶은가?"

아무것도 모른 채 게임을 했다면 자신을 위해 앱을 제작해 준 선호에게 감동하기만 했을 텐데, 그가 무언가 중대한 것을 계획하고 있다는 진수의 말을 듣고난 후여서 그런지 이 사태가 실망스러웠다.

아까는 귀엽게만 보였던 나무늘보도 답답했다.

'느려 터져 가지고…….'

소임은 솔직히 잔뜩 기대하고 있었다. 만약 마지막 문제에 다른 퀴즈가 떴다면, 예를 들어 만약 '이선호와 결혼할 마음이 있다'라는 문제가 나왔다면 주저 않고 긍정의 답을 써 냈을 것이다.

재미가 있으면 무얼 하는가. 사소한 게임이더라도 사람을 감동하게 하는 무언가가 있어야지 롱런하는 법이다.

엔딩이 이렇게 끝나 버리면 허무하지 않은가. 소임은 굉장히 불만스러웠다.

더군다나 다른 사람도 아니고 여자 친구를 위해서 만들어 준 건데 '사랑합니다' 까지는 아니어도 하다못해 '예쁘고 귀여운 소임'이라는 한 문장 정도는 넣어 줘야 하는 거 아닌가? 그 말 한마디 넣는 게 뭐가 어렵다고.

물론 그게 있었더라도 마냥 기쁘지는 않았을 것이다.

"우씨. 절대 리플레이 안 해."

소임은 불만스럽게 인상을 쓰고 앱을 종료했다.

* * *

"밤 샜어요?"

선호의 질문에 소임은 시치미를 뚝 뗐다.

"아뇨. 잘 잤는데?"

아침에 거울로 눈밑에 다크서클이 진하게 자리 잡은 것을 확인했지만 소임은 애써 모른 척했다.

게임 엔딩을 보려면 적어도 사나흘은 투자해야 하는 듯했다. 선호도 마땅히 그럴 거라고 짐작했는지 소임에게 게임 엔딩에 대해 묻지 않았다.

그런데도 소임은 게임을 하루 만에 깨 버린 것이다. 그녀는 어제 선호가 보내 준 앱이 프러포즈용일 거라 지레짐작해서 신나게 밤을 꼴딱 지새웠다는 것을 절대로 들키고 싶지 않았다. 그래서 그냥 '어제 보내 준 거 재밌어 보이던데요. 아직 하지는 않았어요' 하고 대답했다.

소임은 밥 먹는 내내 속으로 심통이 나 있었다.

왠지 오늘이 날인 것 같은데, 아니, 오늘을 그런 의미 깊은 날로 정하면 딱일 것 같은데 선호는 마음이 없어 보였다.

주말이어서 근교까지 놀러 나왔다. 강가가 내려다보이는 예약제 레스토랑이었고, 사람도 복작이지 않고 경치도 좋았다. 맛있는 거 먹는 동안 슬쩍 결혼 얘기를 꺼내면 분위기도 화기애애하니 좋을 텐데 선호는 식사에만 집중했다.

그리고 쓸데없는 얘기만 꺼냈다.

"철진이랑 세운이랑은 어떻게 됐어요? 세운이가 철진이 코 때려서 피 냈던 거요."

누가 그런 거 물어봐 달라고 했는가.

'우리 관계를 앞으로 어떻게 진전하면 될지나 물어보라고!'

소임은 심통맞게 대꾸했다.

"어떻게 되긴요. 그냥 세운이 부모님이 돈 물어 주고 끝났죠. 애들끼리 싸운 거래서 그냥 철진이 부모님도 크게 안 화내셨어요."

"다행이네요. 변 씨 신경 많이 썼잖아요."

"네에. 그랬죠."

이렇게 실망하는 거 티비나 영화에서만 일어나는 일인 줄 알았다.

소임은 자신이 즐겨 보던 외국 로맨틱 코미디 드라마에서 여자 주인공들이 내내 하던 고민을 자신이 하게 될 줄은 꿈에도 몰랐다.

'남자 친구가 프러포즈를 안 해요.'

고민하던 그들은 어떻게 되었던가. 프러포즈 안 하는 남자 친구랑 결국 헤어지고 새 남자 친구를 만나게 되지 않는가.

소임은 심각하게 고민했다.

'나도 그렇게 되는 거 아냐?'

진짜 심란스러웠다.

주변에는 뭔가 있을 듯한 분위기 폴폴 풍겨 놓고, 선호는 뭐 하자는 건가?

경지마저 '언니 남친은 결혼하자는 소리 안 해요? 사람 진지하게 만나는 타입 같던데.' 하길래 자신은 잘 모르겠다며 어물쩍 넘어갔는데 소임은 어쩐지 바보가 되어 가는 느낌이었다.

그에게 무작정 기대하고 마는 스스로가 마음에 안 들었다. 사실 선호가 자신에게 청혼해야 할 의무나 책임은 없었다. 둘은 그냥 서로 좋아서 만나는 것뿐이잖은가.

'그래. 결혼까지는 하기 싫을 수 있지.'

그를 이해하면서도 서운한 마음을 감출 수 없었다.

자신은 그로 인해서 결혼해도 괜찮겠노라 마음을 바꿨는데, 그러면 자신이 그를 더 좋아하는 게 아닌가. 이 관계에서는 제가 더 아쉬운 입장이구나. 그걸 실감하게 되어서 속상할 뿐이었다.

소임은 뚱하니 입을 다물고 있었다.

'헤어지자고 해 볼까? 결혼 안 할 거면 각자 갈 길 가자고?'

선호에게 섭섭해서, 괜히 강수를 두어 볼까 유치한 생각마저 들 지경이었다.

주차장까지 걸어가는데도 선호는 아무 말 없었다. 주변에는 아무도 없고 옆에는 강물 흘러가는 것도 보이고, 무언가 진지한 얘기를 나누기 제일 좋은 타이밍인데도.

결국 심술이 나 버린 소임은 툭 뱉었다.

"아빠가 신정우 씨 다시 만나래요. 가정적인 남자랑 결혼하라고."

선호가 물끄러미 소임을 바라보았다. 소임은 뾰로통하게 말했다.

"그래서 저 이 씨랑 더 못 사귈지도 몰라요."

선호는 눈을 아래로 깔고 고개를 끄덕이면서 덤덤히 대꾸했다.

"그렇다면 할 수 없죠."

소임은 경악했다.

이렇게 순순히 포기하는 게 어디 있는가?

그녀는 무덤덤한 선호를 보고 어렴풋이 짐작했다. 어쩌면 그는 그냥 헤어지고 싶은 거다. 공들였던 게임 앱 선물도 사실 이별 선물이었던 거다.

그렇게 생각하니 소임은 속이 뒤집어질 듯했다. 씩씩거리던 그녀는 톡 쏘듯이 말했다.

"이 씨는 지금 하나도 안 아쉬운가 봐요?"

"왜 안 아쉽겠어요. 마음이 불편하죠. 근데 뭐 내가 어쩌겠어요. 헤어지자는데."

소임은 참을 수 없어서 주먹을 꽉 쥐었다. 물은 물이요, 산은 산이로다, 하는 저 유유자적한 태도가 마음에 안 들었다.

"그래서 이 씨는 내가 신정우 씨랑 결혼하길 바라나 봐요?"

"내가 왜 그런 걸 바라겠어요. 변 씨 결혼이면 변 씨가 원해서 하는 거죠. 그 남자를 사랑하는 것 같으면 결혼해요."

"사랑은 무슨."

소임은 소름 끼친다는 듯이 몸을 부르르 떨며 선호를 흘겨 보았다.

"나이 삼십 넘어서 무슨 사랑을 논해요? 그리고 사랑한다고 무작정 결혼하는 거 아니랬어요. 사랑하면 다 결혼하나."

"그래도 다들 결혼할 때는 사랑해서 결혼한다고들 말하더라 고요."

일이 어떻게 흘러가도 상관없다는 식으로 태연하게 굴면서도 꼬박꼬박 말대꾸하는 모습이 정말 밉상이었다. 소임은 선호를 째려보았다.

'드라마 찍고 있네.'

저러다가 선호는 '사랑해서 널 놓아주는 거야.'하고 말할 지도 모른다. 그런 말도 안 되는 소리를 하는 건 용납할 수 없었다. 잔뜩 화가 난 소임은 어금니를 악물었다.

'우씨, 손은 왜 안 빼고 있어?'

게다가 선호는 아까부터 줄곧 눈도 안 마주치고 주머니에 양 손 꽂아 넣은 채로 정면만 보며 걷고 있었다. 성의 없는 모습에 소임의 속이 부글부글 끓었다.

누구는 앞으로의 관계 때문에 가슴 졸이고 있는데 혼자만 저렇게 태평한 모습이라니. 정말 둘의 관계를 소중하게 생각하는 사람은 자신뿐이라는 게 눈에 보이는 거 같아서 소임은 서러웠다.

"사람이 진지한 대화를 하는데 왜 이렇게 건성으로 듣고 있어요!"

소임은 성질이 나서 선호의 팔뚝을 거칠게 잡아 주머니에서 뺐다.

툭.

네모나고 작은 케이스가 바닥에 떨어졌다.

소임은 할 말을 잃었다. 저것이 뭔지 알아보지 않을 수가 없었다. 반지 케이스였다.

"……."

"……."

소임은 선호가 아무 말 없었던 것은 어쩌면 긴장했기 때문일지도 모른다는 생각이 뒤늦게 들었다. 그녀는 턱을 아래로 당기고 그를 부드러운 눈길로 쳐다보았다.

"……저 눈 감고 있을까요?"

선호가 피식 웃으면서 반지 케이스를 주워 들어 도로 주머니에 넣으려고 했다.

"이제 쓸모없어졌으니까 되팔려고요."

"아, 왜요!"

소임은 웃음을 참는 표정을 지으며 그의 행동을 제지했다.

"나 주려고 산 거잖아요!"

"변 씨가 다른 남자랑 결혼하고 싶다니까."

"나 그런 말 한 적 없거든요? 빨리 줘 봐요."

소임은 얼른 왼손 약지에 꼈던 커플링을 뺀 후에 그에게 손가락을 내밀었다.

"한번 끼워 줘 봐요. 사이즈 맞는지 보자. 내 거인가, 다른 여자 건가."

"글쎄요. 이제 주인이 없는 거 같은데."

미적지근하게 구는 그를 닦달해서 반지를 받아 낸 소임은 약지에 맞춘 듯이 들어맞는 반지를 황홀하게 바라보았다. 조금 전까지 꽁했던 마음은 감쪽같이 사라지고 넘치는 기쁨이 가득 차올랐다.

"아이, 예뻐라."

소임은 기분이 좋아서 실실 웃었다. 커플링으로 끼고 있었던 매끈하고 세련되게 디자인된 백금 반지도 마음에 들었지만 역시 보석이 박힌 게 훨씬 마음에 들었다. 이건 결혼을 약속할 때 주는 거니까.

그녀는 흐흥, 콧소리를 내면서 반지 디자인을 세심히 살펴보았다. 꽤나 돈 좀 썼을 듯한 디자인이었다. 정 가운데에 박힌 다이아몬드의 크기도 흡족했다.

이제야 마음이 놓인 소임은 서운했던 것을 털어놓았다.

"사실 어제 보내 준 게임 나 밤 새서 다 했는데. 그거 엔딩에 결혼하자는 말 써 있을 줄 알았어요. 근데 다 깼는데 아무것도 없어서 완전 실망했어요."

선호가 나지막이 웃었다.

"누가 청혼을 모바일로 해요. 중요한 걸."

소임은 반지에서 눈을 떼지 못하며 종알거렸다.

"왜, 요즘 모바일 청첩장도 있잖아요."

"그건 그냥 선물이었어요. 내가 잘하는 걸로 변 씨가 좋아하는 거 해 주고 싶어서."

소임은 듣기 좋은 말에 하하 웃어 버렸다.

"어머, 이 씨 생각보다 로맨틱하네?"

그녀는 한참 키득거렸다.

선호가 낮은 목소리로 말했다.

"부모님이 원하는 사위가 아니라서 어떡해요?"

약간은 뜬금없게 느껴지는 질문이었지만 소임은 대수롭지 않게 답변했다.

"왜요? 우리 엄마 아빠 이 씨 되게 좋아하는데. 옆집 청년 괜찮으니까 꼬셔 보라고 나한테 매일 그랬었어요. 이 씨랑 사귀는 거 알면 좋아서 뒤로 넘어갈 걸요?"

"변 씨 부모님도 그런 사위 원하겠죠. 신정우 씨 같이 집안에 아무 탈 없는……."

어쩐지 선호의 음성이 가라앉아 있었다. 반지 구경하느라 정신이 팔려 있던 소임은 그의 표정이 어두워졌다는 것을 한 박자 늦게 알아차렸다.

"결혼식 할 때 내 부모님 자리는 비워져 있을 거예요. 고민해 봤는데 정말 못 초대하겠어요."

선호가 자신없는 듯 시선을 아래로 향했다.

"숙부께 부탁하면 숙모랑 함께 참석해 주시겠지만······ 그런데 변 씨 부모님이 나 마음에 안 들어 하면 어쩌죠? 그런 흠 있는 집안에 소중한 딸 보내는 거 싫어하시면."

선호의 낯에는 근심이 잔뜩 끼어 있었다. 심상치 않은 기색에 소임은 쩔쩔매며 그를 안심시키려고 했다.

"그게 왜 흠이에요. 가정마다 이런저런 사정이 있을 수 있는 거지. 어른들은 그런 거 다 이해해요."

"아버지 살아 계시는데 결혼식에 안 참석하잖아요."

"아니에요. 괜찮아요. 우리 부모님은 이 씨가 괜찮은 청년이라는 걸 옆에서 봐 왔으니까 그런 건 별로 신경 쓰지 않으실 거예요."

"근데 하객들은 잘 모르잖아요. 사람들은 변 씨가 문제 있는 집안에 시집간다고 생각할 거예요."

크게 나아지지 않은 선호의 표정에 소임은 당황하며 덧붙였다.

"근데 사실, 음, 부모님께서 그, 자리에 계시든 없든 어차피 다 흉봐요. 그 누구지? 예전에 나 사촌 오빠 결혼했는데 신부 어머니가 너무 젊어 보인다, 하면서 수근거렸어요. 또 내 친구 명진이 결혼할 때는 신랑 외할아버지가 대머리라고. 신랑도 대머리 되는 거 아니냐고······. 하여튼 사람들은 그냥 뒷말하기 좋아하는 것뿐이니까 신경 쓰지 마요."

그래도 안심이 안 되는지 그가 약간은 칭얼거리듯이 말했다.

"신정우 씨랑 결혼하면 고민할 필요 없는 것들이잖아요."

선호는 투정부리듯 시선을 피하면서 중얼거렸다.

"나 때문에 변 씨가 사람들한테 들을 필요 없는 얘기까지 들어야 하잖아요."

분명 진지하고 심각한 상황인데 소임은 어째서인지 입꼬리가 꿈틀거렸다.

선호는 가족 얘기를 할 때면 되게 자신감 없어지는 것 같다. 근데 자신이 미쳤나. 이런 모습까지 귀여워 보이다니.

그녀는 웃음을 참으면서 그를 달랬다.

"아니, 근데, 어차피 한 번만 그렇게 말하는 거예요. 그리고 결혼식 날에는 그런 거 들리지도 않아요. 우리는 남들이 무슨 얘기 하든지 모른다니까요? 그리고 나 웨딩드레스 입어서 예쁠 텐데 이 씨는 신부에게 집중 안 하고 사람들 수군거리는 거 들을 거예요?"

"……."

"또 평생 그렇게 떠드는 것도 아니고! 하루 이틀이면 까먹어요. 나는 어제 일도 기억 안 난다니까요? 이 씨는 내가 어제 뭐 입었는지 기억해요?"

"까만색 치마에 체크무늬 블라우스 입었잖아요. 붉은색이랑 노란색 배색된 거. 단추 여섯 개. 양말은 하얀색."

소임은 당황하면서 입술을 혀로 핥았다.

"그래서 이 씨가 좀생이인 거예요. 사실 내가 봐도, 약간 그런 기가 좀 있긴 해요. 기억력이 너무 좋아서……."

소임은 저를 빤히 바라보는 눈빛에 괜히 가슴이 뜨끔거렸다. 그녀는 필사적으로 변명할 말을 찾았다.

"근데 세상에는 좀생이보다 기억력 안 좋은 사람들이 다수인 거 알죠?"

"……."

"모르는구나. 하여튼 그래요. 진짜. 사람들 생각보다 남의 일 기억 못해요. 아니, 하더라도 잠깐 하고 말아요."

"……."

"그리고 나는 원래 시댁이 싫었어요. 왕래 같은 거 하고 싶지 않았어요. 그런 거 귀찮다구. 우리 엄마, 아빠한테도 별로 연락 안 하는데. 시댁에 간섭당할 걱정도 없고 우리끼리만 잘 살면 되니까 얼마나 좋아?"

소임은 선호의 손을 꼭 잡았다.

"그러니까 이건 내가 꿈꾸던 결혼이에요."

그녀는 확신을 주듯 재차 말했다.

"걱정하지 마요. 지금 부족한 거 하나도 없어요. 진짜로 완벽해요. 나는 정말 만족하고 있어요. 달래 주려고 빈말하는 게 아니라 진심이에요."

"……."

"이 씨는 잘생겼지, 집안일 잘하지, 돈 많지, 그리고 인성도……
음, 괜찮은 편이죠? 그리고 우리 부모님한테도 예의 바르게 잘하지.
와, 이렇게 보니까 이 씨는 내 이상형이네."

"……"

"나 완전히 행운아네! 이상형이랑 결혼도 다 하고."

소임은 그의 손을 위아래로 흔들면서 즐겁게 재잘거렸다.

"……"

선호의 눈시울이 점점 붉어졌다. 복잡한 감정으로 크게 일렁
이는 검은색 눈동자를 본 소임의 가슴도 뭉클해져 왔다.

이런 감정은 처음이었다. 다 큰 남자를 안아 주고 싶다고
느낀 건.

자신에게 시선을 고정한 선호를 본 소임도 덩달아 코끝이
찡해졌다.

그가 이런 표정을 짓지 않았으면 좋겠고, 그의 마음이 아프지
않았으면 좋겠고, 또 선호를 감싸 주고 싶었다. 아무 걱정하지
말라고.

"나는 변 씨 같은 여자 꿈꾼 적 없는데."

찬물을 뒤집어쓴 것같이 급히 정신이 현실로 돌아왔다. 그녀는
선호를 째려보면서 볼멘소리를 냈다.

"저기요? 저 반지 뺄 게요?"

선호가 피식거리면서 소임을 덥석 껴안았다. 그녀의 정수리
위로 나직한 한숨이 내려앉았다.

"그래서 신기해요. 어떻게 내 인생에 이런 사람이 들어왔을까."

소임은 그의 품에 안긴 채로 입을 삐죽거렸다.

"뒤늦게 수습해 봤자 소용없어요."

"그리고 어떻게 사람이 이렇게 소중해질 수 있을까."

"……"

선호가 덤덤히 덧붙였다.

"내가 그동안 매일 밤 얼마나 괴로웠는지 변 씨는 모를 거예요. 혼자 집 들어가는 게 너무 싫었어요."

"……"

"집이 너무 큰 것 같고. 밥 혼자 먹으면 입맛도 없고. 침대에 혼자 누우면 쓸쓸하고. 일어났을 때 기분도 저조하고. 이상하죠. 계속 그렇게 살았는데. 뭐든지 혼자 하는 게 익숙한데."

선호는 소임의 헝클어진 머리카락을 조심스럽게 만지작거렸다.

"그런데 이상하게 외로워요. 변 씨를 두고 들어갈 때면."

"……"

"변 씨가 항상 내 곁에 있었으면 좋겠어요. 자다가 눈을 떴을 때, 내 옆에 누워 있는 변 씨를 보면 행복할 것 같아요."

소임은 그의 품속에 안겨 행복한 순간을 만끽했다.

"그냥 평범하게 살고 싶어요. 다른 사람들처럼."

그녀는 진심 가득한 고백을 들으며 흐뭇하게 웃었다.

"아무것도 안 해 줘도 돼요. 그냥 내 옆에만 있어 주면……. 변 씨가 내게 특별하니까. 그냥 나랑 같이 살아 줘요."

사랑은 사람을 완전히 바꿔 버리는 게 분명하다. 소임은 언젠가 자신이 결혼을 하게 된다면 그냥 상황이 그렇게 흘러갔을 뿐이겠노라 막연히 생각했는데, 신기하게도 여생을 함께하고 싶은 사람이 생겼다. 자신에게는 절대 일어날 리 없을 것 같은 일들이 정말 일어나고 있었다.

이래서 사람들이 결혼하나 보다. 앞으로도 함께 하고 싶은 마음이 가득해서. 자신도 특별한 사람과 함께 평범하게 살고 싶었다.

소임은 불쑥 고개를 치켜들고 활짝 웃었다.

"좋아요. 우리 같이 행복하게 살아요!"

기적은 특별한 게 아닌 것 같다. 그냥 사람 한 명만 끼어들었을 뿐인데 평범한 일상이 놀랍도록 환상적으로 변했다.

지금 서른두 살 변소임의 삶이 그렇다.

Epilogue

말숙은 입꼬리를 한껏 끌어 올린 채 초인종을 꾹 눌렀다. 301호에 들어서자마자 할 말들이 의욕적으로 입안에 맴돌았다.

오늘의 방문지는 301호 민경 씨네.

"어, 말숙 씨 왔어? 들어와."

짧은 머리카락을 풍성하게 파마한 민경은 미소로 말숙을 반겼다. 민경은 작년에 행정 고시에 아들이 합격한 이후로 얼굴이 폈다.

그럴 수밖에 없는 게, 그녀의 아들은 거의 7년 간 고시에 매달렸다.

오랜 시간을 투자한 뒤 맺은 아름다운 결실에 말숙도 기쁜 마음으로 희소식을 마크팰리스 전체에 널리 알렸더랬다.

"으응. 잘 지냈어?"

종종걸음으로 제집 드나들 듯 301호에 들어간 말숙은 식탁에 앉자마자 간지러웠던 입을 떼고 말을 쏟아 냈다.

　"그 있잖아, 내가 어제 해주 씨네 작은딸 결혼식에 다녀왔잖아."

　어제 동 대표로서 결혼식에 참석한 뒤 처음으로 방문하는 집인 만큼 전하고 싶은 말들이 넘쳤다.

　"나 진짜 깜짝 놀랐지 뭐야?"

　말숙은 연극적인 톤에 걸맞게 눈을 크게 뜬 후에 민경에게 따발총 쏘듯 말했다.

　"자기 소임이 알지? 난 소임이가 그렇게 예쁜지 몰랐는데 어제 보니까 장난 아니데? 신부 화장을 해서 그런지 얼굴도 뽀얗고 자그마하고, 나 하마터면 못 알아볼 뻔했어. 살도 결혼한다고 좌아악 빼서 자기 언니만큼, 그 새임이 있잖아. 난 새임이가 그렇게 예쁘더라고. 늘씬하고 시원시원하게 생긴 게 진짜 모델이야. 우리 딸도 가끔 '그 1201호 예쁜 언니 아직도 미국에 있어?' 하고 묻는다니까? 다른 사람은 관심 없어도 새임이 근황만큼은 궁금한가 봐. 워낙 눈에 띄게 예쁘긴 하니까."

　잠깐 옆으로 새서, 새임의 완전한 귀국 소식을 전했던 말숙은 다시 본 대화로 돌아왔다.

　"하여튼 소임이도 제 언니랑 닮긴 했더라고. 나 매일 소임이 저기 소파에 턱 두 겹 되어서 늘어져 있는 것만 보다가 얌전하게 웨딩드레스 입고 꼿꼿하게 앉아 있는 거 보니까 적응이 안 되는 거야. 신부 대기실 갔다가 깜짝 놀라 버렸네. 새하얀 웨딩드레스,

그것도 어깨 드러나는 디자인으로 입었는데 날씬하니까 어깨선도 예쁘고 무슨 인형 같더라."

하지만 중요한 내용은 이 다음에 있었다. 말숙은 목소리를 낮추고 은밀히 속삭였다.

"근데 그렇게 참하고 예쁘게 앉아 있던 애가 뭐라고 하는 줄 알아?"

"뭐라고 하는데?"

민경이 좋은 청취자의 자세로 호기심 가득히 관심을 표했다. 말숙은 기대에 부응하기 위해 새침한 표정을 지으며 소임의 말투를 따라했다.

"'엄마, 나 배고파 죽겠어.' 이러는 거야. 나 그거 듣고 '아, 얘 소임이 맞구나.' 생각했잖아. 처음에는 거리감 느껴서 못 알아볼 뻔했는데 그 목소리 들으니까 소임이라는 게 딱 실감 나더라고. 내가 1201호 가면, 소임이는 항상 뭐 먹고 있어."

민경이 입을 가리고 호호 웃었다.

"어머, 귀여워라. 속 답답할까 봐 아침 안 먹었나 봐. 결혼식 때 신부들 밥 잘 안 먹잖아."

"응. 그랬나 봐. 해주 씨가 막 옆에서 '좀만 참아. 너 긴장하면 배 아플까 봐 밥 안 먹는댔잖아.' 하니까 소임이가 '그렇긴 한데 먹을걸 그랬어' 하면서 크래커 좀 주면 안 되느냐고 묻더라고. 내가 그거 듣는데 웃겨 죽을 뻔했잖아. 그래서 결혼 축하한다고 빨리 말하고 대기실 얼른 나왔지."

이 다음은 해주의 복에 관해 말할 타이밍이었다. 말숙은 침이 마르도록 열변했다.

"근데 해주 씨는 올해 진짜 복 터졌어. 어떻게 딸들을 다 시집보내? 겹경사야, 아주. 새임이 결혼식도 올해 한 10월쯤에 한국에서 한다더라. 나 새임이 신랑도 봤는데 어유, 진짜 돈 많게 생겼더라고."

말숙은 해주의 사위들이 다들 번듯하다고 혀를 내둘렀다.

"나 1202호 총각이 소임이랑 그렇게 될 줄 정말 몰랐는데. 왜, 민경 씨도 알잖아. 1202호 총각 너무 괜찮잖아? 나는 사실 우리 작은딸이 조금만 나이 더 먹었으면 1202호 총각이랑 엮어 주려고 했었어."

"자기 딸 아직 스물다섯 살밖에 안 됐잖아."

"그래. 좀 이르긴 하지."

말숙은 아쉬운 입맛을 다시며 말을 이었다.

"어쨌든. 처음에 둘이 결혼한다는 소식 들었을 때 말도 안 된다고 생각했는데 막상 둘이 서 있는 거 보니까 잘 어울리데? 1202호 총각이 아주 꿀 떨어지는 눈으로 소임이 바라보더라고. 제 신부라고 눈에 넣어도 안 아픈가 보지."

커피를 홀짝이던 민경이 흐뭇하게 고개를 끄덕였다.

"아유, 그렇겠지. 얼마나 이쁘겠어."

말숙이 이어서 중계했다.

"사회는 신랑 친구가 봤는데, 그 뭐냐. 같이 일하는 친구라

하더라고. 말 재밌게 잘하데? 신랑한테 큰 목소리로 만세 삼창 어쩌고저쩌고 시키는데 아휴, 난 그런 게 좋더라. 그때 아니면 언제 그렇게 신부 사랑한다는 티를 내겠어. 우리 남편은 이제 늙어서 목소리도 모기 같아."

쯧쯧, 혀를 차던 말숙은 하마터면 놓칠 뻔한 내용을 떠올리고 손뼉을 쳤다.

"맞아, 1202호 총각이 무슨 게임 앱 개발한다더니 하객들 빵빵하데? 게임 회사 대표들도 막 오고. 식당에서 밥 먹을 때 사업가같이 생긴 사람들이 서로 명함 주고받기에 난 처음에 신부 쪽 하객인지 알았는데. 그 왜, 해주 씨 남편이 건축 사무소 하잖아. 그래서 사장님들 많이 왔거든. 근데 신랑 쪽도 하객풀이 어마어마하더라고."

선호를 깎아내리려는 의도는 전혀 없지만 이런 얘기를 했으면 저런 얘기도 하는 게 인지상정. 말숙은 눈을 가늘게 좁히고 소곤거렸다.

"그런데 민경 씨, 신랑 부모 자리에 작은 아빠 부부가 앉았더라."

민경은 깜짝 놀라 반문했다.

"어머, 그래? 부모님 돌아가셨나?"

"그것까진 모르겠어. 그런데 1202호 총각 남동생 두 명이나 있더라고? 세 형제 사이가 아주 돈독해 보이더라. 그 신랑 쪽 축의금 받는 사람이 번듯하게 생겨서 누군가 했더니, 신랑 큰 동생이래."

말숙은 자신이 선호의 막냇동생인 27살 찬호와 같은 테이블에 앉아 밥을 먹었다는 내용은 적절히 편집했다.

귀티 나게 생긴 찬호가 현재 박사 과정을 밟고 있다는 얘기까지 들으니 사윗감으로 탐이 나서 견딜 수 없었다.

일단 추근대서 번호를 얻어 오긴 했는데, 자신의 딸과 잘 되면 그때 떠들리라.

말숙은 곧이어 신랑 신부의 신혼여행 일정까지 전달했다.

"소임이는 스위스로 신혼여행 갔대. 어제 바로 떠났으니 지금 쯤 도착했으려나? 2주 정도 놀다 온다더라고."

"어머, 오래 있네. 요즘에는 그렇게 길게 가는 게 추세인가?"

말숙은 어쩌면 그런 얘기를 할 수 있느냐는 듯이 민경을 향해 너무하다는 표정을 지어 보였다.

"자기도 참. 소임이 이제 일 안 하잖아. 그래서 길게 놀다 오는 거겠지."

"그래? 해주 씨네 작은딸 과학 학원 차렸다고 하지 않았나? 작년에."

"아이, 참. 내가 지난번에 소임이 다시 백수 됐다고 말했잖아."

"그랬어? 나 못 들었는데."

이상하다. 다 말한 것 같은데. 말숙은 입을 쩝 다시면서 활기차게 설명했다. ATP 과학 학원 개원 소식을 알렸듯, 소임의 퇴직 소식도 알리는 거다.

"그간 스트레스 많이 받았나 보더라고. 결혼 날짜 나오자마자 딱 일 그만두데? 그래, 먹고 살 걱정은 없지. 1202호 총각이 돈 잘 버는 듯하더라고. 재산 많다고 하더라. 해주 씨 완전 싱글벙글해서. 아유, 사위 복도 많지. 부러워라."

"그럼 그 학원은 아예 폐원한 거야?"

"그건 아니고. 같이 일하던 강사한테 원장직 넘겼대. 대학 후배인가 봐. 폐원할까 고민하던 걸 후배가 자기도 내심 학원 차리고 싶었다면서 이어 받고 싶다고 했대. 잘됐지, 뭐. 소임이 대출 빚도 다 갚고."

말숙은 알고 있는 정보를 열심히 떠들어 댔다.

"근데 정말 1202호 총각이 능력 있긴 한가 봐. 소임이 신혼집 새 아파트로 구해서 갔거든? 저기 한강 잘 보이는 쪽인데 대출 하나도 안 꼈대. 나이도 젊은데 어떻게 돈을 그렇게 모았을까. 아무래도 물려받은 재산이 좀 있는 거 같아."

"어머, 신혼집 새로 구했대? 난 1202호에서 살 줄 알았더니만. 소임이 이사하는구나."

민경은 이해한다는 식으로 고개를 끄덕였다.

"그래, 아무래도 바로 옆집이 처가면 사위가 불편하겠지."

말숙이 코웃음과 함께 손바닥으로 식탁을 쳤다.

"아니래! 소임이가 자기는 10년 살던 집 바로 옆집에서 신혼생활 하고 싶지 않다고 난리를 쳤대. 자기도 새 동네로 이사 가고 싶다고 하도 노래를 불러서. 1202호 총각은 작년에 이사 왔는데, 인테리어 싹 새로 한 집만 아깝게 됐지."

"신부 하고 싶은 대로 해야지. 그래도 친정 가까우니까 자주 놀러 오겠네."

"그렇겠지."

고개를 끄덕이던 말숙은 거실 시계를 보고서 깜짝 놀랐다. 아니, 별말 한 것 같지도 않은데 벌써 한 시간이나 지났단 말인가.

301호만 방문하는 게 아니므로 적당히 얘기를 끊어 내야 했다. 다음 약속이 있었다.

"어머나. 시간이 왜 이렇게 빠르게 간다니. 민경 씨, 나 이만 가 볼게. 관리 사무소에서 아까 뭐 사인하라고 전화가 와서. 거기 가 봐야 해."

"그래요. 자기 덕분에 오늘 재밌게 얘기 잘 들었어. 말숙 씨는 역시 소식이 빨라."

"아유, 그럼."

말숙은 당연하다는 듯이 찡긋 웃음을 지어 보였다.

"명색이 동 대표인데 2동 사람들 소식은 다 꿰뚫고 있어야지."

그녀는 자신이 맡은 직책에 자부심이 있었다.

남들은 그냥 할 일 없는 아줌마가 집마다 수다를 떨러 다닌다고 생각할지 몰라도 사실 이건 그녀의 배려이자 책임이다. 요즘 세상 살기가 얼마나 팍팍한가. 다른 아파트 사는 사람들은 엘리베이터에서 마주쳐도 서로 인사도 안 한다는데.

말숙이 이렇게 발 벗고 나서서 서로의 근황을 전해 주면 누가 어디에 사는 누구인지 다 알고, 뭐 하는지도 다 알고.

그래서 친근감도 느끼고. 그래서 마주치면 반갑게 인사도 하고.

한마디로, 그녀는 마크펠리스 주민들에게 사람 사는 정을 느끼게 해 주는 위대한 과업을 수행하는 중이다.

그런 자부심을 느끼며 말숙은 301호를 떠났다.

〈완〉

외전 1. 옆집 여자

딱 봐도 잘못 보낸 것 같았다.

[계좌 찍어 주세요. 송금할게요. 잘 자요♥]

하트라니.

저희가 그런 문자 기호를 주고받을 사이도 아니고, 무엇보다 그 여자가 아무런 사이 아닌 사람에게 살갑게 하트를 붙여 보내는 유형일 것 같지도 않았다.

만약 그 여자가 정말로 깜찍하게 굴고 싶었던 거라면, 오늘 둘이 같이 있는 동안에 뾰로통 입을 툭 내밀고 있거나, 그러다가도 돌연 방긋 웃으면서 뭐 먹고 싶지 않으냐고 상냥하게 제안하거나, 그래서 간식을 사 오면 그에게는 관심을 한 톨도 주지 않고 집중해서 먹기만 하거나.

또 그러다 갑자기 재밌는 게 떠올랐다며 어떤 얘기인지 말해 주지도 않고 목젖이 보이도록 입을 크게 벌리고 혼자 깔깔 웃다가 코 먹는 소리를 내거나, 마지막에 헤어질 때 오늘 밤엔 아마 체력을 고갈해서 코 골면서 잠들 것 같다며 씩씩하게 인사한 후에 곧바로 집으로 들어가 버리지도 않았겠지. 만에 하나 정말 하트를 보내고 싶었던 거라면.

그러니 이건 실수가 분명했다.

별거 아닌 단순한 말에 의미를 부여할 정도로 낭만적인 편은 아니었다. 그런데 이상하게도 옆집 여자가 보낸 문자를 읽으면서 입가에 미소가 떠올랐다. 의례상 덧붙였을 말이 너무나 다정하게 느껴졌다.

정말 잘 자길 바란다고? 아직 아무런 사이도 아닌데?

아무리 생각해도 하트까지 붙여 주는 건 과했다. 이건 너무할 정도였다. 그래서 그녀가 아무런 계산 없이 보냈을 문자에 선호는 신경 써서 답장했다.

[응.]

선호는 자신이 그녀에게 전송한 문자를 보고 어이없는 웃음을 흘렸다.

자신조차 이해할 수 없었다. 용건 없고, 부질없고, 의미 없는 답장을 대체 왜 보내게 된 건지. 그녀가 보낸 하트는 단순한 실수였던 것을 짐작하면서도 그냥 보아 넘기지 않고 일부러 그것을 지적하고 싶은 유치한 심리는 대체 어디에 기인한 건지.

과연 그 여자가 제 문자에 어떻게 반응할지 너무 궁금해서 계속 핸드폰만 붙잡고 있는 행동 역시도 우스웠다.

정말 바보 같았다. 나이를 서른넷이나 먹어 놓고, 관심 있는 여자애의 눈길 한번 얻어 보려고 괜히 튀게 행동하는 머저리처럼 굴고 있었다. 10대 소년일 때도 그런 멍청한 짓은 해 본 적이 없는데.

그런데 이 모든 잡생각은 돌아온 문자를 확인하고 순식간에 사라져 버렸다.

[♥♥♥♥♥♥♥♥♥♥♥♥♥♥♥♥♥♥♥]

선호는 자신도 모르게 소리 내어 웃음을 터뜨렸다.

트집 잡길 잘했다는 생각이 들었다. 옆집 여자는 정말이지 앙큼하도록 깜찍했다.

어쩌려고 이렇게 구나. 자꾸 귀여워 보이게.

그는 피식 웃으면서 검은 하트로 가득한 화면을 오래 응시했다. 고의 가득한 그녀의 하트 공격에 어쩐지 눈을 뗄 수 없었다.

* * *

요즘 들어 많은 생각이 드는 옆집 여자에 대해 말해 보자면, 할 말이 많다.

그는 옆집 여자, 변소임에 관해 많은 것을 알았다. 직접 얼굴을 맞대고 인사를 나누지 않았을 때부터도 이미 그녀를 알고 있었다.

그건 모두 마크팰리스 2동 대표 김말숙 여사 덕택이다.

대단한 소식꾼인 말숙 덕분에 선호는 굳이 알고 싶지 않았던 것조차도 알게 되었다. 예를 들어 옆집 사는 여자가 몇 살인지, 무슨 일을 하는지, 쉬는 날에는 무얼 하는지, 즐겨 보는 드라마가 무엇인지조차도.

분명 현관문을 열어 줬을 때만 해도 말숙은 바빠서 아파트 수리비 관련해서 서명만 받고 돌아간다더니, 갈증이 난다며 물 한 잔을 요청하고선 신발을 벗고 집안에 들어왔다.

그러고는 막상 선호가 건네준 물 한 잔을 다 비웠을 때 '어머, 이 컵 어디 거야? 브랜드가 명품인가? 왜 이렇게 예뻐?' 하면서 자연스럽게 부엌 식탁에 앉았다. 그런 식으로 말숙은 1202호까지 능숙하게 점령했다.

"응, 근데 소임이는 나이를 서른한 살이나 먹었는데 아직도 애 같아. 총각은 혼자 살아도 이 큰 집을 부지런히 쓸고 닦잖아? 그런데 소임이는 자기 방은 물론이고 집안일을 하나도 안 해. 아직도 해주 씨가 방 치워 준다니까? 서른한 살인데!"

말숙은 연신 심각하게 1201호의 집안 사정을 털어놓았다. 선호는 묵묵히 그녀의 수다를 들어 줬다.

그가 말숙의 말을 끊지 못하는 이유는 여러 개였다. 일단 딱히 바쁜 일이 없기도 했고, 물론 설령 바빴더라도 그의 엄마뻘 되는 아주머니를 매정하게 내치지는 못했겠지만, 어쨌든 그가 가만히 말숙에게 시간을 내어주는 가장 큰 이유는 신기해서였다.

"소임이가 유독 게으른 거 같아. 걔 언니는, 새임이라고 있거든? 새임이는 애가 바지런한 면이 있는데, 소임이는 제 언니랑 전혀 달라. 타고나길 느긋한 면이 있다고 해야 할까? 그래도 많이 나아 졌지. 10년 전에는 매일 늦잠 자서 학교도 맨날 안 가더니 그래도 돈 버는 직장인 되었다고 지각은 안 하데?"

말숙의 입에는 모터가 달린 듯했다. 그가 굳이 맞장구쳐 줄 필요도 없이 그녀는 혼자서도 잘 말했다.

"소임이가 학원 강사거든. 저기 어디더라? 갈릴레오인가 갈리 레이인가. 어쨌든 과학 학원에서 중학생들 가르치는데……."

그냥 가만히 듣다 보면 경이롭기까지 했다. 이야기가 퐁퐁 쏟아지는 화수분처럼 말숙은 2동 주민들의 소식을 끊임없이 알려 줬다.

그래서 선호는 마치 공짜 라디오 듣는 기분이었다. 화제가 보통 1201호에만 맞춰져 있다는 게 문제였지만.

말숙은 선호를 볼 때마다 그의 옆집 사는 소임이가 자동으로 떠오르는 모양이었다. 그 이유는 바로 소임이가 그와 비슷한 연배라서.

"소임이는 서른한 살인데 아직 부모한테 얹혀살잖아. 독립할 생각이 없는 것 같아. 요즘 집값이 비싸기는 하지만 그래도 보통 삼십 대 되면 부모랑 떨어져 살려고 하지 않나? 총각처 럼 말이야."

말숙이 그와 소임을 매번 비교하는 통에 선호는 얼굴 한번 본 적 없는 여자에게 유감을 느꼈다. 그녀가 두 살만 덜 먹었어도, 그러면 20대니까 그와 비교당하지 않을 수도 있었는데.

"젊은 나이면 연애도 하고 그래야지. 이제 곧 결혼해야 하는데 말이야. 매일 주말에 집에 늘어져 있어서 내가 다 안타까워. 총각은 이렇게 돈도 모아서 신혼집, 에구머니나. 아니야, 아니야."

말숙은 실수했다는 식으로 눈치를 보며 말끝을 흐렸다.

"하여튼 소임이는 TV 보는 걸 좋아하는데 요즘에 안 보는 드라마가 없고……."

선호는 무덤덤하게 물을 들이켰다. 자신이라고 엄청 열심히 성실하게 사는 건 아닌데, 말숙에게는 유독 그렇게 보이는 모양이었다.

말숙이 충격받은 얼굴로 본인이 1201호에서 목격하고 온 소임의 행태를 주절거릴 때면 선호는 대체 변소임이라는 여자는 어떻게 사는 사람인지 궁금하기까지 했다.

말숙이 하는 얘기를 모두 귀담아듣지는 않지만, 대충 한번 걸러 낸 정보를 조합해 봐도 옆집 여자는 특이했다.

"소임이가 김치 반 포기를 쫙쫙 찢어서 밥을 세 공기를 한꺼번에 먹는 거야! 우리 집 애들은 김치 별로 안 좋아하거든. 근데 소임이는 먹성이 좋아서 맨밥에 김치만 있어도 잘 먹더라. 반찬 투정은 안 하니까 착하긴 한데……. 근데 총각은 김치 좋아하나? 배추김치 필요하면 내가 좀 줄까? 얼마 전에 시댁에서 담아 왔는데."

말숙의 묘사에 따르면 변소임이라는 여자의 손에는 흡입기가 달려 있었다. 그래서 손 닿는 음식은 모두 제 입에 넣고 마는 대단한 여자였다.

보통 다른 사람들이 어떻게 생겼는지 궁금한 적이 없는데 하도 말숙으로부터 얘기를 많이 들어서 그런지 한번 실물을 보고 싶었다. 그러면 나중에 그녀의 얘기를 들을 때 더욱 선명하게 몰입할 수 있을 테니까.

여자는 그냥 둥그렇게 생겼을 것 같았다. 머릿속으로 두루뭉술 그려 본 탓에 이목구비도 제대로 붙어 있지 않았지만 어쨌거나 전체적인 인상은 동그랬다.

그렇게 살짝 상상해 본 여자의 동그란 인상은 정설처럼 그의 머릿속에 자리 잡았다.

하지만 그는 소임을 묘사했던 말숙의 수식어가 완전히 과장되었다는 것을 곧 깨달았다.

옆집 여자 변소임은 '게으름이 덕지덕지', '볼이 복어처럼 통통', 혹은 '잘 발효되어 부푼 꽈배기 반죽처럼 하얀 얼굴' 등등과 거리가 멀었다.

그래서 막상 얼굴을 봤을 때, 그는 여자가 그동안 자신이 지겹도록 전해 듣던 '1201호 해주 씨의 작은딸'과 동일 인물이라고 생각하지 못했다.

산뜻하게 파마한 단발이 잘 어울리는 여자는 침대나 소파 위에서 벗어날 줄 모르는 게으름뱅이, 또는 엄마한테 방 좀 치우라고 매일 혼나는 철없는 여자처럼 보이지 않았다.

전혀!

분명히 말숙은 소임의 턱이 세 겹이라고 했는데, 실제로 보니까 그녀의 얼굴은 조막만 했다. 그동안 말숙에게 깜빡 속았다는 생각마저 들 정도였다.

물론 말숙이 완전히 거짓말한 건 아니었다. 변소임은 볼살이 조금 있긴 했다. 하지만 그렇다고 체격이 거대하지는 않았다. 소임은 그의 몸집의 반조차 되지 않았다.

그래서 선호는 자신의 얼굴 앞에서 닫힌 엘리베이터가 쑥쑥 올라가 12층에 멈추었을 때까지도 여자의 정체가 아리송했다.

12층에서 오래 머물렀던 엘리베이터가 다시 거침없이 쑥쑥 내려와 지하 1층에 도착하고 나서야 선호는 그녀가 자신의 옆집에 사는 여자인 것을 제대로 깨달았다.

실물이 얼마나 제 상상과 달랐던지.

옆집 여자가 자신을 태워 주지 않고 혼자서 엘리베이터를 타고 올라가 버린 것은 당장 큰 문제가 되지 않았다.

그것보다 더 놀라운 일이 있었으니까.

저렇게 생겼구나.

처음에는 그냥 그런 생각만 들었다. 옆집 여자가 자신의 예상보다 귀엽게 생겼다는 게 인상 깊긴 했지만, 그뿐이었다.

그런데 두 번째로 그녀를 마주쳤을 때는 인상이 좀 달라졌다.

'왜 저러지?'

또다시 엘리베이터를 놓쳐 버린 선호는 미간을 깊게 좁혔다. 분명히 눈을 마주쳤는데 여자는 엘리베이터의 문을 닫았다. 그것도 닫힘 버튼을 공격적으로 연타해서.

그가 무거운 화분을 들고 오는 것을 봤으면서, 또 그가 '잠시만요' 하고 양해를 구한 것도 확실히 들었으면서 엘리베이터 문을 닫아 버렸다.

대체 왜?

이해가 되지 않아서 헛웃음이 나왔다. 기가 막힐 정도로 어이없는 상황이었다.

엘리베이터 문이 닫히기 전에 여자는 그를 바라보기도 싫다는 듯이 새침하게 고개를 옆으로 돌리고 있었는데, 그 모습이 더욱 기이했다.

자신이 뭘 했다고?

말 한번 섞어 보지도 못한 사이였다. 언젠가 마주치게 되면, 그러니까 인사를 나눌 수 있을 만큼 가깝게 마주친 상황이라면 먼저 인사를 해 볼까 생각하고도 있었다.

안녕하세요. 저 옆집에 새로 이사 온 사람입니다. 잘 부탁드립니다.

딱히 친하게 지내자는 건 아니지만, 그냥 이웃 간에 그 정도 인사는 주고받아도 될 것 같았다.

말숙에게 들어서 이미 이름도 알고 직업도 뭔지 다 아는데,

막상 마주쳤을 때 모른 척한다면 그것도 웃길 테니까.

그런데 아무 짓도 안 했는데 벌써 배척당했다. 옆집 여자가 엘리베이터 문을 그의 눈앞에서 닫은 게 고의라는 것을 모를 수가 없었다.

11층.

10층.

9층.

12층에서부터 내려오는 엘리베이터는 온 층에서 멈추고 있었다. 이건 마치 '나는 당신을 싫어해요!' 하고 강력히 표현하고 있는 꼴이었다.

"하."

그는 짧은 한숨을 뱉었다.

천천히 모든 층에서 열렸다 닫히기를 반복하는 엘리베이터를 기다리는 것은 어마어마한 시간 낭비 같았다.

물론 잠자코 있으면 언젠가는 도착할 테지만, 다른 사람이 엘리베이터를 못 이용하도록 일부러 모든 층수의 버튼을 눌러 놓은 그 여자의 고약한 심보가 매초 절절히 느껴져서 가만히 있을 수가 없었다.

차라리 걸어가고 말지.

짜증을 견디지 못한 그는 그냥 계단으로 직행했다. 품에 안은 화분은 꽤 무거웠다. 이사했다니까 진수의 부인인 지희가 공기 정화용 식물을 하나 선물해 줬다.

그 묵직한 화분을 들고 12층까지 계단을 올라가면서 그는 내내 여자를 생각했다.

'서른한 살이라며?'

말숙에게 귀에 못 박이도록 들은 탓에 그녀의 나이가 자신보다 세 살이 어린 것을 알고 있었다. 하지만 아무렴 자신보다 세 살이 어리대도 삼십 살이 넘은 성인이었다.

그런데 이웃이 엘리베이터를 타지 못하게 방해한다고? 서른한 살이?

처음 당해 보는 수모에 그는 매우 심각해졌다. 아파트 편의 시설 좋고 주민들도 친절하니 살기 나쁘지 않다고 생각했는데 바로 옆집에 이렇게 미움받고 있을 줄이야.

이런 이웃 차별은 인종 차별보다 더 유치했다.

대체 여자가 자신에게 왜 그러는 건지 감을 잡을 수가 없어서 더욱 어이없었다.

잘못한 것도 없는데, 아니, 그녀에게 잘못할 거리가 있을 만한 기회조차 없었다.

볼살이 통통한 게 좀 귀엽다고 생각하긴 했지만……. 정말 그뿐이었다. 아무리 생각해도 그것밖에 없었다. 여자가 자신에게 기분이 나쁠 일을 굳이 따져 보자면 딱 그거 하나였다.

하지만 그녀의 외모를 입 밖으로 내어서 평가한 것도 아니고 혼자만 속으로 그렇게 생각했는데 그게 그렇게 잘못된 거였나? 이렇게 박해를 받을 만큼?

유치한 텃세를 부리는 이웃 따위 어차피 마주칠 일도 별로 없으니 무시하면 그만이라고 생각했지만 계속 신경이 쓰였다.

그녀가 얼굴을 찡그리고 있었던 게 이상하다시피 마음에 걸렸다.

'나를 왜 싫어하지?'

그러나 우습게도 다음에 다시 마주쳤을 때, 여자는 본인이 한 일을 전혀 기억하지 못하는 듯이 반갑게 다가왔다.

"잠시만요!"

강아지가 꼬리 흔들며 뛰어오듯, 그녀는 발랄하게 웃으면서 공동 현관을 통과해 조급히 걸어왔다.

'뭐야?'

선호는 물끄러미 여자를 바라보았다.

그녀의 입가에는 그가 본인을 당연히 기다려 줄 거라는 확신의 미소가 배어 있었다.

불쑥 심술이 돋았다.

'나한테는 엘리베이터 두 번씩이나 닫아 놓고.'

게다가 어쩌면 목소리가 저렇게 낭랑하고 경쾌한지. 저렇게 예쁜 목소리로 부탁하면 안 들어줄 수가 없을 것이다.

하지만.

선호는 본능적으로 닫힘 버튼에 손가락을 가져갔다.

저렇게 이웃에게 잠시 기다려 달라고 상냥하게 부탁할 줄 아는 사람인데, 지난번에는 그에게 그렇게 부루퉁한 표정을 지었던가?

차별당한 기분은 좋지 않다. 그래서 어떻게든 그녀에게 심술을 표현하고 싶었다.

그래서 그는 여태까지 살아오면서 한 번도 해 본 적 없는, 이웃을 앞에 두고 엘리베이터 문을 닫아 버리는 유치한 짓을 해 버렸다.

닫히는 문 사이로 여자의 얼굴을 목격한 선호는 기분 좋게 입꼬리를 올렸다.

입을 살짝 벌린 채 믿을 수 없다는 눈으로 바라보는 여자를 보니 속이 다 시원했다. 못된 짓을 하고서 이렇게 기분이 좋다니 특이했다.

그는 집에 돌아와서까지 계속 피식거렸다.

당근 뺏긴 토끼처럼 얼빠진 표정이 잊히지 않았다.

어쩌면 다음에 또 만나도 재밌겠다는 생각이 들었다. 여자가 그런 귀여운 표정을 짓는 것을 다시 한번 보고 싶었다.

어떤 식으로든 옆집 여자를 다시 보게 됐으면 좋겠다고 생각했는데, 운 좋게도 곧 다시 만났다.

뭐, 말숙이 언급했던 사실, 과학 학원 강사인 소임은 오후 아홉 시쯤 귀가한다는 것이 머릿속에 안 떠올랐다면 새빨간 거짓말이다.

하지만 일부러 시간을 맞춘 건 아니었다. 어쩌다 보니 그도 새로 맡은 프로젝트 때문에 그즈음 퇴근하게 됐다.

그러니까 대충 타이밍이 절묘했다고 뭉뚱그릴 수 있었다. 퇴근 시간이 비슷하니 어쩌면 만날 수도 있겠다는 생각을 하긴 했지만.

　하여튼 지난번에 보면서도 언뜻 느꼈는데 자세히 보니 역시 귀여웠다.

　전체적으로 이목구비가 둥글둥글한 편이고, 볼은 통통하게 살이 차올라 있는데 어쩐지 눈매와 입매만큼은 새초롬했다. 긴 속눈썹을 아래로 내리깐 채 그를 일부러 한껏 무시하고 있는데 냉랭하게 느껴지기는커녕 깜찍하기만 했다.

　옆집 여자는 어려 보이는 편이지만 서른한 살. 신나게 신상을 떠들어 댄 말숙 덕분에 짐작할 여지조차 없었다. 여자는 확실히 서른한 살이었다.

　'근데 서른한 살이 이렇게 유치하게 구나?'

　선호는 자신도 모르게 얼굴까지 돌려서 소임을 관찰했다. 너무 빤히 바라보고 있다는 걸 알았지만 신기해서 눈을 뗄 수가 없었다.

　그녀의 입술은 토라진 애처럼 툭 튀어나와 있었다. 그와 같이 엘리베이터에 타고 있는 게 마음에 안 드는 게 확실했다.

　싸늘하게 노려보면서 혐오감을 표현하는 것도 아니고, 그냥 단순히 뚱한 표정으로 '나는 당신이 싫어요!' 하며 표현하고 있다니.

　선호는 그녀가 너무나 깜찍하게 느껴져서 '더 싫어해 봐' 하고 이죽거리고 싶은 기분이었다. 물론 유치하게 그럴 일은 없겠지만.

소임은 불만스러운 눈빛으로 살짝 그를 흘겨보더니 품에 안은 종이봉투에서 붕어빵 하나를 꺼냈다. 노릇노릇 황금빛으로 잘 구워진 붕어빵에서는 달짝지근하고 고소한 냄새가 풍겼다.

그녀는 붕어빵을 크게 앙, 베어 물었다. 그에게 뺏길 것을 염려하는지 그녀는 종이봉투를 세게 껴안았다. 어찌나 단단하게 껴안는지, 봉투 속 붕어빵 배가 터질 것 같았다.

'어차피 달라고 할 생각도 없는데.'

왜 이렇게 적대적인지 모르겠으면서도 그녀의 적극적인 경계 반응이 은근히 흡족했다. 자신의 존재감은 이미 그녀에게 단순한 이웃을 넘어선 것 같았다.

선호는 붕어빵을 야무지게 베어 먹는 소임을 물끄러미 바라봤다.

'맛있게 먹네.'

고작 포장마차에서 파는 붕어빵일 뿐인데 무슨 산해진미라도 먹는 것처럼 그녀는 진심으로 감동한 표정을 짓고 있었다.

'내일 퇴근할 때 사 먹을까.'

평소 길거리 음식을 잘 먹지 않지만 구미가 당겼다. 눈앞의 여자가 붕어빵을 너무 맛있게 먹어서.

붕어빵을 밀어 넣어서 더욱 부푼 그녀의 볼에 선호의 눈길이 닿았다. 괜히 건드려 보고 싶을 정도로 통통했다.

어릴 적에, 시간으로 따지자면 그가 중학생 정도였을 때, 동생인 민호는 옆집 사는 세영이랑 친하게 잘 놀다가도 가끔가다

짓궂게 행동하곤 했다.

'민호 오빠가 내 곰돌이 인형 빼앗았어요. 세탁기에 돌려 버린대요. 혼내 줘요.'

세영이가 울상을 지으며 부탁하기에 선호는 마땅히 동생을 불러다 혼냈다. 왜 자꾸 세영이를 괴롭히느냐는 질문에 민호는 대수롭지 않게 어깨를 으쓱거리면서 대답했었다.

'귀엽잖아.'

그때는 그런 건 정당한 이유가 되지 않는다고 민호를 엄하게 타일렀는데, 지금에서야 동생이 왜 그런 짓을 하곤 했는지 아주 조금은 알 것 같았다.

선호는 저 붕어빵 봉지를 확 빼앗아 보면 어떨까, 하는 생각이 문득 들었다.

그럼 여자가 어떠한 반응을 할 텐데 그게 무엇이 됐든 귀여울 테니까.

경악하든, 째려보든, 놀라서 입을 떡 벌리든, 그에게서 도로 붕어빵 봉지를 빼앗든, 아니면 낭랑한 목소리로 '돌려줘요!' 하고 소리치든. 그것도 아니면 가만히 있든. 물론 그녀가 먹을 것을 빼앗기고도 가만히 있지는 않을 것 같지만.

하지만 제 사소한 욕심을 충족하자고 성인이 되어서 그런 짓을 할 수는 없는 노릇이다.

선호는 입을 꾹 다물며 엘리베이터 앞으로 바짝 다가섰다. 이곳을 빨리 벗어나야 했다.

가만히 있다가는 정말 어떤 짓이라도 하게 될 것 같았으니까.

* * *

원래 존재감이 그렇게 뚜렷한 건지, 아니면 자신이 계속 그녀를 눈으로 좇고 있어서 그런지 모르겠지만 1201호 여자는 유독 눈에 튀었다.

헬스장 거울 앞에서 스트레칭을 한 3분 정도 하다가, 준비 운동을 끝내자마자 의욕적으로 덤벨 2kg짜리를 양손에 들었다.

그걸로 한 서너 번 팔운동을 하다가 무거워 죽겠다는 표정으로 덤벨을 도로 내려놓았다.

그러다가 갑자기 러닝머신에 올라, 죽자 살자 달려 댔다.

참…… 무슨 운동을 저렇게 하나 싶었다.

선호는 옆집 여자가 무척이나 신기했다. 자신이 트레이너였다면 가르쳐 주지 않고서는 못 배길 정도로 신기하게 운동했다.

만약 그녀가 먼저 도움을 요청해 왔다면 사심 없이 담백하게 요령을 알려 줄 수도 있었다. 헬스장에서는 서로 운동하는 자세를 봐주곤 하니까.

그런데 소임은 그를 온몸으로 싫어하고 있었다. 어쩌다가 눈이 마주치기라도 하면 새침하게 고개를 홱 돌리거나, 흥 하고 코웃음을 쳤다.

그러니 참견할 수가 있어야지.

뭐, 알아서 운동하라고. 그녀가 탈진할 듯 헉헉거리면서 러닝머신 뛰어도 그냥 무시하려고 했는데 어째서인지 자꾸 시선이 갔다.

그렇게 운동하다가 관절 나간다고 말이라도 지나가듯 해 줄까?

그러면 무슨 상관이냐고 톡 쏘아붙이지 않을까?

선호는 자신이 한마디 했다가 소임이 자신을 더 싫어하게 되는 건 아닌지 고민했다.

근데 그러면 또 어떤가 싶기도 했다. 그녀가 분한 치와와처럼 치를 떠는 모습이 귀엽긴 했으니까. 그녀에게 눈총받는 기분이 은근히 짜릿했다.

스스로 생각해도 이상했다. 남이 자신을 어떻게 생각하든 여태까지는 신경을 하나도 안 써 왔으니, 이번에도 신경이 안 쓰여야 마땅한데 어째서 자꾸 여자의 반응을 살피게 되는 건지. 그리고 왜 자꾸 그녀를 건드려 보고 싶은 건지.

옆집 여자가 자신이 만든 게임을 재밌게 하는 모습을 발견했을 때는 너무 뜻밖이어서 피식 웃음이 나왔다. 미간까지 살짝 좁힌 채 신나게 게임을 하는 모습을 보니까 더할 나위 없이 뿌듯했다.

만약 그 게임 개발자가 그인 것을 알면 기겁하면서 당장 게임 앱을 삭제하고 리뷰에 별 하나 박을 것 같은데, 그걸 모르니까 저렇게 집중해서 하는 거겠지.

그녀가 며칠째 똑같은 스테이지에서 고전하는 게 갸륵하기도 해서, 선호는 자신의 핸드폰을 꺼내서 게임 앱을 켰다.

트릭을 알려 줄까 싶어서.

직접 말해 주면 자존심 상할 테니까 그는 그녀가 엿볼 수 있게 일부러 핸드폰 화면을 내보이며 게임을 플레이했다.

근데 소임은 그가 같은 게임 앱을 켜자마자 휘둥그레진 눈으로 쳐다보다가 분한 듯 씩씩거렸다. 그러고는 토라진 표정으로 본인의 게임에만 몰두했다.

선호는 그녀의 꿋꿋한 외면이 참 흥미롭게 느껴졌다.

'뭐든지 다 혼자서 하려고 하네.'

그냥 어떻게 하는 건지 물어보지. 그러면 대답해 줄 건데.

그러다가 돌연 이렇게 귀여운 여자에게 왜 애인이 없는지 모르겠다고, 그런 쓸데없는 호기심이 갑작스레 생긴 것은 자신이 생각해도 정말 특이한 일이었다.

프로젝트 건으로 신경을 많이 써서 그런지 며칠 사이 으슬으슬한 기운이 돌더니 결국 꼼짝도 못할 정도로 몸살이 났다.

—선호야, 나 카메라 빌려줄 수 있어? 건우가 친구 생일 파티 초대받아서 가는데 내가 사진 좀 찍어 주려고.

"응. 다음에 가져다줄게."

전화할 때 목소리가 안 좋은 것을 알아들었는지, 눈치 빠른 사촌이 한달음에 달려왔다.

"아휴. 이게 뭐야. 아프면 나한테라도 말을 하지. 오늘 한 끼도 못 먹었지? 내가 못 살아. 죽이라도 시켜 먹지."

나이 차이도 별로 안 나는데 그래도 손위 누나라고, 지현은 선호에게 책임감을 느끼는 모양이었다. 해외 살던 그가 한국에 들어온 이후로 친척 중에 제일 가깝게 왕래했다.

"괜찮아. 쉬면 돼. 금방 나아."

딱히 병원 갈 만큼 심각한 상태도 아니고 그냥 푹 쉬고 나면 저절로 나을 듯했다.

지현을 배웅하려 현관에서 대충 대꾸하고 있는데, 엘리베이터가 '띵' 소리와 함께 12층에 도착했다. 아무런 생각 없이 바라본 곳에서는 며칠간 보지 못했던 여자가 나왔다.

그 와중에 지현은 마치 다섯 살짜리 건우 다루듯이 그의 뺨을 쓰다듬으며 안타까워했다.

"어머, 얼굴이 반쪽이 됐어. 어떡해. 정말 병원 가야 하는 거 아니야?"

별거 아닌 일에 사촌이 지극히 걱정하니까 자신도 조금 뻘쭘한 기분을 느끼고 있는데 설상가상으로 소임이 끔찍해 죽겠다는 표정을 지으니 선호는 위기감을 느꼈다.

그는 고개를 슬쩍 돌려 지현의 손길을 피했다.

"진짜 괜찮아. 빨리 가."

"알았어, 선호야. 푹 쉬고. 많이 아프면 병원 가고. 알았지?"

"응."

사촌 누나를 보내고 나서도 선호는 근심에 잠겼다. 아까 소임이 띠었던 혐오스러운 표정이 잊히지 않았다.

옆집 여자는 자신을 머저리로 보는 게 분명했다. 다 큰 남자가 엄살만 많아서 자기 아프다고 가족 불러서 애처럼 징징대고 있다고.

그래서 심란했다.

그런 거 아닌데. 징징댄 적 없는데.

왜 변명하고 싶은 마음이 드는지. 정말 이상했다. 저 여자가 자신을 별로라고 생각하면 어떻고. 그게 무슨 상관이라고.

이전에는 그래 본 적 없는데, 요즘 따라 제게 있으리라 상상조차 못한 치졸한 감정이 불쑥 튀어나오곤 해서 당황스러울 때가 한두 번이 아니었다.

예를 들어 그녀가 자신의 집을 찾아왔을 때도 그랬다.

딩동.

"누구세요?"

인터폰 화면에는 아무것도 비치지 않았다.

누가 잘못 눌렀나 싶었는데 또 다시 벨이 울렸다. 누군가 장난이라도 치나. 그렇다면 참 할 짓 없는 사람이라고 생각하며 응답을 끊었다.

딩동.

세 번째로 확인했을 때는 심통 난 표정의 옆집 여자가 있었다.

뚱하게 카메라를 노려보는 소임을 확인하자마자 갑자기 확 몸에 에너지가 돌면서 장난기가 솟았다. 선호는 슬쩍 입꼬리를 올리면서 대꾸했다.

"누구세요."

—저기요. 문 좀 열어 보세요.

그는 일부러 심각하게 대꾸했다.

"신문 안 봅니다."

"아니, 저 옆집이거든요?"

—절 다닙니다.

"전도하러 온 거 아니거든요!"

버럭 화내는 소임을 보자 선호는 웃음이 나왔다. 아마 그녀는 자신이 피식거리며 현관으로 갔다는 걸 모를 것이다. 문을 열기 전에 시큰둥하게 표정을 재정비했으니.

옆집 여자에게 눈총을 받는 게 은근히 재밌다고 생각했는데, 말을 섞는 것은 두 배로 재밌었다. 어찌나 쌀쌀맞게 구는지.

"지금 통 주세요."

"……."

"나중에 통 때문에 집 오고 가는 거 귀찮잖아요. 지금 그 통 주시라고요."

톡 쏘아붙이는데 무섭지도 않고 귀엽기만 했다. 더 골려 주고 싶을 정도였다.

한번 대화를 나누고 나니, 그녀의 새침하던 말투와 낭랑한 목소리가 계속 떠올랐다.

그래서 모르는 번호로부터 전화가 왔을 때도 한 번에 알아차릴 수 있었다.

─아, 안녕하세요. 5245 차주 분 되세요? 다름이 아니라 저는 음, 마크팰리스 2동에 사는 사람인데요. 그게 제가 주차를 하다 가…….

핸드폰을 타고 넘어오는 음성을 듣자마자 그의 청신경이 예민하게 곤두섰다.

"1201호?"

"아, 네. 어? 어떻게 아셨어요? 누구세요?"

─지금 내려갑니다.

귀찮은 일이 생겼다고는 전혀 느껴지지 않았다. 오히려 즐거웠다. 근래 꽤 자주 마주치는 여자와 또 새로운 일로 얽힐 수 있다면 차를 수리하는 번거로움이야 충분히 감수할 수 있었다.

확실히 그에게 남는 장사였다. 차를 고치는 거야 돈만 내면 되는데, 여자를 놀리는 재미는 돈 주고도 얻을 수 없는 일이니까. 그리고 여자의 반응은 그가 기대했던 것보다 훨씬 귀여웠다.

"저기요. 설마 지금 경찰에 신고하시는 건 아니죠? 제가 뭐든지 해 드릴 테니 잠시만 진정하시고……."

눈썹은 불쌍하게 내려뜨리고 입을 삐죽거리면서 울먹거리는데 선호는 터져 나올 것 같은 웃음을 꾹 참아야 했다.

진짜 경찰을 불러 볼까? 어디선가 가학심이 퐁퐁 솟아났다. 정말 한번 울려 보고 싶었다.

옆집 여자에게는 이상한 재주가 있는 것 같았다.

그녀가 충격받은 표정으로 세상에 어쩜 저런 사람이 있느냐는 듯이 쳐다보면, 그는 정말 세상에 존재할 수 없는 사람이 된 느낌이 들었다.

말하자면, 못할 짓을 해 버린 불한당이 된 느낌. 순진한 아가씨를 괴롭히는 악당, 혹은 어린아이 사탕 빼앗는 강도. 한마디로 대단한 몹쓸 놈이 된 듯했다.

사실 그런 나쁜 짓은 한 번도 해 본 적 없는데. 여태 해 온 것 중에 남한테 욕먹을 짓을 굳이 꼽아 보자면 십 대 때 아버지 몰래 다른 대학에 원서를 쓴 게 유일했다.

소임에게 쓰레기 취급받는 기분은 어쩐지 즐거웠다. 자신이 이번 인생에서 절대 가질 수 없는 새로운 인격을 특별히 부여받은 듯했다. 배트맨, 슈퍼맨, 하여튼 그런 멋진 영웅 말고 그냥 못된 놈.

그래서인지 그녀가 싫어하는 짓을 다 하고 싶었다. 일부러라도 심기를 긁어 보고 싶었다.

왜냐면…… 그녀가 아주 재밌는 반응을 해 주니까.

그 귀여운 모습을 어떻게라도 보고 싶어서 일부러 심술 맞게 행동하고 싶었다.

* * *

"또 나가나?"

진수의 능글맞은 눈빛에 선호의 미간이 좁아졌다.

"화장실 간다."

"그래, 사람이면 화장실에 가야지. 천천히 볼일 보고 돌아와. 아주 천천히."

자신은 뭔가를 알고 있다는 듯이 태평한 어조로 말하면서 마우스를 딸각 딸각 신나게 누르는 진수의 모습에 선호는 한숨을 내쉬며 사무실 문을 닫았다.

옆집에 웃긴 여자가 사는 것 같다고 그냥 한두 번 지나가듯 언급했을 뿐인데 진수는 마치 그가 요새 공들이는 여자가 있다고 선언하기라도 한 것처럼 유난을 떨었다.

"그래서 나 그분은 언제쯤 볼 수 있어?"

더군다나 소임이 우연히 그들의 사무실과 같은 층에 학원을 차린 이후로 선호가 사무실을 나가기만 하면, 예를 들어 일이 잘 안 풀려서 기분 전환 겸 테라스로 나가기만 해도 진수는 자꾸 은근한 눈길로 그를 쳐다보거나, 역시 못 말린다는 것처럼 고개를 도리도리 저어 댔다.

"네가 소임 씨 여기 입주하라고 소개해 준 거지?"

너무나 터무니없는 질문에 어이가 없어서 아니라고 간단히 대답하고만 말았더니, 진수는 그가 정곡을 찔려서 부끄러워한다고 생각하는 듯했다.

혼자만 그렇게 망상하면 몰라, 집에 가서 말을 어떻게 해 놨는지 얼마 전에 만난 지희도 웃으면서 그에게 아는 척을 했다.

"요즘 만나는 분 계신다면서요?"

그때는 정말 진수에게 짜증이 일었다.

만나긴 무슨. 서로 말도 잘 안 나누는 사이인데.

"자, 이제 우리 같이 채점하자! 서로 문제지 바꿔 봐!"

옆집 여자, 변소임은 학생들에게는 발랄하고 경쾌하게 대하면서 그와 복도에서 마주치기만 하면 얼굴에 웃음기를 싹 지우고 새침하게 눈을 내리깔았다. 아교칠이라도 한 것처럼 입을 꾹 다물고.

너무나 극명히 대비되는 태도에 살짝 서운하기까지 했다. 화통 삶아 먹은 듯이 웃는 거 이미 다 들었는데.

게다가 소임은 아파트 휘트니스 센터에도 발길을 끊었다.

같이 운동을 다니기로 합의한 것도 아니었다. 오히려 열성적으로 하루에 두 번씩 헬스장에 오는 중년 남성들이 그의 운동 메이트라고 할 수 있었다. 그러니 그녀가 운동을 그만두든 말든 상관이 전혀 상관이 없는데 괜히 섭섭했다.

한 시간 중에 30분 정도를 뒷짐 지고 헬스장 안을 천천히 돌아다니는 여자 한 명이 안 보이는 게 무슨 상관이라고 이렇게 아쉬운 마음이 드는지.

왜 운동 안 오냐고. 건강하려면 운동해야지.

선호는 자신이 옆집 여자를 신경 쓰는 게 마음에 안 들었다. 설마 그녀의 건강을 걱정하는 것인가? 고작 이웃 사이일 뿐인데 근본 없는 실망감을 느끼는 게 몹시 성가셨다.

그리고 더 짜증 나는 건, 소임이 그에게는 그렇게 냉담하게 굴어 놓고 진수에겐 더할 나위 없이 상냥하게 굴어 준다는 거다.

대체 왜?

진수는 유부남인데.

따지고 보면 제게 더 다정하게 굴어야 하는 거 아닌가? 옆집 살고, 운동도 같이 다녔었고, 알고 지낸 지도 진수보다 훨씬 오래됐는데 말이다.

진수가 말투도 자상하고, 웃을 때마다 생기는 보조개가 귀엽긴 하지만 키는 자신이 더 큰데.

"이선호, 도넛 먹을래? 소임 씨가 가져왔어."

저놈이 뭐가 이쁘다고 도넛을 가져다주는가. 지난번에 컴퓨터 고쳐 준 것도 자신인데.

"안 먹어."

그는 얼굴을 찌푸린 채 내내 핸드폰을 붙들고 게임을 했다. 너무 짜증 나고 이해가 안 되어서 먹기 싫었다. 자신에게 도넛 먹으라고 권하지도 않고 멀뚱히 바라만 보는 소임이 얄미워서.

그녀가 사무실에서 나가자마자 진수가 촉새처럼 조잘댔다.

"소임 씨 너랑 완전 똑같던데?"

진수는 그를 놀리고 싶어 하는 게 분명한 표정으로 헤벌쭉 웃으며 덧붙였다.

"결혼 생각 없으시대."

"어쩌라고."

시큰둥하게 대꾸했는데도 진수는 아랑곳하지 않고 재잘거렸다.

"근데 완전히 생각 없는 건 아니고, 괜찮은 사람 만나면 결혼할 수도 있대."

"……."

"시댁 간섭이랑 제사 싫대."

"……."

"시동생은 있어도 괜찮대."

진수는 마치 선호가 그런 정보를 듣고 싶어 하는 것처럼 열심히 조잘대고 있었다.

선호는 핸드폰 게임을 끄면서 눈을 찡그렸다.

'진짜 어쩌라고.'

그런 얘기를 왜 자꾸 자신에게 말하는가? 무슨 관계라도 되는 것처럼. 그 여자가 결혼 생각이 없든 말든, 시동생을 괜찮게 생각하든 말든 제가 무슨 상관이라고.

근데 궁금하긴 했다.

'왜 결혼 생각이 없는 거지?'

딱 봐도 화목한 가정에서 사랑 듬뿍 받고 자란 듯한 저 여자는 결혼해서도 남편하고 하하 호호 즐겁게 잘 살 것 같은데.

소임이 결혼해서 행복하게 사는 모습을 상상하자 갑자기 짜증이 났다. 자신은 절대 상상할 수 없는 미래라서 배가 아픈 건지, 이유를 알 수 없었다.

매일 연락을 주고받을 정도로 돈독한 사이는 아니지만 그래도 특정한 날에는 동생들과 꼭 통화했다.

예를 들어 어머니 기일.

그런 날에는 매년 형제끼리 모여서 식사를 하거나 시간을 같이 보내는데, 올해는 그가 한국에 와 있어서 만나지 못했다.

전화해 보니 찬호도 그냥저냥 공부하며 잘 지내고 있고, 민호 역시도 번역 일감이 많아서 굶어 죽지 않고 잘 사는 듯했다.

"그래, 건강히 지내고 있어라."

통화를 마무리하려다가 불현듯 세영이 생각나서 지나가듯 한마디 언급을 했더니 민호가 성질을 부렸다.

―아, 내가 연락을 어떻게 해. 형도 걔한테 연락하지 마. 그냥 가만히 있어.

"세영이 어머니한테 전화 왔었는데. 세영이가 그래도 결혼은 하고 싶어 한다고……."

―나도 결혼은 하고 싶어! 근데 애는 싫다고.

"그건 둘이 잘 상의를 해서……."

―세영이랑 둘이 행복하게 사는 건 어떻게든 노력할 수 있는데 애는 안 돼. 난 형처럼 애 못 돌봐. 그러니까 나한테 뭐라고 하지 마!

민호는 속사포처럼 내뱉고서 버릇없이 전화를 뚝 끊었다.

선호는 통화가 끊긴 핸드폰은 물끄러미 내려다 봤다.

누구는 애를 처음부터 잘 돌봐서 동생들을 길렀나.

새엄마한테 천대받는 불쌍한 동생들이 눈에 밟혀서 기숙 학교도 안 가고 집에서 다녔건만, 동생들을 열심히 키운 결과는 별로 성공적이지 못한 듯했다.

나름대로 최선을 다했건만, 그와 아버지 사이의 갈등을 보며 자라서 그런지 동생들은 둘 다 가정을 꾸리는 것에 극심한 거부감을 가졌다. 어쩌면 민호가 처음에 세영이와 결혼하겠다고 밝혔던 것부터가 기적이었을지도 모른다.

하여튼 자식 잘못 키운 부모의 마음이 이렇겠지.

이렇게 반항적인 가족 때문에 머리 아플 바에는 그냥 혼자 사는 게 제일 편하다고 생각했지만, 1년에 한 번은 정말 울적해졌다.

밀려드는 외로움과 우울감을 혼자서는 견디기 힘들었다. 곁에 누군가가 있어 줬으면 하고 절실히 바랐다.

그런데 그렇게 해 줄 사람이 없으니……. 진수를 붙잡을 수밖에 없었다.

"진수, 오늘 집에 좀 늦게 들어갈 수 있어?"

"음, 글쎄? 우리 지희가 허락하려나……."

코를 찡긋거리며 고민하는 척하는 진수에게 선호는 그가 원하는 대답을 내어주었다.

"내가 술 살게."

진수는 장난스럽게 키득거리며 흔쾌히 대답했다.

"알았어!"

선호는 말없이 술만 들이켰다. 평소 술을 즐겨 마시지 않는 편이지만 밀려드는 울적함을 잊기 위해서라도 알코올이 필요했다.

진수는 이미 그가 왜 그러는지 알고 있다는 듯 더욱 살갑게 굴며 신경을 써 줬다.

"야, 선호야. 일요일에 밥 같이 먹을래? 지희한테 피자 해 달라고 할게. 요즘 우리 지희 문화센터에서 요리 배우잖아. 지난번에 해 줬는데 진짜 맛있다?"

"일요일?"

선호는 일정을 생각해 보았다.

주말에 딱히 잡혀 있는 약속은 없었다.

그런데 피자?

지난번에 소임에게서 피자 한쪽을 얻어먹었던 게 생각났다. 맛있게 잘 먹던 그녀의 모습 역시도.

'한 번 얻어먹었으니까 답례로 피자 한 번 사 줄까? 근데 요즘 되게 새침 떨던데, 피자 먹으러 가자고 하면 따라오려나? 아니면 그냥 배달시켜서 사무실에서 먹어야 하나.'

자신도 모르게 그녀를 떠올리고 있던 선호는 뒤늦게 제 이상한 행동을 알아차리고 심각해졌다.

그 여자가 피자를 맛있게 먹든 말든 무슨 상관이라고.

그는 미간을 살짝 찌푸렸다가, 초대에 수락하는 의미로 진수에게 고개를 끄덕여 보였다. 진수가 사람 좋게 활짝 웃어 보였다.

"그럼 일단 저녁에 오는 거로 말해 놓을게."

"그래."

* * *

요즘 들어 정말 이상해지고 있었다.

소임과 관계를 진전하고 싶은 것도 아니었다. 아니, 진전할 수 없었다. 자신은 애인을 만들 계획이 전혀 없었으니까. 여태껏 홀로 잘 살아왔고, 앞으로도 혼자 잘 살면 되는 거였다.

그런데 그녀를 만나는 게 왜 이렇게 좋을까. 주말이 기다려졌다.

둘이 만나서 밥을 먹고, 별 목적 없이 밖을 돌아다니는 게 왜 이렇게 즐거울까? 시간 낭비라고 생각했던 일들이 쓸데없이 느껴지지 않는다는 게 신기했다.

소임과 함께 있는 시간이 하나도 아깝게 느껴지지 않았다. 그저 왜 이렇게 시간이 빨리 흘러가 버리나 야속하기만 했다.

진수가 권하는 주말 약속을 몇 번째나 연속으로 거절하고 있었다. 아직 아무 말도 하지 않았지만 눈치 빠른 진수는 이미 무언가를 짐작한 듯했다.

'진수가 물어보면 뭐라고 하지?'

이건 절대 데이트가 아니었다. 사귀지도 않는데 무슨 데이트인가. 만약 진수가 알게 된다면 그렇게 말해 줄 생각이었다.

근데 또 막상 그렇게 말하자니 좀 억울했다.

데이트가 아니라고? 그 여자 옆에서 같이 걷고, 대화하면서, 웃겨 주기까지 했는데, 데이트한 게 아니라고?

어쩌면 소임과 관계가 좀 더 진전되어도 괜찮을 것 같다고 생각하던 즈음이었다. 애인, 뭐 그런 독점적인 관계를 정의하는 건 무척 쑥스럽고 기분 이상하고 민망하지만, 그래도 그녀가 지금 그들이 하는 게 맛집 탐방이 아닌 데이트라고 생각해 주면 좋을 것 같았다.

그런데 소임이 폭탄을 투척했다.

"흐흠. 그 서, 선을 보기로 했거든요?"

선호는 순식간에 기분이 저조해졌다.

"누구랑?"

"몰라요. 잘 모르는 사람이에요."

충격적인 소식을 전하는 당사자는 태평한 표정인데 그 혼자만 기분이 나빴다. 그것도 몹시.

얼마나 기분이 나쁘던지. 정말 누군가가 그의 머리 위에 구정물을 들이붓기라도 한 것처럼 기분이 나빠졌다.

기분이 나쁘니 입은 자연스레 다물렸다.

집에 돌아가는 동안 차에는 적막이 흘렀다.

이렇게 가만히 입을 꾹 다물고 있으면 안 되는데, 그러면 저 여자가 이 만남에 긍정적인 감상을 느끼지 않을 텐데.

그런데도 저조한 기분을 제어할 수 없었다.

소임은 볼을 부풀린 채로 창밖을 내다보고 있었다. 그녀도 기분이 좋지 않은 게 분명했다.

어떤 말이라도 꺼내야 한다는 의무감을 느끼고 있었는데 불쑥 입에서 튀어나온 것은 스스로도 저의를 모르겠는 문장이었다.

"전 결혼 같은 거 하고 싶지 않습니다. 평생 혼자 살 겁니다."

그가 제게 시비를 건다고 짐작한 건지, 소임은 눈썹을 꿈틀거렸다.

"그러세요."

"맞선도 본 적 없습니다. 독신주의거든요. 어차피 시간 낭비일 거니까."

그녀가 시큰둥하게 대꾸했다.

"네에. 맞아요. 저는 시간 낭비를 잘하는 사람이랍니다."

선호는 정면을 노려보며 입을 꼭 다물었다.

본인이 혼자 살 계획이라고 해서, 남들 결혼에 부정적이진 않았다. 자신과 상관없는 일이니까. 그런데 아까 소임이 선을 본다는 소리를 하니 짜증이 일었다.

왜 이렇게 기분이 나쁜지 본인조차 알 수 없어서, 아니, 솔직히 말하면 알 것 같아서 더 화가 났다.

저 여자가 결혼하지 않았으면 했다.

하하 목젖까지 보이면서 웃는 모습을 다른 남자가 보지 않았으면 했다.

토라진 것처럼 새침하게 굴다가도 뭐 하나 사 주면 함박웃음을 짓는, 그래서 보는 사람으로 하여금 세상에서 제일 보람차고 좋은 일을 한 것처럼 느끼게 하는, 그런 짜릿한 즐거움을 다른 이와 공유하고 싶지 않았다.

자신이 어떤 마음을 느끼고 있는지 저 여자는 까무룩 모를 터. 그 점에 짜증을 느끼면서도 속마음을 솔직히 표현할 수 없는 스스로에게 화가 났다.

외전 2. 신혼

　소임은 자신의 볼에 닿은 손을 느끼고 미간을 찌푸렸다.

　볼을 어루만지는 손길은 부드러웠지만 소임에게는 성가시게 느껴질 뿐이었다. 그녀는 슬쩍 고개를 돌려 저를 쓰다듬는 손을 피했다.

　웃음기 밴 목소리가 들려왔다.

　"밥 차려 두고 나갈게. 이따 먹어."

　"으응……."

　소임은 대충 대답한 후에 다시 잠에 빠져들려 했다.

　그런데 또 볼에서 성가신 손짓이 느껴졌다.

　마치 두께를 가늠하듯 엄지와 검지로 볼을 꼬집는 손길에 소임은 무거운 눈꺼풀을 들어 항의하듯 그를 노려보았다.

선호가 슬며시 입꼬리를 올렸다.

"알았어. 잘 자."

그는 소임의 볼을 쓱쓱 쓰다듬고는 이불을 그녀의 목까지 끌어올려 덮어 주고서 방을 나갔다.

소임은 그제야 안심하고 눈을 감았다. 다시 잠에 빠져들 시간이다.

현관문에 매달아 놓은 종이 딸랑 울리는 소리에 소임은 그가 완전히 집을 떠났음을 알아차렸다.

'갔구나.'

그녀는 잠결에도 그가 참 부지런하다고 생각했다. 자신이 아직도 꿈나라에서 헤맬 동안 그는 아침에 운동도 다녀오고 자신이 먹을 밥도 차려 놓고 일하러 나갔다.

역시 꾸준히 운동해 온 사람의 체력을 따라갈 수는 없나 보다. 여느 신혼부부의 일상이 그렇듯, 어젯밤 역시 그에게 열정적으로 시달린 소임은 부족한 체력을 잠으로 메워야 했다.

소임은 조용하고 아늑한 침실에서 한 시간 정도를 더 자고 일어났다. 배가 고프지만 않았다면 좀 더 늘어졌을 텐데 어제 힘을 너무 썼더니 허기가 졌다.

배고픔을 느끼며 부엌으로 나간 소임은 식탁 위에 정갈히 차려진 밥상을 보고 흐뭇한 미소를 지었다.

선호가 해 놓고 나간 아침 메뉴는 명란 비빔밥이었다. 아니, 아침이었는데 시간을 보면 점심으로 쳐야 할 것 같았다. 어쨌든

다홍빛 명란 옆에 가지런히 놓인 연두색 아보카도 단면의 색감 조합이 그녀의 식욕을 돋웠다.

소임은 기분 좋게 숟가락으로 밥을 싹싹 비벼서 한 술 크게 떴다. 요리 잘하는 선호가 만들어서 그런지, 간이 짜지도 않고 딱 맛있었다. 신나게 우물거리면서 옆에 놓인 접시의 뚜껑을 들어 본 소임은 그 안에서 후식으로 먹을 키위와 오렌지를 발견하고 함박웃음을 지었다.

'진짜 최고야.'

이렇게 먹을 것을 잘 챙겨 주다니. 역시 그와 결혼하길 잘했다. 소임은 늘 선호에게 감동했다.

신나게 밥을 먹던 소임은 딩동 울린 벨 소리에 갸웃거리며 인터폰을 확인했다.

'누구지?'

갑작스러운 방문자는 해주였다.

소임이 현관문을 열어 주자 해주는 의욕적으로 신발을 벗으며 집에 들어왔다.

"이 서방 집에 있어?"

해주는 선글라스를 머리띠처럼 올려 쓰고 있었다. 시력이 좋아서 안경도 안 쓰는 사람이었는데 얼마 전에 새임을 보러 미국에 2주 정도 다녀오더니 계속 선글라스를 쓰고 다녔다. 작은 사위인 첸이 선글라스가 잘 어울린다고 칭찬을 해 준 후로 선글라스를 분신처럼 여겼다.

그리고…….

소임의 시선이 해주의 왼쪽 팔에 걸친 가방에 향했다.

저건 선호와 소임이 지난달에 프랑스 파리로 여행을 갔을 때 사 온 가방이었다.

해주는 선호가 사 준 가방을 무슨 부적처럼 외출할 때마다 꼭 가지고 다녔다. 그리고 누군가 그것에 슬쩍 눈길만 줘도 호호 웃으면서 먼저 말을 꺼냈다.

"이쁘지? 우리 큰 사위가 사준 건데. 소임이랑 프랑스 놀러 갔다가 내 생각이 나서 사 왔다고……."

하면서 주절주절 자랑했다.

선호의 미담은 끝이 없었다. 그가 얼마나 극진히 장인 장모를 모시는지, 개인주의가 극치를 달리는 요즘 같은 시대에 주변 어른들에게 얼마나 예의 바르게 구는지, 돈만 잘 벌어 오는 게 아니라 소비 습관도 얼마나 현명한지, 해주는 온종일 말할 수도 있었다.

"결혼해서 둘만 잘 살면 된다고 했는데도 우리한테 어찌나 잘하는지. 매일 아버님, 어머님 안부 전화에 뭐 맛있는 거 있으면 우리도 갖다 줘야 하고, 어디 놀러 가서도 어머니 생각나서 사 왔다고 선물 주고. 참, 내가 이렇게 사위한테 호강 받을 줄 어떻게 알았겠어."

지난번에 해주가 다른 아주머니에게 신나게 떠드는 광경을 가까이에서 목격한 소임은 부끄러워서 낯을 들 수 없었다.

누가 보면 새임과 소임이 그동안 효도를 한 번도 하지 않은 줄 알 것이다. 해주는 선호가 웃으면서 '어머님' 하고 부르기만 해도 감격했다.

또, 남편한테서 그런 명품은 한 번도 받아 본 적 없는 사람처럼 해주는 꼭 사위들이 선물해 준 가방만 들고 다녔다. 정말로 사위 사랑이 지극한 장모였다.

"아니. 일 나갔지."

소임이 선호가 집에 없다고 말하자 해주는 무척 실망스러운 표정을 지었다.

"에그, 그럴 것 같긴 했다만."

해주는 손에 들고 있던 검은 비닐봉지를 식탁 위에 올려놓고는 매듭을 풀어 봉지 안의 투명한 지퍼백을 꺼냈다.

"지금 먹어야 더 맛있는데. 냉장고 들어가면 맛이 덜하거든. 아쉽지만 어쩔 수 없지. 이따 돌아오면 먹으라고 해."

소임은 관심 가득한 눈으로 해주가 가져온 것을 지켜보았다. 아주 탱글탱글하게 보이는 우윳빛의 해산물. 바로 굴이었다.

"어디서 났어? 시장에서 샀어?"

소임의 질문에 해주는 뿌듯한 얼굴로 대답했다.

"너 연제 아줌마 알지? 그 아줌마가 저기 서해에서 굴 가져왔다고 목욕탕 채팅방에 올렸는데 엄마가 제일 먼저 사겠다고 전화해서 바로 가져온 거야. 이거 양식 아니야. 자연산이야. 연제 아줌마네 친정 엄마가 직접 캐신 거래."

"그래? 맛있겠다. 한번 먹어 볼까?"

소임은 몇 수저 남지 않은 아보카도 비빔밥을 싹싹 긁어먹은 후 설거지통에 담가 놓고는 새 그릇과 채반을 꺼내 왔다. 그러고는 냉장고에서 초장도 꺼내서 종지 그릇에 옮겨 부었다.

그녀는 얼른 굴을 여기다가 부어 달라며 반짝반짝 빛나는 눈으로 해주를 바라보았다. 시키지도 않았는데 착착 움직이는 모습을 보고 해주는 조금 근심스러워했다.

"먹는 걸 이렇게 좋아해서 어쩌니……. 게으른 애가 이럴 때만 빨라."

해주는 소임의 유분기 번지르르한 얼굴을 물끄러미 응시했다.

소임은 살짝 뜨끔했다. 자신이 세수 안 한 것을 해주가 눈치챘으려나 싶었다. 괜히 멋쩍어서 얼굴을 매만지던 그녀는 손가락에 걸리는 이물질을 슬며시 뗐다. 눈곱은 아니고 입가에 밥풀이 묻어 있었다.

하지만 이렇게 사소한 점 빼고는 웬만해서 해주에게 트집 잡힐 일이 없으니 다행이었다.

아침에 살짝 게으르게 일어나는 것을 제외하면 소임은 아주 부지런한 새댁처럼 살고 있었다.

피부 관리, 백화점 쇼핑, 문화센터에서 취미 활동 등등. 외부 활동을 열심히 하면서도 집 안은 무척 깨끗하게 유지했으니까. 소임에게 방 좀 치우라고 매일 잔소리하던 해주도 신혼집에 놀러 와서는 집이 아주 깔끔하다며 칭찬만 했다.

그것은 모두 선호 덕분이다. 그가 매일같이 쓸고 닦는 통에 집은 언제나 깨끗했다. 소임이 낮에 아무리 어지럽혀도 저녁이면 원상복구가 됐다.

그가 집안일을 도맡아 해 주니 소임은 몸이 편했다. 게다가 요새 근심과 걱정이 사라지니 얼굴이 자연스레 폈다. 그래서 그녀는 결혼한 후에 예뻐졌다는 말을 많이 들었다.

남들이 봤을 때 소임은 무척이나 삶을 행복하게 즐기며 사는 사람이었고, 아마 해주의 눈에도 그렇게 보일 것이다. 그래도 결혼 전보다는 아주 외향적이고 부지런하게 살고 있으니까.

해주는 자포자기한 듯이 고개를 끄덕이며 지퍼백을 열었다.

"그래. 맛있을 때 먹어야지."

소임은 짭조름하고 풍미 좋은 굴 맛을 떠올리고 입맛을 다셨다. 신선한 생굴을 초장에 찍어 먹으면 입안 가득 바다 향이 풍길 것이다.

그런데 기대와 달랐다. 해주가 채반에 굴을 쏟아붓자마자 비린내가 소임의 코를 찔러 왔다. 그녀는 반사적으로 얼굴을 찡그리고 손바닥으로 입을 막았다.

"우우웁."

소임은 자신도 모르게 나온 이상한 신체 반응에 얼어붙었다.

이것은 뭐란 말인가. 맛있는 음식을 앞에 두고 헛구역질하다니?

소임은 흔들리는 초점으로 우윳빛 굴을 내려다봤다. 촉촉하게 젖은 굴은 더욱 표면이 매끄럽고 탱글탱글해 보였다.

맛있어 보였다. 먹고 싶었다.

"우읍."

그런데 어째서인지 토기가 차올랐다.

"어머나!"

소임보다 한결 빠르게 상황을 파악한 해주가 방글방글 웃었다.

"얘, 소임아. 경사 났구나."

소임의 어깨를 두어 번 토닥이고서 자리에 앉아 있으라며 다정히 소파로 안내한 해주는 가죽 핸드백 속에서 핸드폰을 꺼내 어딘가로 전화를 걸었다. 그리고 상대가 통화에 응하자마자 신나는 기색으로 물었다.

"으응. 자기야, 지난번에 산부인과 어디가 친절하댔지? 아니, 큰딸 말고······."

패닉에 빠져 있던 소임은 해주의 신난 음성을 듣고 정신을 퍼뜩 차렸다.

해주는 지금 휘트니스 멤버에게 전화를 걸고 있다. 저 뜻은, 병원도 가기 전에 마크팰리스에 제 근황이 실시간으로 퍼질 거란 것이다. 이제는 자신이 살지도 않는 아파트에!

"으응. 나 할머니 될 거 같아."

게다가 임신 소식은 이미 반쯤 기정사실화된 것 같았다.

"소임아! 우리 얼른 병원 가 보자."

전화를 끊은 해주가 기분 좋게 종알거리는데 소임은 눈물이 찔끔 났다.

아직 아기를 가졌는지, 안 가졌는지는 확실하지 않아서 감동하긴 이르고, 지금 당장은 자신이 그렇게 좋아하던 굴을 못 먹게 되었다는 게 아쉬울 뿐이었다.

* * *

지이잉.

소임은 진동이 울리는 핸드폰을 확인하고 귓가에 가져갔다. 아까 엄마랑 함께 병원 가는 중이라고 문자를 보내 뒀더니 이제야 확인했는지 선호가 전화를 걸었다.

"여보세요? 어. 아까 끝났지. 데리러 온다고? 음, 아냐. 차 끌고 왔어. 그리고 이미 집 가는 중이야. 그냥 집에서 봐. 응."

소임이 핸드폰을 내려놓자마자 조수석에 앉은 해주가 놀란 기색으로 물었다.

"지금 이 서방이랑 통화한 거야?"

소임이 태연히 고개를 끄덕이자 해주는 충격받은 듯한 표정으로 소임을 응시했다.

소임은 심상치 않은 해주의 표정에 당황하며 되물었다.

"왜?"

"난 친구랑 통화한 줄 알았어. 얘, 남편한테는 좀 더 살갑게 굴어야지."

소임은 이해가 가지 않아서 얼굴을 일그러뜨렸다.

"뭐가? 여기서 뭐를 더 어떻게 살갑게 해?"

이미 충분히 다정하게 굴고 있는데 말이다. 집에서 보자고까지 말했고.

해주가 심각하게 설명했다.

"소임아, 남편한테는 좀 더 상냥하게 얘기해야지. 목소리를 좀 더 부드럽게, 말투도 교양 있게. 예를 들자면……."

흠흠, 헛기침하듯 목소리를 가다듬은 해주가 연기했다.

"네, 여보. 방금 진료 다 보고 이미 집 가는 중이에요. 그냥 집으로 오세요. 전화 끊을게요."

소임은 떨떠름했다.

저것이 과연 부드럽고 교양 있는 말투인가? 만약 저렇게 말한다면 선호는 자신이 화난 줄 알 것이다.

그보다 더욱 이해할 수 없는 것은…….

소임은 불만스럽게 반박했다.

"엄마는 아빠한테 그런 식으로 안 말하잖아."

"어머? 나는 네 아빠랑 35년을 넘게 살았으니까 그렇지. 신혼 초에는 엄마도 되게 상냥했어."

소임은 해주의 말을 믿지 않고 고개를 절레절레 저었다.

해주는 가자미눈으로 소임을 흘겨보며 타박했다.

"이 서방한테 먹을 거 달라고 할 때는 간드러지게 '자기야, 나 뭣 좀 갖다 주세요.' 하고 잘도 말하더니만. 얘, 원하는 거 있을 때만 그러는 게 아니라 평소에도 잘해야지. 이 서방은 얼마나 자상하고 차분하게 전화를 잘 받는데. '네, 어머니. 전화하셨어요?' 하고. 딱 전화를 받았을 때 그렇게 나긋한 음성을 들으면 전화 건 사람도 기분이 좋아지고⋯⋯."

소임은 반쯤 정신이 나간 상태로 해주의 설교를 흘려들었다. 어차피 집도 다 와 가는 마당에 굳이 이야기를 보탤 필요는 없었다. 어서 해주를 마크팰리스에 내려다 주고 자신의 집으로 돌아가는 거다.

물론 해주의 말대로, 선호랑 통화하면 기분이 좋았다. 그는 늘 전화를 침착하게 받는 편이니까. 그건 소임도 인정했다.

가끔 급한 일이 있으면, 예를 들어, 요리하다가 국이 끓어 넘치는 위기 상황이면 소임은 '아악!' 소리를 내면서 상황 설명도 없이 전화를 뚝 끊기도 하는데 그는 언제나 끝까지 차분하고 성의 있게 통화에 임했다.

해주는 차에서 내릴 때까지도 구구절절 소임에게 잔소리했다.

"소임아, 남편한테 좀 더 상냥하게 굴도록 연습해야 해, 응? 이제 곧 애도 태어나는데. 부부가 서로 공경하는 모습을 보여줘야 애도 엄마 아빠가 서로를 사랑하는구나, 생각하지."

"알았어요."

"지금 하는 것처럼 네가 이 서방한테 '아저씨, 올 때 아이스크림 좀 사다 줘요.' 하면 아빠가 아니라 너한테 먹을 것 갖다 주는 사람인 줄 알 거다. 알았지?"

"알았다니까요. 엄마, 차 문 좀 닫아 줘. 나 집에 갈래."

해주가 문을 닫자마자 소임은 얼른 차를 출발시켜 10분 거리의 아파트 단지로 향했다.

그런데 해주가 아직 잘 모르고 있는 것이 하나 있었다.

소임은 해주가 생각하는 것만큼 선호를 친구처럼 여기지 않았다. 충분히 남편으로 여기고 있었다. 그러니까 다시 말하면, 뭐 '여보', '자기야', 같은 닭살 돋는 애칭도 자주 사용했다.

단둘이 있을 때는 아무 생각 없이 그런 호칭으로 부르는데, 어쩐지 그런 사랑이 넘치는 모습을 들키고 싶지 않았다. 그래서 일부러 부모님 앞에서는 시치미를 뚝 떼곤 하는 것이다.

어쨌거나.

집에 돌아온 소임은 겉옷을 벗고서 소파에 발라당 누웠다. 그러고는 병원에서 받아 온 초음파 사진을 구경했다.

'흠……'

이 콩알만 한 점이 선호와 자신의 아이라니. 보면서도 믿기지 않았다.

'여자애일까, 남자애일까?'

임신 초기라 아직 아이의 성별도 알 수 없었다. 이 사진을 어서 선호에게 보여 주고 함께 추리하고 싶어서 소임은 몸이 근질근질했다.

선호에게 임신했다고 아까 제대로 밝히지는 않았지만 그는 이미 눈치챈 것 같았다.

뭐, 굴 먹다가 헛구역질해서 엄마랑 함께 병원 간다고 문자를 보냈으니 웬만해서는 눈치채는 게 일반적일 것 같긴 했다. 그 문자에 이어서 '어디 아파서 가는 건 아님.'이라고 덧붙이기까지 했으니까.

아까 그가 병원으로 데리러 온다고 전화를 했을 때, 임신인 것을 확진 받았다고 바로 말해 줘도 상관없었겠지만, 그래도 큰 사건인 만큼 선호의 얼굴을 보고 직접 말해 주고 싶었다.

그도 소임의 의중을 알아차린 건지 바로 집으로 온다고 했다.

소임의 가슴이 긴장 반, 설렘 반으로 두근두근 뛰었다.

사실 아직은 자신이 엄마가 될 예정이라는 게 실감이 안 났다. 배도 납작하고, 아직 크게 체감할 수 있는 신체 변화를 느끼지 못했으니까. 요새 많이 졸리긴 했는데 그냥 선호가 자신을 밤에 오래 붙들고 있어서 피곤한 줄 알았다.

아직은 제가 임신했다는 것이 긴가민가한데 만약 공동의 책임이 있는 선호와 소식을 공유하게 된다면 이 상황이 좀 더 현실적으로 느껴질 것 같았다. 그래서 얼른 그가 집에 도착했으면 싶었다.

하지만 목 놓아 기다린 것과 다르게, 막상 선호가 집에 도착했을 때 소임은 평소처럼 발랄하게 그에게 달려들지 못했다.

그는 큰 꽃다발 하나와 케이크를 하나 사 왔다. 그리고 거기에다가 좀 긴장한 듯한 기색으로 묘한 표정을 짓고 있었다.

소임은 서로가 이미 알고 있는 사건을 제 입으로 알려야 하는 것이 문득 쑥스러워져서 일부러 시큰둥하게 굴었다.

"술이 없네? 와인 마시고 싶었는데."

선호가 뭔가 많은 감정을 느끼는 듯 진지하게 자신을 빤히 바라보고 있으니 더욱 민망했다. 그러나 이 기쁜 소식을 얼른 알리고는 싶었다. 소임은 딴청을 피우며 뾰로통하게 덧붙였다.

"근데 뭐 와인 있었어도 못 마실 테니까. 의사 선생님이 임신 중에는 내가 좋아하는 거 다 자제하라고 하더라고. 커피랑 술 같은 거."

소임은 슬쩍 그의 눈치를 살폈다. 과연 그는 어떤 표정을 짓고 있을까?

그러나 그의 표정을 확인할 수는 없었다.

선호는 손에 든 것을 내려놓고 소임을 덥석 껴안았다. 그의 품에 안긴 그녀의 입가에 빙그레 미소가 떠올랐다. 굳이 눈으로 확인하지 않아도 맞닿은 몸에서 전해 오는 떨림이 그의 벅차오른 감정을 보여 줬다.

소임은 웃고 싶은 것을 참으며 괜히 큼, 헛기침하곤 짐짓 엄숙하게 물었다.

"이선호 씨는 어떻게 생각하세요? 좋아하는 걸 먹지 말라니. 너무 가혹한 처사인데."

"나도 같이 안 먹을게."

"이선호 씨는 어차피 술 원래 안 좋아하잖아요."

"왜 안 좋아해. 소임이가 좋아하는 건데. 그럼 나도 좋아하지. 내가 얼마나 소임이를 좋아하는데."

"뭐야. 그런 삼단논법은."

입을 삐죽거리면서 괜히 타박해 보았지만, 소임은 제 등을 부드러이 토닥여 주는 선호의 행동에 너무 기분이 좋아서 견딜 수가 없었다.

둘만 느낄 수 있는 유대감이 물씬 차올랐다. 소임은 히죽 웃으면서 선호를 올려다봤다.

"아빠 되는 거 기뻐요?"

선호는 약간 목이 메는 듯하더니 갈라진 음성으로 대답했다.

"기뻐. 진심으로."

자신이 예상했던 것만큼 행복해하는 그의 반응을 두 눈으로 직접 확인하자, 아까는 제대로 느끼지 못했던 설렘이 뒤늦게 밀려들었다.

태어나려면 아직 멀었는데 벌써 기다려졌다. 얼른 그와 자신의 아이를 실제로 보고 싶었다. 매일같이 양 볼에 뽀뽀를 해 주고 사랑한다고 속삭여 줄 것이다.

소임은 기분 좋게 눈을 감은 채 그의 품에 안겨 있었다.

정말 신기했다. 예전에는 결혼도, 아이도 생각이 없었는데 어느새 한 남자의 아내가 되고 아이도 가졌다. 그런데도 계획이 뒤틀렸다고는 생각되지 않았다. 새로운 변화가 너무나 마음에 들었다.

소임은 장난기 가득한 눈빛으로 그를 쳐다봤다.

"나중에 배가 이만큼 나오면 어떡하지? 막 살도 튼다는데."

"내가 크림 열심히 발라 줄게. 마사지도 매일 해 주고."

"그 막, 진통 올 때 진짜 아프다는데. 나 아픈 거 못 참잖아. 막 자기 머리 뽑고 싶어지면 어떡하지?"

"나 머리숱 많아서 괜찮아. 마음껏 뽑아."

"그래도 진짜 뽑는 건 안 돼."

소임은 킥킥대며 고개를 좌우로 젓다가, 탁상 위에 올려 두었던 초음파 사진을 집어 들어 그에게 보여 줬다.

"이거 봐. 이 조그만 점이 우리 아기래. 보여요?"

집중하느라 미간을 좁힌 채 사진을 심각하게 들여다보는 선호의 모습에 소임은 신나서 우쭐대며 검지로 가리켰다.

"여기 있잖아. 가운데."

"아아."

"되게 귀여울 것 같아. 나 닮을 것 같거든."

"소임이 닮으면 당연히 귀엽지."

소임은 그의 자상한 말투에 한껏 들떠서 열심히 종알거렸다.

"눈도 쌍꺼풀 있을 것 같고. 코도 나처럼 오똑하고. 태어나면 완전 귀엽겠다, 그치?"

"너무 귀여울 것 같아."

부드러운 미소를 띤 채 제게 동조하는 선호의 모습에 즐거워진 소임은 선심 쓰듯 말해 줬다.

"음, 손가락 열 개 정도는 여보 닮았을 것 같아. 길쭉하게."

"큰일이네. 소임이 손이 더 앙증맞고 예쁜데."

그의 능청에 소임은 실실 웃다가 애교 가득하게 대꾸했다.

"그럼 외모는 다 나 닮으라고 하고, 성격만 여보 닮는 거로 하자. 응? 알았지?"

소임은 자신이 상냥한 아내임을 확신했다. 해주가 조언한 대로 굳이 교양 있는 말투를 구사할 필요 없었다. 이 정도면 충분히 다정했다.

그리고 선호도 자신이 이렇게 깜찍하게 구는 것에 흡족해하고 있었다. 그건 확실했다. 그가 씩 웃으면서 제 볼을 살짝 꼬집어 주었으니까.

* * *

소임은 진수의 부인인 지희와 결혼한 후에 부쩍 친하게 지내곤 했다. 지희의 친구들도 여럿 소개받고, 주 1회씩은 그녀와 정기적으로 만났다.

산부인과에서 임신 확진을 받은 다음 날에도 지희와 백화점 쇼핑 약속이 있었다.

소임은 어떻게 이 기쁜 소식을 알릴지 고민했다. 대뜸 '저 임신했어요!'라고 말하는 건 약간 쑥스러웠다.

선호에게 그냥 진수 씨한테 소식을 슬쩍 흘리라고 할 걸 그랬나.

어느 타이밍에 슬쩍 임신 소식을 알릴까 생각하고 있었는데, 뜻밖으로 지희가 먼저 축하 인사를 건넸다.

"축하해요, 소임 씨. 엄마 된다면서요."

"어머."

소임은 놀라서 입을 막았다. 민망하면서도 기뻐서 뺨이 달아올랐다. 자신이 이런 축하를 받게 될 줄이야. 그녀는 수줍게 고개를 끄덕였다.

"네에. 아직 6주밖에 안 되긴 했는데……. 감사해요."

그런데 문득 궁금증이 들었다.

"근데 어떻게 아셨어요?"

소임이 어리둥절한 표정을 지으니 지희가 빙그레 웃으며 대답했다.

"저희 남편이 문자 보내 줬어요. 선호 씨 지금 사무실에서 계속 인터넷으로 유아차랑 유아 용품 들여다보고 있다는데요?"

"어머나. 아직 그럴 때도 전혀 안 됐는데."

소임은 그의 귀여운 행태에 손으로 입을 막고 웃었다.

지희가 웃음기 어린 목소리로 이어 말했다.

"그러니까 말이에요. 저희 남편이 그거 우리 유나 줄 거냐고 물어보니까, 유나 거는 네가 알아서 사라고 그랬대요."

유나는 진수와 지희의 첫 아이였다. 벌써 세 살이 훌쩍 넘어서 어린이집에도 다녔다.

섬세하고 손재주 좋은 엄마를 둔 덕분에 유나는 늘 옷도 예쁘게 입고 머리도 예쁘게 손질된 상태였는데 볼도 통통한 게 인형같이 너무 귀여워서 소임도 만약 자신이 아이를 낳게 된다면 딸을 먼저 낳고 싶다고 생각하곤 했다.

"선호 씨가 온라인 서점에서 육아서도 열댓 권 주문했다고 하던데요?"

"어머나. 그랬대요? 열성적이네."

소임은 듣기 좋은 소식에 씩 웃었다. 선호가 벌써 육아 공부를 시작한다니. 어린 동생들을 두 명이나 키워 낸 전적이 있으니, 이미 믿음직스럽다만. 어쨌든 열심히 노력하는 모습이 보기 좋았다.

지희가 호기심 가득한 기색으로 물었다.

"소임 씨, 태명은 정했어요? 뭐로 할 거예요?"

"태명이요?"

뜻밖의 질문을 받은 소임의 눈이 번쩍 커졌다. 갑작스럽게 온몸에 엔도르핀이 돌았다.

그래, 어떻게 그것을 까먹고 있을 수 있을까?

자신의 배 속에는 애가 있었다. 그럼 이름을 지어 주는 게 인지상정.

이것은 변소임 인생의 한을 풀 기회였다. 애한테 예쁜 이름을 지어 주는 것이다!

새로운 목표가 생긴 소임의 눈이 매우 반짝거렸다.

* * *

소임은 퇴근하고 집에 돌아온 선호에게 두 발을 쭉 내밀며 투정을 부렸다.

"다리 퉁퉁 부었어. 임산부는 쉽게 붓는다더니 정말인가 봐."

입덧이 아니면 아직 배 속에 애가 있다는 것이 느껴지지도 않을 만큼 임신 초기였지만 소임은 괜히 엄살을 부려 봤다.

왜냐하면 선호가 자신의 다리를 주물러 주는 게 기분 좋았기 때문이다. 단단한 손가락이 종아리를 꾹꾹 눌러서 근육을 풀어 주면 온천욕을 한 것보다 배로 시원했다.

소임은 제 다리를 주무르는 선호를 흐뭇하게 바라보았다. 잘생긴 남편에게 마사지를 받는 기분은 몹시 황홀했다.

그녀는 기분 좋게 재잘댔다.

"자기, 오늘 동생들한테 다 전화 왔었어. 임신 축하한대. 아기 얼른 보고 싶대."

평소 동생들한테 연락도 별로 안 하는 편인 선호가 간만에 전화를 다 돌렸는지, 소임은 오후에 세영이를 포함한 시동생들에게 연이어 축하 전화를 받았다.

선호가 살짝 웃으면서 대꾸했다.

"걔들 연말에 한국 들어올 때 아기 선물도 사 오겠대."

"아, 좋아라."

소임은 함박웃음을 지으며 손뼉을 쳤다.

영국 사는 시동생들은 한국에 들어올 때마다 형수 준다고 선물을 한 아름 가져오곤 했는데 거기에 이제 아기 선물까지 추가되는 것이다. 한국에서 구할 수 없는 특이한 것들도 종종 사 오니, 선물을 뜯어 보는 재미가 있었다.

싱글벙글 웃던 소임은 하루 내내 근질거리던 입을 열었다.

"근데, 자기야. 우리 아기 이름 뭐로 할까?"

"음……."

잠시 생각하는 듯하던 선호가 장난스러운 미소를 지었다.

"리틀 카우."

소임은 호기심 가득히 물었다.

"왜? 무슨 뜻인데?"

"작은 소임."

"아, 뭐야."

싱거운 농담에 소임은 까르르 웃다가 급히 정색했다.

"안 돼. 더 예쁜 거. 특이한 게 좋아. 우리 애 이름이잖아."

"음."

"글로벌하게 붙일까? 영어 이름으로도 같이 쓸 수 있게."

소임은 곰곰이 생각하다가 말했다.

"예를 들어서…… 아마 나 닮은 여자애가 태어날 것 같으니까, 샤론! 어때? 이쁜 거 같아. 이샤론."

소임이 눈을 빛내며 물었는데 선호는 뜻밖에도 시큰둥했다.

"글쎄."

"한나! 해나! 하나!"

소임은 즐겁게 목소리를 높였다.

"영어 스펠링 이거 어떻게 발음하지? h, a, n, n, a, h."

"해나."

"그래, 하나! 어때?"

"으음. 괜찮은데 아직 성별을 모르니까."

끌리지 않는 듯, 선호는 눈을 살짝 찡그렸다가 가볍게 웃으면서 제안했다.

"조금만 더 생각해 보자. 아직 시간 좀 있으니까."

"알았어."

소임은 그에게 히죽 웃어 보였다. 저희의 소중한 첫 아이에게 어떤 이름을 붙여 줄지 궁금해서 벌써 가슴이 두근두근 설렜다.

* * *

마크팰리스 2동 1201호에서는 소임의 임신 축하 파티가 열렸다. 변재식은 임신한 딸을 위해 식탁 상다리가 휘어지도록 음식을 준비했다. 본인이 직접 요리를 하는 것보다 전문 식당에서 요리를 시키는 게 인기가 좋다는 것을 알았기에 그는 소임이 좋아하는 메뉴들을 한가득 주문했다.

아귀찜, 차돌박이 숙주 볶음, 보쌈 족발 세트, 막국수 등등, 후식은 치즈케이크와 식혜였다. 이상한 조합처럼 보이지만 소임은 그렇게 먹는 것을 좋아했다.

접시가 비는 족족 음식을 채워 주는 사람이 세 명이나 있었다. 소임은 위대한 식사를 만족스럽게 마치고 자연스럽게 소파에 대자로 누웠다. 그러고는 익숙하게 부탁했다.

"선호 씨, 나 식혜 한 잔만 떠다 주라. 얼음 다섯 개 동동 띄워서."

선호가 잽싸게 일어나서 부엌으로 향했다.

얼굴에 물끄러미 꽂히는 해주의 시선을 느낀 소임은 떨떠름하게 물었다.

"……왜?"

"그냥. 내가 황제 폐하를 뵙고 있나 싶어서."

괜히 뜨끔했던 소임은 열심히 상황을 포장했다.

"엄마, 임산부는 절대 안정을 취해야 해. 특히 나는 임신 초기 잖아. 조심해야 한다고 의사 선생님이 그랬어."

해주가 시큰둥하게 대꾸했다.

"그렇긴 하다만, 넌 임신하기 전에도 이 서방을 수족처럼 부렸잖니?"

"……."

"지난 명절에도 이 서방만 일찍 와서 전 부치고, 넌 깔깔거리면서 티비 보다가 전 주워 먹고서 이 서방한테 육전 좀 더 바싹 구우라고 시키고."

소임은 눈치를 보다가 한마디 대꾸했다.

"친정 와서 오랜만에 쉰 거지, 내가 어디 가서 그렇게 쉬어?"

"어머, 얘는? 너 시댁도 안 가잖아."

해주가 진지하게 지적했다.

소임의 시댁은 영국에 멀리 떨어져 있었다. 물론 가까이 살았대도 선호가 방문을 꺼리니 시부모를 뵈러 가지 않았겠지만,

어쨌든 소임은 미혼 시절에 간절히 바라던 대로 시댁의 간섭에서 매우 자유로웠다. 그들의 신혼 생활에 관심을 기울이는 어른은 오직 재식과 해주뿐이었다.

소임은 소심히 변명했다.

"근데 그런 걸 본인이 좋아하는데 어떡해? 내가 직접 갖다 마시면 서운하다고 그래."

저를 의심스럽게 쳐다보는 시선에 소임은 꿍얼거렸다.

"진짜야. 엄마가 물어봐."

"내가 물어보면 이 서방은 착하니까 당연히 나한테 '네, 맞습니다. 제가 원해서 하는 겁니다.' 하지 않겠니?"

"아니, 진짜 자기가 좋아한다니까? 즐겁고 보람차대. 내가 직접 물 떠다 마시면 삐져. 물어봐, 그 사람 거짓말 못해."

"그래, 못하긴 하더라. '소임이가 어지른 방 치우기 힘들지?' 물으니까 가만히 웃기만 하더라. 아니라고는 안 하고."

소임은 불만스럽게 입술을 쭉 내밀었다.

'뭐? 그랬단 말이야?'

근데 사실 해주가 생각하는 것만큼 소임이 선호를 부려 먹고 사는 건 아니었다. 그녀도 그에게 아주 많이 양보하고 있었다.

예를 들자면, 지금 해주가 지적했던 지난 설에도 소임은 선호의 뜻대로 행동해 줬다. 사실 휴가 동안에 소임은 해외로 놀러 가고 싶었다.

그런데 선호가 명절 분위기를 워낙 느끼고 싶어 해서 굳이 한국에 머물러 준 거였다. 즉, 그녀가 희생한 거였다. 친정뿐만 아니라 외가, 친가에도 놀러 갔으니까.

"오, 새댁 변소임 왔나?"

"오랜만에 봬요, 매형. 그새 더 잘생겨지셨어요?"

소임은 친척들의 쏟아지는 관심이 지겨워 죽을 것 같은데 선호는 되게 즐거워했다. 낯선 사람들 가득한, 부인의 친척 집이니까 공손하고 얌전하게 있는데 실은 잔뜩 신난 상태였다. 소임은 그의 심리를 느낄 수 있었다.

선호는 명절을 손꼽아 기다렸다. 그는 소임의 사촌 조카들에게 용돈을 준답시고 직접 은행까지 가서 돈을 빳빳한 신권으로 교환했다. 그렇게 준비한 세뱃돈에 게임 앱을 살 수 있는 캐시권도 하나씩 껴 주니까 완전히 인기 만점 이모부였다.

남편이 제 친척들과도 친근하게 지내니 소임 역시 이득이었다. 돈 잘 버는 신랑을 두고 있으니 생색낼 수 있었다. 소임은 어린 조카들에게 세배를 받은 후 꼭 덧붙였다.

"이모가 용돈 주는 거야, 알았지?"

이렇게.

하여튼 소임 역시도 해외로 놀러 가고 싶은 마음을 꾹 누른 채 선호를 위해 노력하고 있었다. 이것이 배려하는 마음이 아니고서야 무엇이겠는가. 그녀는 자신의 남편을 무척이나 사랑하고 있었다. 그가 그녀에게 얼음 다섯 개 동동 띄운 식혜를 손수 가져다주는 것만큼이나.

"흠흠, 소임아, 그리고 이 서방. 여기 앉아 보게."

안방에 들어갔다 나온 재식이 그들을 불러 제 앞에 앉혔다. 그러고는 근엄하게 종이봉투를 하나 내밀었다.

아빠가 제게 용돈이라도 주나 싶어서 신이 났던 소임은 곧 이어진 말에 가슴이 철렁 내려앉았다.

"작명소에서 좋은 이름을 받아 왔어."

"……."

직감적으로 좋지 않았다. 아빠가 작명소에서 받아 온 이름은 어쩐지 별로일 것만 같았다. 왜냐하면 소임의 이름 역시도 작명소에서 비싸게 사 온 거였으니까.

'변소임이 뭐냐고. 센스 없게.'

소임은 꺼림칙하게 봉투를 응시하다가 재식의 재촉에 어쩔 수 없이 봉투를 열어 보았다.

[이은환]

[이은조]

[이은하]

[이은지]

소임은 엄숙하게 그것들을 내려다봤다. 이름 자체는 괜찮았다. 은환, 은조, 은하, 은지. 선호가 무난한 성씨라서 함께 불러도 굉장히 적당했다.

하지만 어쩐지 끌리지 않았다.

재식은 뿌듯한 표정으로 설명했다.

"요즘 이렇게 중성적인 이름이 대세라고 하더라. '은'자 돌림으로 잘 지어 줬어."

그래, 왜 안 끌리냐면 저 항렬 때문에. 소임의 항렬 때는 돌림자가 '임'이었다. 그래서 소임은 '변소임'이 된 것이다. 연년생 언니인 새임이 운 좋게 '변새임'이 될 적에.

얼마나 억울했으면, 소임은 어릴 때 언니 이름이 '태임'이었으면 좋았겠다고 생각한 적도 있었다.

어쨌든 요즘 세상에 꼭 항렬 따라 이름을 지을 필요가 없었다. 소임은 빠르게 도리질 치며 종이를 밀어냈다.

"아, 마음은 너무 감사한데 이미 생각해 놓은 이름이 있어서."

재식이 미간을 좁히고 물었다.

"뭔데? 아빠한테 말해 봐."

"있는데 그, 뭐더라? 하여튼 있어. 종이에 적어 놨거든. 다음에 가져올게. 어쨌든 이미 우리 상의한 거 있어. 그렇죠, 선호 씨?"

호호 웃으면서 옆에 앉은 선호를 바라본 소임은 흠칫 놀랐다.

그는 재식이 작명소에서 받아 온 이름들을 굉장히 관심 있게 보고 있었다. 소임이 샤론이니, 해나니, 멋지고 세련된 이름을 꺼냈을 때보다 더욱 흥미로운 기색으로.

소임은 땀이 뻘뻘 났다. 아이에게 예쁜 이름을 지어 주고 싶은데, 어쩌면 뜻밖으로 남편이 더 걸림돌이 되는 것이 아닐까.

"신경 써 줘서 고마워, 아빠. 이것도 참고할게."

그녀는 선호가 보고 있는 종이를 얼른 뺏어서 제 품 안에 넣었다.

소임은 두 손 가득 간식을 사 들고 자신의 예전 직장으로 향했다. ATP 과학 학원.

이제는 경지가 원장이라 자신과 전혀 관계가 없지만, 그래도 한때 자신의 모든 것을 쏟아부었던 만큼 애틋한 감정이 묻어 있긴 했다.

회사에 다니던 경지의 남자 친구도 아예 일을 그만두고 경지와 함께 학원을 물심양면으로 운영한 덕분에 ATP 학원의 규모는 엄청나게 커졌다. 선호와 진수가 사무실을 이전했기에 건물의 6층 전체가 전부 과학 학원이었다.

바쁘게 일하고 있는 경지에게 간식과 함께 특별한 소식을 전하자, 경지가 무척 놀라워하며 축하 인사를 건넸다.

"언니 이제 엄마 되는 거예요? 축하해요! 대박이다. 딸이에요, 아들이에요?"

"아직 몰라. 개월 수 차야 보인대."

"우와, 진짜 잘됐다. 형부도 진짜 좋아하죠?"

"응. 요즘에 사무실 안 나가고 자꾸 나랑 붙어 있으려 그래. 머리 아파 죽겠어."

소임은 괜히 고개를 절레절레 저어 보이며 능청을 떨었다.

"오늘도 재택 하겠다고 고집부리는 거 사무실 보내 버렸네. 아이고, 남자들은 나이 먹으면 왜 이렇게 애가 되나 몰라."

키득거리면서 선호가 벌써 잔뜩 구매해 버린 유아 용품들을 경지에게 떠벌리던 소임은 핸드백 속에서 핸드폰 진동이 울리는 것을 느꼈다.

아무 생각 없이 전화를 받았던 소임은 수화기를 타고 건너온 우렁찬 음성에 긴장했다.

─소임 쌤! 저예요. 어떻게 지내세요?

"……우진이구나."

발신자 확인하고 받을 걸 그랬다.

소임은 심각하게 물었다.

"근데 우진아, 나 정말 궁금한 게 있는데, 요즘 군대는 왜 그렇게 핸드폰 사용을 잘하게 해 주니? 우리 2주 전에도 통화했잖아."

우진은 그녀의 질문을 못 들은 척 자신의 용건만을 말했다.

─쌤, 저한테 편지 좀 써 주세요! 인터넷 편지요! 아무도 저한테 안 보내요!

"어머, 안 돼. 우리 집 아저씨가 그런 거 싫어해. 내가 티비 나오는 남자 배우 보고 잘생겼다고 하기만 해도 뾰로통 삐지는걸."

─그럼 선호 형이랑 같이 저 면회 좀 와 주세요! 쌤 보고 싶어요.

"어머! 나 엘리베이터라 신호 끊긴다. 우진아, 다음에 통화하자. 그래, 으응, 몸 건강히 잘 지내고, 응, 들어가."

─쌤……!

다급하게 저를 부르는 목소리를 외면한 채 소임은 통화를 끊었다.

"휴."

소임은 실소하며 경지에게 고개를 흔들어 보였다.

"얘는 왜 자꾸 나한테 전화하는지 몰라. 여자 친구가 없어서 그런가. 한번 전화하면 30분을 꼬박 채워. 지난번에도 귀 아파 죽는 줄 알았네."

"저한테도 전화해요."

경지가 씩 웃으며 자신의 통화 목록을 보여 줬다. 빨갛게 뜬 부재중 번호가 연속으로 세 개나 있었다.

소임은 키득거리며 대꾸했다.

"나도 안 받아야지."

경지에게 수고하라고 말해 주고, 소임은 가벼운 발걸음으로 귀가했다.

ATP 과학 학원이 번성하는 것을 확인하니 기분이 좋았다.

콧노래를 흥얼거리며 엘리베이터를 기다리던 소임은 제 옆으로 다가오는 인기척을 느꼈다. 고개를 돌려 확인하자, 익숙한 얼굴이 었다.

소임은 전망 좋은 아파트 최상층인 17층에 살았는데, 키가 작고 바싹 마른 중학생은 15층에 살았다. 나름 예의가 발라서 마주치면 인사를 꾸벅 잘하긴 하는데, 가끔 거슬렸다.

"아줌마 안녕하세요."

소임의 이마에 주름이 생겼다.

아줌마라니. 아직 서른세 살인데.

자신이 선호를 만나서 뜻밖으로 결혼을 빨리해서 그렇지, 사실 서른셋이면 아줌마라고 불릴 나이는 아니었다. 예시로, 선호는 자신이 처음에 만날 때 서른넷이었는데 아저씨라고 안 불렸지 않나. 그러니 이건 너무나 불공평했다.

기분이 몹시 상했지만, 소임은 교양 있게 대꾸했다.

"응, 안녕."

같은 라인에 사는 애였으니까. 하지만 사소한 복수심까지 없애긴 힘들었다.

"학교 다녀오는 길이니, 꼬맹아?"

그녀는 화사하게 웃으면서 남학생을 바라보았다.

여드름이 이마에 다섯 개나 볼록 올라온 남학생은 짜증 난다는 표정을 숨기지 못했다.

"저 꼬맹이 아니거든요?"

"나도 아줌마 아니거든?"

"아줌마잖아요! 결혼도 했으면서."

소임은 눈을 부릅뜨고 남학생을 노려보았다.

"너도 그렇게 따지면 꼬맹이지. 학교 다니잖아. 어른들은 학교 안 다녀."

한동안 남학생과 눈싸움하던 소임은 엘리베이터가 도착하자 재빨리 먼저 올라탔다.

뒤늦게 엘리베이터에 올라탄 남학생이 15층 버튼을 누르면서 뾰로통하게 대꾸했다.

"아줌마, 애 태어나는 거 축하드려요."

소임은 흠칫했다.

이 아이는 그 소식을 또 어떻게 안단 말인가.

그녀는 심각한 표정으로 질문했다.

"너 그건 어떻게 알았니?"

남학생이 심드렁히 대답했다.

"우리 아빠가 말해 줬는데요? 1701호 아저씨 애 아빠 된다고. 아줌마 남편이잖아요."

소임은 불만스럽게 코를 씰룩거렸다.

역시 좁은 세상이다. 벌써 소문이 다 났다.

선호는 마크팰리스에서도 그렇더니, 새로 이사 온 아파트의 휘트니스 센터에서도 아저씨들의 관심을 독차지했다. 그러니 그의 근황은 거의 실시간으로 공유될 터.

'후······.'

소임은 한숨을 내쉬었다.

어쩔 수 없지. 몸 좋은 남편을 두고 사는 이상, 이 정도는 감수해야 했다.

그녀는 가자미눈으로 남학생의 가슴팍을 흘겨보았다. 하얀색 명찰에 이름이 인쇄되어 있었다.

[김민수]

'얘도 민수야?'

소임은 이맛살을 찌푸렸다.

어쩐지 얄밉다 했다.

그녀는 만약 남자애가 태어난다면, 민수라는 이름과 절대 관련 없게 지어야겠다고 다짐했다.

* * *

소임은 주위로부터 정말 많은 축하를 받는 중이었다. 입덧 때문에 못 먹는 음식이 간혹 가다 있긴 했지만, 그것 때문에 느끼는 슬픔을 상쇄하고도 남을 정도의 기쁜 일이 많이 생겼다.

영국에 사는 시동생들을 선물을 많이 사 오겠다는 약속을 얼마나 잘 지키려고 그러는지, 한국에 입국하기 전부터 거대한 택배를 많이 부쳤다.

하나같이 예쁘고 실용적인 유아 용품이 가득했다. 부드러운 신생아 모자, 손싸개, 발싸개, 턱받이 등등. 또 귀여운 모빌도 많이 있었다. 소임을 위한 바디 용품도 가득했다.

미국에 사는 새임도 조카의 탄생에 기뻐하기는 마찬가지였다. 그녀는 임산부 몸에 좋다는 영양제들을 선물했다.

자신과 선호의 아이가 가족들에게 대단히 환영받는 느낌에 소임은 몹시 뿌듯했다. 그녀는 매일 아이 방을 열심히 꾸몄다.

조금씩 불러 오는 배보다, 그녀와 선호가 아이 방을 꾸미는 속도가 훨씬 빨랐다.

둘 중 하나라도 과소비를 막아 줘야 하는데 서로 의기투합해서 한번 백화점에 쇼핑을 갔다 하면 눈에 띄는 것들을 싹 쓸어 모았다.

"세쌍둥이라도 낳는 줄 알았어요."

지난번에 집에 놀러 온 진수가 하하 웃으면서 했던 말이 과장이 아닐 것 같았다.

하지만 소중한 첫 아이가 사용할 거니까 최대한 좋은 것으로 마련해 주고 싶었다.

소임은 매일 선호와 행복한 미래를 구상했다. 그는 밤마다 소임을 껴안고 아이에게 어떻게 사랑을 표현해 줄 건지, 어느 곳을 같이 다니면서 아이에게 즐거운 경험을 하게 해 줄 건지, 어떤 식으로 믿음직한 아빠가 될 건지 자신의 계획을 찬찬히 설명했는데, 소임은 그의 나직한 음성을 가만히 듣고만 있어도 흐뭇했다.

태명은 정말 웃기게도 리틀 카우로 정해졌다. 평소엔 무슨 일이든 칼같이 결정을 잘 내리던 선호는 아직도 아이의 이름을 고민 중이었다.

그는 아이에게 어울리는 이름을 지어 주고 싶다고 했다. 물론 당장에도 이름을 붙일 수는 있었다. 희망, 사랑, 기쁨 등등과 같은 모든 긍정적인 단어로 부르면 되니까.

하지만 그래도 실물을 보고 싶다고 했다. 그래야 확실히 어울리는 이름을 정할 수 있을 것 같다고.

어쨌든 소임이 바랐던 대로 아이의 성별은 여자애였다. 소임은 아이의 머리카락을 솜씨 있게 꾸며 줄 생각에 너무 설렜다.

이름에 관해서는, 여전히 샤론과 해나 사이에서 고민하고 있지만, 그가 멋진 이름을 떠올린다면 단번에 마음을 바꿀 준비가 되어 있었다.

그녀가 선호에게 느끼는 신뢰감은 대단했으니까.

그는 좋은 아빠가 될 것이다. 왜냐하면 지금 자신에게도 좋은 남편이니까. 사랑하는 아이를 위해서 모든 것을 다 해 줄 것이다. 그러니 이름도 예쁘게 지어 주겠지. 소임은 믿어 의심치 않았다.

그래서 몸이 무거워진다거나, 조금 더 피로해진다거나 하는, 처음 겪는 신체 반응에도 크게 걱정되지 않았다. 물론 조금도 걱정되지 않는다고 하면 거짓말이고, 그래도 의지할 사람이 있으니 든든했다.

임신한 형수를 처음 보는 시동생들은 배려 가득한 행동으로 소임을 또 기쁘게 했다.

"살이 좀 많이 쪘죠?"

찬호는 배시시 웃는 소임에게 천연덕스럽게 고개를 저어 보였다.

"전 잘 모르겠네요. 여전하신데요? 워낙 늘씬하셔서."

"어머나."

금세 기분이 흐물흐물해진 소임은 턱을 당기고 애정 가득한 눈빛으로 찬호를 부드럽게 쳐다보았다.

"유부녀 마음을 이렇게 설레게 하면 어떡하나. 역시 도련님은 여자들한테 인기 많을 유형이에요."

소임은 정신 나간 사람처럼 키득거렸다. 선호가 매일 귀엽다고 해 주긴 하지만, 남편한테 칭찬 듣는 거랑 시동생한테 칭찬 듣는 것은 또 느낌이 달랐다. 둘 다 잘생기긴 했지만, 후자가 좀 더 어리고, 게다가 미혼이니까.

오랜만에 한국을 방문한 시동생들에게 소임은 자신 있게 아이방을 소개했다. 선호와 그동안 열심히 꾸며 놓았다.

민호는 자신이 선물한 모빌이 천장에 걸려 있는 것을 보고 흡족한 미소를 지었다. 그는 세영이의 어깨를 끌어안은 채 뭔가를 기분 좋게 속삭였다.

소임은 시동생 부부의 다정한 모습을 따뜻하게 바라보았다. 저쪽도 최근에 결혼한 신혼부부답게 애정이 넘쳤다.

민호의 말을 들은 세영이 워낙 좋아하는 기색이길래 그들이 무슨 대화를 나누었는지 조금 궁금했었는데 곧 알 수 있었다.

세영은 집을 떠나기 전에 상기된 얼굴로 소임에게 속삭였다.

"민호 오빠가 아까 저한테 그랬어요. 조카 빨리 보고 싶다고. 전 진짜 부담 준 거 없는데, 갑자기 아이 귀여울 거 같다고. 그 전까지는 그런 적 한 번도 없었거든요."

그녀가 배시시 웃으며 덧붙였다.

"조카 태어난 거 보면, 또 마음 달라지지 않을까요? 모르겠어요."

세영은 눈꼬리를 접어 활짝 웃으면서 소임에게 순산을 기원하고 집을 떠났다.

소임은 뿌듯함을 느끼며 부푼 배를 쓰다듬었다.

자신의 아이는 확실히 사랑스러운 존재였다. 태어나기 전부터 어서 얼굴을 보고 싶어 하는 사람들이 이렇게나 많으니까.

선호가 그녀를 뒤에서 부드럽게 껴안았다.

"무슨 생각 하길래 그렇게 웃어?"

소임은 쿡쿡 웃으며 선호의 품에 편안히 기댔다.

"그냥. 우리 아이가 얼른 태어났으면 좋겠다고."

앞으로 아이를 낳아 기르면서 어떤 사건들이 일어날지는 잘 모르겠지만, 하나 확신할 수 있는 것은, 자신이 그 아이를 온 마음을 다해 사랑해 줄 수 있을 것이라는 점이다.

물론 자신뿐만이 아니라 선호 역시도 그 아이를 듬뿍 사랑해 줄 터.

소임은 곧 태어날 새 가족이 너무나 기다려졌다. 그 예쁜 아이를 뭐라고 부르게 될지도.

외전 3. 인생은 타이밍

인생에 타이밍이 중요하다는 것은 불변의 진리다.

입대한 후 처음으로 받았던 휴가 때까지만 해도 우진은 마음이 몹시 든든했다. 제대하고 나서 돈 벌러 돌아올 곳이 있었기 때문이다.

바로 어딘가 하면, ATP 과학 학원.

비록 그를 직접 채용했던 소임이 학원을 다른 사람에게 넘겼을지라도 걱정할 필요가 하나도 없었다. 새로운 원장 또한 그와 인연이 깊은 사람이었다.

ATP 과학 학원의 새로운 원장은 바로 민경지.

우진은 ATP 학원의 개국공신이었기에 경지와 매우 돈독한 사이였다. 예전에 둘은 사흘에 한 번꼴로 술잔을 맞대며 어떻게 하면 앞으로 더 인생을 잘 살아 갈 수 있을지 깊은 고민을 나눌 만큼 절친했다.

그래서 우진은 제대한 후 당당히 ATP 학원을 찾아갔다. 아직 대학을 졸업하려면 2년이나 더 남았으니 학비와 생활비를 충당하려면 돈을 벌어야 했다.

"안녕하세요, 민경지 원장님!"

짧은 머리를 하고서 씩씩하게 찾아갔는데, 뜻밖에도 난관에 부딪혔다.

"조금만 더 일찍 오지. 우리 한 달 전에 강사 다 새로 뽑았는데."

경지가 약혼자와 함께 전력으로 뛰어든 덕에 ATP 학원은 이전보다 규모가 매우 커졌다.

같은 건물의 7층까지 임대해서 학원을 운영하고 있었다. 그래서 전임 강사도 두 명, 대학생 강사도 세 명이나 함께 일하고 있었다.

"어떡하지? 나도 너랑 같이 일하고 싶긴 한데 지금 딱 인원이 맞아서……."

경지가 워낙 미안한 표정을 짓는 탓에 우진은 하하 웃으며 넉살을 떨 수밖에 없었다.

"에잇, 그럼 나중에 자리 비면 연락 주세요. 그동안 다른 알바 하고 있을게요."

그렇게 쿨하게 돌아섰지만, 실은 착잡했다.

경지가 제게 아늑한 곳에서 돈을 벌 기회를 제공해 주리라 믿어 의심치 않고 있었는데.

그는 학원이 자신에게 꼭 맞는 일터라고 믿었다. 원체 사람을 좋아하는 활발한 성격이라, 애들을 가르치는 것은 즐거웠다.

게다가 요즘 아르바이트 자리 구하기가 하늘의 별 따기인데, 이젠 대체 무슨 일을 해야 하는가.

심란해하던 그에게 다행히 대학 동기가 좋은 아르바이트 자리를 소개해 줬다.

"우진아, 너 택배 배달해 볼래? 페이 괜찮게 줄게."

동기의 아버지는 택배 회사를 운영하고 계셨다.

어차피 방학이라서 종일 시간이 비었고, 또 일자리를 마다할 상황도 아니라 우진은 흔쾌히 제안을 받아들였다.

배달 업무는 무척 낯설었지만 그래도 워낙 일머리가 있는 편이라 우진은 금세 적응했다. 그렇게 방학 동안에는 택배 기사 아르바이트를 하고, 학기 중에는 학교 근처 치킨집에서 서빙하며 열심히 학업과 알바를 병행했다.

또 어느새 2년이 훌쩍 흘러, 그는 이제 대학 졸업을 목전에 두고 있었다.

얼마 전에 학교를 졸업하면 ATP 학원에 취직하지 않겠느냐는 경지의 스카우트 제의를 받아서 매우 기분이 좋던 차였다.

그러던 와중에 우진은 반가운 상황에 맞닥뜨리기까지 했다.

[변소임]

택배 배달을 하던 중, 운송장을 보고 흔하지 않은 이름이라고 생각하고 있었는데 문을 열어 준 사람을 보고서 그는 정말이지 깜짝 놀랐다.

"헉!"

그가 몇 년 전에 연락을 시도해 봤는데 핸드폰 번호가 바뀌어서 그대로 소식이 끊겨 버린 변소임이었다.

"어머, 이게 누구야. 우진아!"

광나는 피부와 홈드레스에서 부잣집 사모님 느낌이 물씬 나서 살짝 어색할 뻔도 했지만, 그녀의 경쾌한 목소리를 듣자마자 우진은 예전의 기억을 떠올리고 금세 친근감을 되찾았다.

그는 이 기가 막힌 우연에 감탄했다.

"쌤, 여기 사세요?"

"응."

생글생글 웃던 소임은 집 안쪽으로 목소리를 높였다.

"자기야! 여기 나와 봐. 우진이가 택배 배달 왔어."

우진은 곧 등장한 남자를 보고 더욱이 감탄했다.

"와, 선호 형!"

마지막으로 본 지 거의 3년이 훌쩍 지났는데도 그는 예전과 변함없이 몸이 좋았다.

"형은 그대로인데요?"

아니, 그때보다 더 잘생겨진 것 같았다. 예전에는 살짝 냉기도는 인상이었는데, 지금은 결혼한 사람 특유의 여유로운 안정감이 배어 있어서 그런지 좀 더 부드러운 분위기를 풍겼다.

"와, 진짜. 이 빵빵한 근육 여전하시네. 형 진짜 몸 관리 잘하신다."

우진의 호들갑에 선호가 부드럽게 입꼬리를 올렸다.

"고마워."

선호는 우진이 깜빡 잊고 전해 주지 못한 택배 상자를 자연스럽게 받아들며 그에게 집에 잠깐 들를 것을 권유했다.

"저녁은 먹었어? 안 바쁘면 잠깐 들렀다 가."

"저 그냥 간단하게 삼각 김밥 먹긴 했는데……."

소임이 싱글벙글 웃으며 우진에게 들어오라고 손짓했다.

"그래, 우진아. 들어와. 그동안 어떻게 지냈는지 우리한테 얘기도 해 주고."

안 그래도 이 뜻밖의 만남이 반가웠던 우진은 못 이기는 척 신발을 벗었다.

"넵, 감사합니다. 그럼 실례할게요."

어차피 배달도 막바지였기에 시간은 넉넉했다.

신나게 집안에 들어섰던 우진은 거실 중앙에 앉아 있는 아기를 발견하고 멈칫했다.

두 살 정도 되었을까. 볼이 통통한 작은 여자아이가 두 손으로 과일 모형을 꼭 쥔 채 그를 물끄러미 쳐다보았다.

우진은 아이에게서 시선을 떼지 못하고 중얼거렸다.

"맞다, 선생님 아이 낳으셨다고……."

소임이 배시시 웃더니 종종 걸어가 아이를 안아 들고 다시 우진에게 다가왔다.

"응. 우리 딸. 이름은 새얀이. 예쁘지?"

우진은 놀란 눈으로 아이의 얼굴을 바라보았다.

"우와. 아역 배우 해도 되겠는데요?"

과장이 아니라 진짜로 예뻤다. 피부가 새하얗고 아주 순하게 생긴 아이는 소임의 쌍꺼풀진 눈을 그대로 빼어 박았다. 특히 오동통한 입술이 너무 귀여웠다. 낯선 우진을 보고 눈을 끔뻑거리는데 너무 귀여웠다.

"백설 공주 같아요. 우와. 속눈썹도 진짜 기네. 새얀아, 너 진짜 귀엽다. 공주님 같아."

우진의 칭찬에 기분이 좋은 듯, 소임은 눈꼬리를 접으며 장난스럽게 목소리를 꾸며 냈다.

"어머나, 우리 새얀이 백설 공주님이야? 그럼 엄마는 마녀 할래. 자기야, 나 새얀이랑 먹게 사과 좀 깎아 주세요. 독사과 말고 예쁜 사과로요. 우진아, 너도 형한테 먹을 거 달라고 해. 우리 집에 맛있는 거 많아."

소임은 기분 좋게 흥흥 콧소리를 내며 새얀이를 안고 거실로 돌아갔다.

선호는 우진을 부엌으로 안내했다.

"배고프니? 밥 차려 줄까?"

"아니요. 저 진짜 방금 삼각 김밥 먹어서요. 그냥 커피 한 잔만 주세요."

선호는 금세 사과를 깎아서 소임에게 한 접시 가져다주고, 우진에게도 커피와 과일 접시를 내어줬다.

우진은 선호와 식탁에 마주 앉아 그동안 뜸했던 근황을 주고받았다.

"형, 사무실 옮기셨던데요?"

ATP 학원 알바 자리가 날아갔으니, 진수와 선호의 사무실에 한번 얼쩡거려 볼까 했더니 그들은 진작에 사무실을 뺐다.

"응. 여기로 이사 오고 나서 가까운 곳으로 새로 얻었지."

"그렇구나. 소식 궁금했는데 번호가 없어서요. 형, 저 핸드폰 번호 좀 알려 주세요."

우진은 핸드폰을 꺼내 선호에게 내밀었다. 나름 친하게 지냈다고 생각했는데 막상 선호의 연락처가 없어서 아쉬웠다.

선호가 핸드폰에 번호를 입력하는 동안 우진이 서운하게 투정을 부렸다.

"소임 쌤은 핸드폰 번호 바뀐 것 같고."

"아아, 스팸 전화가 너무 많이 온다고 아예 새로 바꿨어. 너 군대에 있을 때라 번호 알려 주는 거 까먹었나 보다. 그때 너 메신저에 핸드폰 못 쓴다고 적혀 있어서."

"그래요? 흠."

소임이 일부러 자신의 연락을 피한 게 아니라는 것을 알게 된 우진은 흡족한 미소를 지었다.

"어머, 엄마 주는 거야, 새얀이?"

거실에서 유독 큰 목소리가 들렸다. 우진은 고개를 돌려서 거실 풍경을 바라보았다.

소임은 새얀이의 작은 손을 본인에게로 이끌어 사과를 뺏어 먹고는 일부러 심각한 척 연기했다.

"어머! 엄마가 다 먹어 버렸다. 어떡해? 우리 새얀이 먹을 거니까 독 있는지 없는지 한 입만 먹으려고 했는데 맛있어서 다 먹어 버렸다. 어떡하지? 응?"

소임이 워낙 과장되게 행동하니, 낯선 사람을 보고도 무덤덤하던 아이가 울음을 터뜨렸다.

"으에에엥!"

갑작스럽게 터진 소란에 우진은 가슴이 철렁 내려앉았다. 당황하면서 선호를 바라봤는데 그는 익숙하다는 듯이 가만히 웃고 있었다.

"이것 좀 갖다 줘."

선호가 사과 조각을 하나 집어서 우진한테 내밀었다. 우진은 얼른 그것을 받아서 소임에게 다가갔다.

"아이고. 우진 삼촌이 엄마 맴매하러 왔다. 새얀아! 엄마 구해 줘! 으아악!"

소임이 또 헐리우드급 액션으로 호들갑을 떠니, 새얀은 금세 울음을 멈췄다.

우진은 자신을 말똥말똥하게 쳐다보는 아이에게 사과 조각을 쥐여 주고는 머리를 한번 쓰다듬었다.

손바닥에 닿는 머릿결이 무척이나 부드러웠다.

소임이 새안에게 적극적으로 물었다.

"새안아, 그거 엄마 줄 수 있어요? 응? 엄마 사과 먹고 싶은데."

살짝 고민하던 새안은 고사리 같은 손을 불쑥 소임에게 내밀었다. 소임은 활짝 웃으며 사과를 넙죽 받아먹었다.

"으으음. 맛있다. 우리 새안이 정말 효녀구나? 아이, 예뻐라. 고마워."

그녀는 새안을 껴안고는 양 볼에 장난스럽게 키스를 퍼부었다.

부엌에 돌아온 우진이 히죽 웃으면서 선호에게 말했다.

"형 되게 행복하시겠어요."

선호가 미소를 지으며 동의하듯 고개를 끄덕였다.

"너무 예쁘지. 둘 다."

아이와 소임을 바라보는 그의 눈빛은 매우 따뜻했다. 가족에 대한 깊은 사랑이 절절히 느껴지는 듯해서 우진은 넋을 잃고 선호를 바라봤다. 같은 남자로서 그에게 존경심을 느끼던 그는 얼마 후 자리에서 일어날 때쯤 선호에게 더욱 반해 버렸다.

"자취한다며. 이거 가져가서 냉장고에 넣어 두고 먹어."

"형……."

선호가 건네준 쇼핑백 안에는 여러 종류의 반찬이 들어 있었다.

"우리 엄마도 반찬 안 싸 주는데……. 정말 고마워요."

울먹이면서 껴안으려고 하니까 선호가 슬쩍 피하면서 거리를 뒀다.

"괜찮아. 별거 아니야."

우진은 진심을 담아 고백했다.

"저 진짜 형같이 멋진 남자 되고 싶어요."

소임이 그 말을 듣고 까르르 웃더니 새얀이를 안고 다가와 씩씩하게 자랑을 늘어놓았다.

"우진아, 선호 형은 진짜 1등 아빠야. 얼마나 애를 잘 보는데. 나 그래서 애 한 명 더 낳기로 했잖아. 나 닮은 아들로. 그치, 여보? 나 닮아야 하지?"

"응. 그래야 귀엽잖아."

선호가 소임의 어깨를 감싸고 그녀의 이마에 살짝 입을 맞췄다.

우진은 그들의 다정한 모습을 멍하니 눈에 담았다.

선호에게 농담으로라도 '우리 소임 쌤 행복하게 해 주세요' 같은 소리는 할 필요가 전혀 없어 보였다. 이미 소임은 충분히 행복해 보였으니까.

자신도 저렇게 살고 싶었다. 선호와 소임 부부처럼. 새얀이 같은 예쁜 아이 하나 낳고. 그러면 정말 좋을 것 같았다.

물론 아직 애인도 없긴 하지만.

그래도 곧 운명의 상대가 찾아올 것이다!

우진은 희망찬 미래를 그리며 소임의 집을 떠났다.

후기를 쓸 때마다 늘 같은 생각이 듭니다.

차라리 원고를 쓰는 게 낫겠다.

그 정도로 매번 어렵습니다. 원고 집필할 때는 어서 완결 후기 쓰고 싶어서 안달이 나는데 막상 후기를 쓸 때는 무슨 내용을 쓸지 고민된다는 게 신기해요.

하지만 그렇다고 원고를 더 쓰고 싶진 않습니다. 404 Not Found, 이 소설의 완결을 볼 수 있어서 몹시 속이 후련합니다.

캐릭터들을 제일 사랑하게 될 때는 아무래도 완결 낸 직후인 것 같아요. 제 손에서 떠나보내니까 소임&선호 커플이 너무나 사랑스럽게 느껴집니다.

그래도 뭐든 처음이 어렵지, 그다음부터는 쉬운 것 같습니다. 이렇게 후기 쓰기 어렵다는 마음을 수줍게 밝히고 나니 또 글이 금방 써지네요.

404 Not Found의 초안은 2016년에 썼습니다. 가끔 곤란한 상황에 빠지는 상상을 하곤 하는데, 상상이라서 재밌었던 것 같아요. 실제 상황이라면 너무 슬플 테니까요. 이도 저도 못 하는 상황에 대신 직면해 준 우리 여자 주인공, 변소임 씨께 감사합니다. 덕분에 재밌게 글 썼어요!

2017년에 잠깐 무료 연재로 대중에게 공개했던 작품인데 어쩌다 보니 2020년까지 길게 끌고 왔습니다. 제목 따라서 '페이지를 찾을 수 없습니다'가 될 수도 있었던 작품인데 완결이 나서 얼마나 다행이라고 느끼는지 몰라요. 40년 4개월이 아니라 4년 만에 집필을 끝내서 대단히 행복합니다.

긴 여정에서 시들시들 뒤처진 저를 씩씩하게 이끌어 준 동아 편집부께 진심으로 감사드립니다. 최고의 파트너였어요. 예쁜 표지 만들어 주신 디자이너님을 포함해서 여러 관계자분께도 감사 인사 전합니다.

그리고 항상 제게 힘이 되어주는 가족들, 만나면 세상 모든 근심과 걱정을 다 잊게 해 주는 친구들 고맙습니다. 또 이번 작품을 쓸 때 유독 커피를 많이 마셨던 것 같아요. 얼음과 카페인 사랑해요.

이제는 없어져 버린 카페에도 감사 인사 보냅니다. 제가 404 쓸 때 거의 매일 출근 도장 찍다시피 했던 카페가 하나 있었는데요.

어쩐지. 작업하기 너무 좋더라고요. 조용하고, 커피 맛있고, 배경 음악 좋고, 제가 키보드 두드리는 소리만 들리고……. 다른 지역으로 이전한다고 했는데 거기서는 더욱 많은 사랑을 받길 바랍니다. 응원하고 있어요.

갑작스럽게 출몰한 코로나바이러스19 때문에 요즘 걱정이 많습니다. 얼른 평화로운 일상을 되찾을 수 있었으면 좋겠습니다. 여러분도 안전하시길 바랍니다.

앞으로도 저는 재밌는 작품으로 찾아뵐 수 있도록 노력하겠습니다. 그동안 404 Not Found와 함께 해 주셔서 감사합니다.

항상 건강하고 행복하세요!

2020년 3월
정이채 드림